散文中国 精选

SanWen zhongguo

为每一座山起一个温暖的名字

杨献平 主编

天津出版传媒集团

天津人民出版社

图书在版编目(CIP)数据

为每一座山起一个温暖的名字／杨献平主编. ——天
津:天津人民出版社,2013.1(2019.7 重印)
(散文中国精选)
ISBN 978-7-201-07905-9

Ⅰ.①为… Ⅱ.①杨… Ⅲ.①散文集-中国-当代
Ⅳ.①I267

中国版本图书馆CIP数据核字(2013)第000677号

为每一座山起一个温暖的名字

WEIMEIYIZUOSHAN QIYIGE WENNUANDEMINGZI

出　　版	天津人民出版社
出 版 人	刘　庆
地　　址	天津市和平区西康路 35 号康岳大厦
邮政编码	300051
邮购电话	(022)23332469
网　　址	http://www.tjrmcbs.com
电子信箱	tjrmcbs@126.com

责任编辑	伍绍东
装帧设计	汤　磊
印　　刷	天津兴湘印务有限公司
经　　销	新华书店
开　　本	700 毫米×960 毫米　1/16
印　　张	13
字　　数	150千字
版次印次	2013年1月第1版　2019年7月第3次印刷
定　　价	32.00 元

目录

正 月 里 来

陈守湖

1. 守 田 坎

我童年时候,村里还没有通电,点的是煤油灯,有时逢到供销社没有煤油,就只能烧山里劈来的枞膏照明。但年三十晚上,无论如何是要坐个通宵的。

吃过年夜饭,母亲收拾好碗筷,就架了家里最大的铁鼎罐到"青架"(三角铁圈架子,安放于火塘中,用于架锅鼎)上来煮牛潲。过年了,人是吃过了,那劳累一年的牛也要吃的。腊月里,牛的青饲料吃得不多,尽吃干稻草,真的是难为它了。除夕的早上,母亲安排我去竹林割了竹叶来给牛吃,过年了,牛食要"见青"才好。那牛也像知道过年了,看到青绿的竹叶,抬起大大的眼睛看着我,充满了感激。母亲常说,牛在三十夜是会哭的。我从来没有看到过。不过我相信母亲的话。过了年,牛的苦日子就要来了。明天早上,要喂它牛潲,好好地让它吃一顿,让它也有个盼头。

牛潲在火塘上煮着。昏暗的油灯下,我们三兄弟在打扑克。父亲陪爷爷在玩"点子红"。这是一种在湘黔边境广泛流行的纸牌游戏,长方形的牌,上边印有梅花状的点。

我们才开始打一会儿牌,二爹就推后门进来了,他带了些水果糖给我们兄弟几个。我们恨不得当时就放进嘴里。但那个时候糖多么金贵啊,母亲帮我们收好,放在碗架里。母亲说,一岗岗(意同"一会儿")再吃。我们嘴里吞了下口水,又开始发牌。二爹来了,爷爷他们三个人就正好一桌了。两个人打起来不太顺手。我们围着两张小桌子在火铺上打牌。母亲拿出她的鞋底来纳,一会儿抹些黄蜡,一会儿又抹些黄腊,以保持麻线穿过鞋底的滑顺。

打牌终究是坚持不了多久的。一会儿父亲就走下火铺,从火铺底下取了两根木炭来,拿出过年前才新买的土炉子,他要架火锅,与二爹喝几杯。两兄弟性格迥异。二爹是个木匠,没有多少文化,但当掌墨师建木楼,根本不用画什么图纸,只凭头脑中的柱、瓜、枋、檩,就指挥一大群木匠建了起来。父亲是60年代初的高中生。本来是个吃皇粮的命,那个年代高中生都算得上是文化人了,因为爷爷的成分问题,被从城里叫回生产队参加生产。或许是觉得命运的捉弄吧,他竟然对于命理相学有着浓厚兴趣,他说我肯定会吃"国家粮",也不知道是他的希望,还是真的命理书上告诉他的。酒一喝起来,爷爷,父亲,二爹,他们父子三人就有门子摆了,从民国摆到包产到户,从蒋介石摆到邓小平,就着酒,沉默的父亲就会话多起来。

我们兄弟几个盼着的是吃糖果,剥瓜子,啃甘蔗,这些东西平时哪里舍得钱去买哦。每摸一张牌,弟弟就说一回饿。母亲就笑着说,那和公他们吃肉嘛。弟弟就说,太腻了。隔一会儿,弟弟又说饿了,母亲又笑他,那烧糍粑嘛。弟弟就说,还要够得等。母亲笑着放下手中的鞋底,我就晓得你们几个饿的是糖嘛。就去房里取了瓜子、糖果,我们牌也懒得洗了,看到糖就像看到命。爷爷他们是不吃的。他们说,这是娃崽吃的。我不晓得他们真的不想吃,还是留给我们吃。反正他们装着没有看见糖的样子。

吃着糖,剥着瓜子,夜已经深了。母亲突然想起:哦,去柴房找根"梅弄"来烧嘛。"梅弄"是地妹侗话,说的是山樱树。地妹的侗族人家除夕这晚有一种风俗,就是要烧一节梅弄柴,说是这样来年鸡崽就孵得旺,不容易孵"寡蛋"。"梅弄"是年前才砍来的,还是生的。放到火塘里,升腾起一股湿气,不过烧了一会儿,皮一卷起来,就有一股香气在屋子里弥漫。这香气让我有些昏昏欲睡。母亲就说,莫睡呦,睡着了,明年大水就要冲垮田坎的。湘黔边境侗家人的守岁就叫做"守田坎",说是不守的话,明天就会水毁田坎。听母亲一说,我又醒过来了。我去房里找连环画来看。那个时候,我对罗成、李元霸、岳飞这些名字真是熟悉得很。我不喜欢看《红楼梦》的连环画,看起来一点也不精彩。

天微微地见亮了。二爹说,我回家去"摆老老"(意为祭祖)了。父亲从房里拿出鞭炮,递给我们兄弟三个,去放炮吧。我扔下手中的连环画,接了鞭炮就出门去。对门寨不知道是哪家的鞭炮在响了,比我们放得还早。正月第一天的早晨,鞭炮声响彻了地妹这个小小的侗族村庄。

等鞭炮声散去,天就大亮了。母亲把我们叫进屋说,吃碗甜酒,去山上拿点新年柴来。我们欢天喜地,因为拿一根小小的柴也算数,就是图个吉利嘛。二爹刚出门时说了,今天晚上在他家吃初一的饭。他在贡溪街上买了好吃的饼子糖,这种糖,我那个时候最喜欢吃了,一听到就会咽口水。

2. 当 官 亲

五龙要讨婆娘了。五龙在地妹人看来,就是一个泼皮货,没有个正经。爷爷说他,五龙啊,你一天吊儿郎当的,哪个妹崽肯嫁给你呢。他却说,伯啊,命里有来终须有，命里无来终是无。爷爷对父亲说，不要看五龙一天浪来浪去的，他还是有数的。真的是给爷爷说中了，五龙二十八岁那年，人家就在湖南一个寨子上说了一门亲事。丈母娘中意这个女婿崽得很，催着就要办婚事。

去接新嫁娘的日子定在正月初八。过了除夕就要选官亲了，听说娘家送的东西很多，交代要多去些人。我没有想到五龙竟然要我也去做官亲，我说，怕不行吧。五龙说，有什么不行？那年我才十四岁，我觉得当官亲应是大人的事情。我问母亲，母亲说，你去看热闹嘛，又不要你抬嫁妆，公陶也要去的。听说公陶也要去，我就比较高兴了。公陶是我们寨里的秀才，最会摆门子了。这样，我做了平生的唯一一次官亲。

正月初八一大早，二十多人的官亲队就出发了。年前下的雪还没有半点化的意思。雪天走路又不能太快，走了两个多小时，我们才到接亲的寨子。

公陶对女方父亲说，舅，我们来接妹去享福了哦。舅在侗家是一种尊称，侗谚说"娘亲舅大"，舅家人是特别受到尊敬的。女方父亲憨厚地笑笑，并不回话。旁边是新娘的伯父，之前就认得公陶，插进来说，舅，我们的妹崽要去给你们添麻烦了，一路上累了，进屋洗把热水脸，吃杯热茶吧。官亲队被迎进家。火铺坐不了这么多人，公陶与几个年长者在火铺上坐，年轻人就在堂屋的八仙桌旁围着坐。

主家早已看了时辰的，要卯时出门。卯时？就是五点到七点。三子说，我们今晚就听人家唱陪嫁歌吧，没有地方睡的。入夜就开始哭嫁了。我们坐在堂屋听。开头全是姑娘唱，她们的歌声真脆啊，像是嫩嫩的春笋。唱的都是与这个即将出嫁的姑娘的情谊，唱大家一起劳动，一起做针线，一起唱山歌……姑娘们一首接着一首地唱。哥友说，咦，五龙的新嫁娘还忍得住呢，没有听到哭声。三子说，要哭的，要哭的，要哭才吉利哟。一会有人唱起了要与父母兄弟分别的歌，这样的歌在侗乡广泛流传，连小孩子都会唱几句——"西风吹来枫叶黄，枫叶飘飘落门塘。今晚父兄同屋坐，明朝天亮各一方"。新嫁娘再也控制不住，呜呜地哭了起来。然后就有人唱安慰的歌，说嫁到夫家是如何的幸福，劝慰新嫁娘不要悲伤。

哭嫁歌唱了一首又一首，新嫁娘的哭声时高时低。唱了整整一晚，新嫁娘也哭了整整一晚。终于快到卯时了。就有老人进去劝：妹，去几天又转来屋，莫哭了。新嫁娘止住了哭，嫂嫂姐姐就张罗着，打扮妹妹出嫁了。三子和哥友他们在门口扎嫁妆。真不少，两个大立柜，两个矮柜，十二床棉被，枕头都有六个，飞鸽自行车，一台缝纫机，一个收录机……三子他们这帮年轻人当官亲客多次了，扎这些东西利索得很。公陶年纪大，在楼上的房间睡了一会儿的。他下楼来看到大家脸上干干净净的,就说,咦,后生崽,蛮会哄姑娘的嘛。他话音未落,就有一个妇人过来,画了一道黑锅烟在他的脑门上。莫戏毛老人家嘛,公陶笑呵呵的。主人家出来招呼官亲客吃油茶了,要走这么远的路,得吃点东西才行。新嫁娘也要吃最后的"衣禄"(新娘出嫁前象征性地吃许多种菜肴,表示不忘故土和父母恩)。我们围在八仙桌旁吃油茶。哥友最先吃完,刚放下碗,就被几个姑娘抱住,画了满脸墨烟。三子端起油茶说,妹,你们要画,我就不放碗了哦。就有一个姑娘说,那你再吃五碗嘛,胀憋了看你咋抬高柜。三子一起身,脑门上也被画了一道黑烟。我躲在他们身后,一声不响,我怕画官亲的人发现我。闹哄了半天,大家脸上都差不多被画了,我却没有被画。我悄悄地走出门去,却不曾想被一个学生模样的姑娘迎了上来,在我脑门上用毛笔蘸了黑烟画了狠狠的一笔。大家哈哈大笑,我又羞又窘。哥友对那姑娘说,妹,你画我弟嘛,等你来走你姐,要讨你带子的哦。那姑娘脸霎地红了,一下子藏到了人背后。哥友悄悄在我耳边说,这是新嫁娘的表妹,下回来我们地妹,好好打整她。而我只想找个地方洗个脸,哥友说,不能洗,要带回家洗才吉利。

抬起嫁妆,我们上路了,皇客(侗族人家对女方送亲客的特定称呼)真不少,有二十多个。昨天夜里又飘了点鹅毛雪,地上踩起来"嘎吱嘎吱"地响。那些姑娘小伙竟然备下了一竹篮的雪球"打官亲"。其实口头说归说,打官亲就是侗家的风俗,不打才不好呢。那就让他们砸吧。雪球落在我们的身上,我们照样嘻嘻哈哈地上路了。身后慢慢远去的是那些打官亲的姑娘碎成一片的笑声。

终于走到大路上了,我们停下来,抖了抖身上的雪。领头的女皇客回头说,弟些,对不住哦,累你们了。三子说,嬢,你们寨上妹崽好凶哦。女皇客说,弟,你莫乱讲哦,不是凶,是喜欢你才打你的。大家哄地笑了。连穿红衣服的新嫁娘也笑了。她旁边的一个小女客回过头来,这不是早上在我脑门画了一笔黑烟的姑娘么?我与她对视了一下,目光倏地就移开了,我觉得脸上火烫火烫的。回地妹的路上,我一路上都低着头不说话。那段雪天的路,实在是好长,走得脚都酸了还没有到家。三子一路唱歌,他可是抬着最重的大立柜呢。这个泼皮货,他真的不嫌累。

3. 正 月 贼

"贼有三天年。"地妹这句谚语说的是过年的重要性,就算是做贼的,也要过年。不过有一个熟贼,却不适合这句熟谚。

初二那天早上,二婆早上一起来,看"炕"(非北方之炕,为北部侗族地区火塘上方一个极为结实的木架,一般有三层,可烘柴火,可熏食品)上的腊肉,竟然少了两块,更离奇的是,居然有块是一整个猪项圈。这个贼是哪个呢?想来想去,只有深成了。

深成与老汤是我们童年时耳熟能详的两个人。两个人都是乡间传遍的好吃懒做的典型。老汤在离地妹寨几十公里外的邦洞镇上,我是去县城上高中才识得其真面目的。他不偷,他就只是混吃。哪里死了人,他就去哭丧,哭得比孝子还凄惨,这样就可以在丧事期间得到些吃的。深成的家离地妹却很近,就六公里。深成除好吃懒做外,他还偷。俗话说:兔子不吃窝边草。深成这贼做得最让人看不起,他专偷这十里八乡的乡邻。当然他不偷钱,只偷吃。比如从灶上铲饭走啊,春节偷些肉菜啊,有时候还拧只鸡到山上烧来吃。有一年,我家的大公鸡就曾被他偷走,但大公鸡却挣脱回来了,脖子被扭伤,本来它是寨上打鸣最响的公鸡,那之后就哑了嗓子。母亲有一次在路上看到深成,就问是不是他做的。他竟然嘿嘿着说:嫂,你家的公鸡好劲大,我手都出血了。真是让人哭笑不得。

二婆家的腊肉不见了,顿时成了正月里的大事情。"贼来一寨慌,贼走一屋凉",说的是贼来后一个寨子都不得安宁,而被偷的人家更感觉到"阴沁"(形容气氛幽冷而让人恐惧)得很。腊肉被盗的消息传出去后,一寨子的人家都警惕起来了。腊肉才刚上"炕",水汽没有干,还要熏个十天半月的,才会有腊肉香。男主人都在火塘边的火铺上睡地铺,要守住这腊肉。但这个贼却更是厉害,宗才家守了几天,还是被偷去一块,想起来好不沮丧。宗才生气地说,要是碰到深成,打他个半死。大家就想,深成那个样子,走路都没有一脚好,会神不知鬼不觉地偷走腊肉?可不是他,又会是谁呢?

答案最终还是被我们几个放牛的孩子发现了。正月里,我们放牛到高龙坡,发现了一处烧腊肉留下的痕迹。那草木灰还有余温呢,火堆边上有好多块骨头。二婆去一看,那骨头正是她丢失的那块腊肉上的,因为肋骨上的肉嘛,看得很清楚。二婆说,看来真的是那个背时的深成偷了。唉,大过年的,不在家里待着,跑出来偷。二婆叹叹气走了。

但二婆家那个重十多斤的腊熏猪项圈呢,他放到哪里去了呢?我们一帮孩子比大人还操心这个事情。大人只是睡下火铺守腊肉罢。我们每天放牛到山上,就是到处找深成的踪迹,希望可以帮二婆找回那个猪项圈。找了好多天都一无所获。有一天,我们终于在一个山洞里发现了深成。他蜷在洞里缩成一团,冷得发抖。我们几个孩子发现他时,都吓得四散逃走,但很快又聚在了一起。我们五个人,他一个人,我们凭什么怕他?我们回到那个山洞,大

5

声地问,深成,你把猪项圈放哪里了?他没有回答,支吾了半天,不知道他说什么。支起耳朵听半天,才听出来他问我们有没有火柴。我们本来是不想给他的,这个好吃懒做的贼实在是太可恶了。但看他冷得像在打摆子,我们就帮他生了一堆火,让他取暖。他的脸真黑啊,只有眼睛有些白露出来。这么冷的冬天,他穿着一双露了趾头的解放鞋,身上只穿单衣。我们开始还气势汹汹的,看到他这个样子,我们都默不作声了。我们把带到山上烧吃的糍粑留在了山洞里,火柴也留给了他。

回到家里,我给母亲说起深成。她叹了口气说,真是可怜啊。第二天,我们放牛上山,母亲让我带了双旧棉鞋和旧夹衣给深成。我们在路上一会合,竟然发现每一个孩子手上都带着东西,要么是穿的,要么是吃的,甚至还有过年的糖果。我们又来到那个山洞里,深成没有在,但火堆还没有熄,我们将东西放在洞里就离开了。我们出来时默不作声,心里十分难过。后来的几天,我们没有再发现他,但留给他的东西也不在了。

又过了几天,正月间的一个大清早,二婆起来发现,她丢失的腊熏猪项圈竟然吊在她家的晾衣竿上。明显地熏过的,都差不多熏干了。我记得很清楚,那天是正月十四,是地妹寨的正月半,地妹也叫这个节气是"小年",过完"小年",这年就真的是要结束了。

4. 山 头 歌

我当然知道,她来自于湘黔边地的侗族村庄——绍溪。

我坐在湘黔两省共有的那道石梁上,身前湖南,身后贵州。正月里的阳光依然有些燥热。我的棉衣放在湖南,我的棉鞋脱在贵州。

这是湘黔边境上正月的黄昏。在贵州的草坡上,有三头牛在吃草,两头黄牛,它们是一对母子,还有一头水牛,它与黄牛不太合群,它正郁郁地走到草坡之下的水田里,它更习惯于在有清亮泉水的地方待着。

她远远地过来了。夕阳从她的左颊照来,晚风从她的前方吹过,她丰满的剪影显得更加生动。迎着初春的风,她唱起了那种很押韵的情歌——"哥是乖巧又灵变,说话谦和一溜烟。熬过几多饥寒夜,钻过几多牛角尖。"这是湘黔边地侗族民歌中的"借带歌"中经常唱到的词。

她仿佛不知疲倦,唱了一首又一首,每一首都那么多情。向她的东边望去,她身后的村庄,炊烟已经升起,听得到母亲在叫唤自己的孩子回家。山梁之东,就是那个叫做绍溪的湖南侗寨,那里有着我的许多亲戚。

她肯定是早上草尖上还有着霜的时候就出来的。她肯定是在太阳还晒在绍溪坡的时候穿越了省界，来到贵州这片叫做高龙坡的山地的。这似乎已经约定俗成，这片山林虽然是贵州拥有，但她与她们村里的人，总是到这里来打柴。有时会被山的主人碰上，却也只是红红脸，主人也不会有太多计较。

山梁上的影子在我的视线里突然消失了。但我还听得到她动听的"借带歌"——"哥要分花行是行，妹想知哥是贤人。如若有缘来借带，妹愿分花永传情。"这种借带歌其实是男女一问一答唱的，她或许正在心里虚拟某一个歌场的情景，那热恋她的男子唱着情歌，向她一步步走来，她听得见他歌声里的呼吸。

绕过那小小的山头，她又重新出现在山梁上。我仿佛听得见她的脚步声，那扎实地踏在山梁上的声音——通，通，通……有晚归的画眉从她脚边的灌木丛中飞起，她似乎吓了一跳，回头呆呆地望着她的村庄，很久很久。夕阳快要落到那座叫岑转坡的山峦背后去了，柔软的光线落在这个在山梁上眺望的女子身上，光晕里有着淡淡的忧伤。

她是随着拂过山梁的晚风来到我的眼前的，风里有着她身体散溢的成熟的芬芳。她的笑容，纯净而有些许的狡黠。她的目光，有着一种风轻云淡的清澈。

她挑起那担早上就已备好的柴薪，沿着山梁原路返回。绕过一个山包后，她又唱起她的借带歌——"哥要借带不要紧，先要买得这几门。天上明月买一个，月中梭罗买一根。蛤蟆眉毛买四两，虾子胡须买半斤。九天玉女买一个，十八罗汉买一人。哥若买得这几样，妹送带子为信凭。"她的歌声在山梁上随风飘荡。

这个湘黔边地的侗家女子，和着歌声走在回家的路上，她的脚下是逼仄的山梁。此时，这个初春的黄昏，有许多的晚归者——如我，一个湘黔边地的少年，我与两头黄牛、一头水牛，聚在那块贵州境内的草坡之下；如山间梯田里的夫妻，方才那男人在筑田坎，女人在幸福地凝视着他，此时，他们已走在了曲折的回家山路上，还有回家的山雀们，它们的啁啾，让人真想家啊。

当我的视线从山道转至山梁，山梁上早已空空如也。我突然好想唱首情歌，唱首儿时姑姑教给我的"借带歌"——"妹要买货哥答应，保证样样妹称心。天上照月买照镜，月中梭罗买草根。蛤蟆眉毛买丝线，虾子胡须买花针。九天玉女妹一个，十八罗汉哥一人。如今样样都买齐，妹送带子为信凭。"只是，我怎么也找不到它的旋律，晚风里，我呆呆地张着嘴，像个哑巴。

本 草 杂 识

陈守湖

1. 徐 长 卿

【徐长卿】 别名鬼督邮、石下长卿、一枝箭、英雄草、对叶莲、铃柴胡、九头狮子草、对月草、蛇利草等,药用取萝藦科植物徐长卿的根及根茎或带根全草。

做侗医的叔公喜欢引种药材。像杜仲、厚朴、黄柏这几种植物,地妹以前就是没有的,经过他手逐渐成为了土著植物。

那年春节他又在地里捣弄,我问:叔公,栽的么子药?徐长卿。我一头雾水。我有些生气地说:公,我问你栽的哪样药材?徐长卿啊。我由此认得了这个药名像个古人姓名的草药。

或许是徐长卿这个名字带给我的心理暗示,我总是认为它要长得高大秀气才是。可叔公的园子里引种的那几株徐长卿,长得都很低矮,不知道是水土不服,还是叔公栽培无方。如今我已记不清它实实在在的模样,只记得它的花序是圆锥形的,更深刻的记忆是这徐长卿有着一股子香气,有一种我从来没有闻过的香。不过引是引种了,叔公也用不上它,不知道是没有机会用,还是他根本就不知道徐长卿如何药用。反正从来没有听他说用这草药。当然他更回答不上我时不时的追问——"公,这药为哪样子是个人的名字呢?"栽下徐长卿后的第五年,叔公就去世了,他走得很安详。他平日里总说"药不医自己",他果真是拿自己的病没有办法的。

徐长卿这个药名的来历,是我一直惦记的。李时珍在《本草纲目》中说:"徐长卿,人名也,常以此药治邪病,人遂以名之。"原来果然是一个古人的名字。还有一个故事,说的是李世民外出围猎为毒蛇所伤,宫中御医久治不愈,只好张榜向民间求医。民间医生徐长卿携蛇利草入宫,药到病除。李世民问徐长卿药名,因圣旨要求避讳太宗"蛇伤",徐长卿只好称无名,太宗遂赐草名为徐长卿。它具有镇痛止咳、利水消肿、活血解毒的功效。

我看到这个传说时,叔公已经逝去十多年了。有一年清明节回乡,我看到他的药园子早已荒废,连那徐长卿也不知所终了,难道这徐长卿也追随它的主人而去了？反正，我找遍那园子内外，再也寻不着徐长卿了。

2. 一 包 针

【一包针】 别名鬼针草、婆婆针等，药用取菊科植物鬼针草的全草。

这种讨厌的一年生草本植物生命力可是旺盛得很。路边，荒野，向阳处的杂草丛，到处都是。它的生存能力比喜欢粘人的苍耳子更顽强，一点不选地，见缝插针地长。

一包针属菊科植物，却枉背一个菊字，与我们头脑中的菊相去甚远。虽是秋天开花，大约是在农历的七八月份，但它的花形我实在是记不起来了，只隐约记起是黄色的小花。

它给我留下的最深记忆就是它的果实。唉，就是它那可恶的一包针。少年时看武侠小说入迷得紧，每每在野地里触到这一包针，我就想起小说中那些施放暗器的阴险家伙。这一包针的针状果实有一个果囊包着，深秋时在村道上走时浑然不觉，回家一看，裤腿上全是那黑褐色的针，与衣物粘得好紧。得一颗一颗地拔下来，急是没有用的，考验的是你的耐性。这真像武侠小说中拔针形暗器一样，不能下重手，得轻轻地从皮肉中取出来。

一包针是侗家人的一个单味常用药，歹事做尽，这可恶的一包针终做了些善行。地妹的孩子们都知道，它是止外伤出血的好药。磕碰出血，摘下新鲜的一包针草，在路边石头上捣烂外敷，就可以止住血，是很灵验的。

后来我在草药书上知道了它的学名——鬼针草，不知怎的，走在野外，看到一包针，我心里总有些发虚，总觉得这叫鬼针草的家伙，它躲在暗处要算计我。

3. 七叶一枝花

【七叶一枝花】 别名有铁灯台、独脚莲、草河车等，药用取百合科植物七叶一枝花的根。

百合科植物，七叶一枝花。当我在《植物图鉴》上看到"七叶一枝花"这几个字，我很是惊诧。地妹那个小村庄的植物知识传承，与通行的植物学科知识实在是有许多隔膜。没有想到这七叶一枝花，倒是完全合得上植物学上的常用中文名。

　　我是一个酷爱植物的家伙,小时候常常一个人对着植物发呆。最喜欢跟在做侗医的叔公屁股后边,看他在野地里采药,记下他告诉我的那些草药的名字。但他说的草药名字,有许多是对不上植物书上的名字的,弄得我的植物知识好长时间里只能是地方常识。但七叶一枝花是个例外,多年后在书上看到它的彩色图片时,我有一种尤其亲切的感觉,感觉它就是我儿时最好的玩伴,离散了许多年,突然寻着了它,那种亲近感入骨贴肉。

　　这多年生的直立草本植物,通体匀滑,给人一种冰清玉洁的质感。它名为七叶一枝花,不过并不一定是七张叶。我幼时是细数过的,最少的有四张,最多的是七张。纸质的长椭圆形叶子,叶面深绿,叶背淡绿,那色泽极为谐合它的质地。我最爱它俊逸的花朵。紫红色的花梗在油绿色的叶子簇拥下伸出来,花冠单生于端顶,药线形的花丝,有的是纯黄色,有的呈黄绿色,不妖娆,但有一种天然去雕饰的简洁美。童年时叔公对我说,孙崽,莫看它漂亮,七叶一枝花也是有小毒的哦。只是我从来不将它的毒放在心上。因为我从来不会去损害它,甚至用手触触它,我都是小心翼翼的,如同古戏里那些书生掀开新娘的盖头般轻柔。

　　它的药用在地妹侗医手上,无非是用于治疗咽喉肿痛这类症状,内症取其根磨研后用冷开水内服,若是淋巴肿大,则捣烂外敷。小时候我长过猴儿包(腮腺炎),不知道有没有用过,我想大约是用过的,或许我有意识地抹去了这段记忆吧。因为从小我就特别担心这漂亮的七叶一枝花被取来药用,它们捣成药泥的模样,总是会让我难过半天。

4. 虎　杖

　　【虎杖】　别名酸筒杆、花斑竹、大叶蛇总管等,药用取蓼科植物虎杖的根茎。

　　虎杖这种植物在我的家族里和一个早逝的生命相关。

　　这个人是我高祖父最小的女儿,我当然是不知道她的名字的。《地妹陈氏家谱》中没有她的名字,或许是她死得太早,或许是对于女性的歧视?我已经无从知道。但我一看到虎杖,就会想起这个死去的太姑奶奶。她死去的时候应当是成人了的。因为这个不幸的故事发生时,我的这位早逝的太姑奶奶,已经能够在湘黔边境的深涧边割猪草了。

　　那是一个刚刚涨过春水的日子,涧边长满了虎杖。深涧里山瀑垂跌,水声喧闹。有伙伴向她大声喊,妹,这里有虎杖。当然她的伙伴是用侗语喊的,要不然就不会出这个悲剧了。在地妹的侗语里,"虎杖"的称呼与"鬼"的称呼是极其近似的。我可怜的太姑奶奶在哗哗的春水声里,将伙伴的话听成了"这里有鬼"。由此被惊吓住了,回家后一病不起,精神恍惚,身子骨渐渐地弱了下去,最后离开了人世。祖父对我们讲起这个故事时,我害怕极了。唉,不过现在地妹那个侗寨,侗语已经消逝了。我们现在使用的是属西南官话的黔东方言,虎杖就是虎杖,鬼就是鬼,谁也吓不住谁。

虎杖是有许多药用的,诸如关节疼痛、腰脊劳损、咳嗽多痰、水火烫伤等。我有一个吊儿郎当的亲戚,年轻时喜欢走东窜西卖点狗皮膏药。他泡了几大罐的虎杖酒,在外乡的乡场上唬人说是风湿偏方,竟然赚了些钱衣锦还乡。每一次回家过春节看到他,我就想,如果我们现在还说侗语就好了,哪天他夜里喝高了,吓他一下,让他魂飞魄散。哪个让他赚这些昧心钱呢?

5. 杠板归

【杠板归】 别名河白草、蛇倒退、梨头刺、蛇不过等,药用取蓼科植物杠板归的地上部分。

知道杠板归这个植物名是近年的事情了。

在湘黔边境的侗族村寨,这种蓼科草本植物的名字就叫蛇药。这是一个源于它药用价值的名字,因为它是用于治蛇伤的。或许,这样的药效在杠板归广泛分布的南中国,是比较普及的药理常识。江苏散文家黑陶的散文集《泥与焰》中写到了杠板归,散文里有一个让我过目不忘的传说(一个被蛇咬之后几死之人,因为吃到此草,便奇迹般地从阎罗王处找了自己刚才躺着的棺材板回家,因而得名杠板归)。这个传说我是第一次听说,故而记得特别牢。

杠板归到底有没有治蛇伤的神奇药效,我没有太清晰的记忆。湘黔边境的侗寨里,每年都有被毒蛇咬伤的人。从我记事以来已二十多年了,只听说云洞寨有一男子秋收时割稻禾,被乡间叫青竹标的蛇咬中了眉头,没有抢救过来。蛇伤致命的极少,据说就有杠板归的功劳。但这一带的蛇医有一个传统,蛇伤方子是不乱传的,只能是一代一代师傅单传徒弟。如果多了一个人知道,这药方子的效果就要打个对折,知道的人越多,这药效就越低。蛇医治蛇伤的药都是现取现用,且在木砧上捣个稀烂,患者家人当然是识不得原草的。

寨上的公和是个铁匠,但他有一个百治百愈的蛇伤方子。我们小时候经常偷看他取蛇药,不过一味药也没有记得住,因为离得太远了。偷看他取蛇药,那个时候是伙伴们的一项神秘任务。跟踪自然是有效果的,据一个伙伴说,公和的蛇伤方子是这样的:一是"蛇药"(杠板归),二是小杉树的嫩杉尖,三是普通的粳米。我一直对这个方子将信将疑。

这杠板归长得极清爽,三角形的嫩绿叶子,呈盾形在红褐色的茎上互生,茎和叶柄上都有倒刺,果实有一种阴森的墨蓝色。我之所以用"阴森"一词,盖因我看到这杠板归,总会想到它的附近可能会有阴冷的毒蛇潜伏着。幼时经常在野外看到长长的白色蛇蜕挂在杠板归藤茎上,让人心里一阵紧似一阵。黑陶在《泥与焰》的书中还说杠板归"三角形的新绿之叶十分特别,嫩茎可吃,微酸。"看到这段文字我很是惊悚。这吴越民众,竟比湘黔边民胆子还要大出许多,真是风物殊异啊。

6. 仙 鹤 草

【仙鹤草】 别名路边黄、龙芽草、脱力草、黄龙尾、狼牙草等,药用取蔷薇科植物仙鹤草的全草。

少年时,湘黔边地那些集镇的供销社,大量收购仙鹤草。秋老虎的天气过后,地妹家家户户的晒坪上,都晒着这仙鹤草。赶场的路上,到处是挑仙鹤草的人。孩子们跟在后边,一个个欢天喜地,卖了仙鹤草,他们就有水果糖吃了。

少时我最痴迷于神仙志怪故事,《白蛇传》《柳毅传》《镜花缘》《西游记》,我百看不厌。我最喜欢仙风道骨的植物名字。在地妹的侗医方子里,有两种草药是带着仙字的。一种叫做"仙人架桥",其实就是蔷薇科植物高粱泡,只不过草医强调取的是从溪的南岸长过北岸的高粱泡的新生茎根,用于治疗皮肤癣等,这有没有道理我不知道,但童年时我遭遇的那场让我刻骨铭心的皮肤病,那个药方子就有这"仙人架桥"。而另外一种沾"仙"气的植物,就是这仙鹤草。

鹤是仙家之物,草能有此名,当属是草木中不俗之辈了。不过我却无论如何无法将这草与鹤的形状联系起来的。它长得并不高,最高也不过三尺。茎细而直,披白色柔毛。仙鹤草的叶倒是有几分不寻常,长的是一种羽状的复叶,整齐互生。我端详这仙鹤草时总会想:它是不是因为这羽状的叶子而得名?"羽化而登仙"嘛。这个没有在卷籍中看到过,也就不好揣度了。仙鹤草是平凡的,长得也极平贱,山坡、草地的向阳地方,随处可挖取,虽有仙家之名,这草却是实实在在地长在人间的。而仙鹤草之所以深深地留在我的记忆里,是因为有一年父亲"砍春柴"劳累过度,伤了力,便血,就是这仙鹤草治好的。那时我在上小学,每天放学回家,我都会在路边挖仙鹤草,像是要挖绝了它们一样。父亲的病好了之后,堆在堂屋里还有好大的一堆,母亲送到集上卖了,给我买了一件白色背心,穿了很多年都没有破。

注定的行程

李存刚

1

举目回溯，记忆最先停靠的往往是 1990 年，秋天。

早些时候，十六岁的我参加了两场决定我未来命运的考试：初中毕业会考和紧接着的升学考试。如果升学考试成功了，我就可以成为家族里第一个跨过农门的人，尽管算不上什么光宗耀祖的大业，但对我含辛茹苦的祖祖辈辈、对我自己，都将是一件大事。

等待是艰难而漫长的。但我似乎从来就没想到过自己会落榜，从考完试的那一天起，我就成了溪头沟里唯一的闲人。每天睡到很晚才起床，待在家里，听爷爷摆龙门阵，听爷爷一遍又一遍地说起那句早已熟稔的话："哎——，人这一辈子，除了读书，都是百日之功啊。"爷爷没念过一天书，这话对我，既是鼓励也是安慰。但我依然无法抑制住自己心底越来越深的忐忑和不安。更多的时候，我就一个人，趿着那双红色的塑料拖鞋，像一只无头苍蝇，四处乱窜。秋天的溪头沟总是多雨，道路也更泥泞，拖鞋扇起的泥浆挂满裤腿和后背，密密麻麻的泥土斑点，仿佛天空大大小小的星星。

伯父的突然去世是那个秋天里发生的又一件大事。作为爷爷的长子，从部队退伍回来后，伯父娶了个离了婚的女人。伯母的性情怪异，自从生下二弟以后就天天和伯父吵闹，怂恿着伯父和爷爷分了家。此后即便是爷爷一年一次的生日，也坚决不让伯父来看爷爷。我拿到录取通知书的第二天晚上，为别人家做了一整天篾活的伯父借着和乡亲们一起来道贺，顺便来我家看了爷爷。在我的印象里，那是为数极少的一次。乡亲们离开后，伯父、父亲和爷爷，他们父子三人守着火炉坐到很晚。我实在熬不住先去睡下了，半夜的时候被一阵猛烈的哭泣声惊醒，伯父一边哭着，一边含含混混地说着什么。然后就听到爷爷在说："算了嘛，一辈子，几十年一晃就过去了，好好过吧。"接着就是伯父更凶猛的哭声。

第二天是难得的晴天。堂妹哭喊着跑来喊"爷爷，我爸叫不答应了"的时候，太阳已无声地跨过堂屋的木质门槛，堂屋里辉映着满屋的金黄。我一下从睡梦中惊醒。搀扶着颤巍巍的爷爷赶到伯父家时，伯父早已经浑身冰凉了。看着伯父安静的看不清是痛苦还是幸福的脸，我感到从未有过的手足无措。就在昨天，伯父那双长满老茧的手还抚摩过我的头，那张紧抿的嘴还对我说过两个"好"字："好家伙，好样的！"这是绝无仅有的一次，却没想，也会是最后的一次。

只看了伯父一眼，我就飞也似的跑开了，跑出了老远，胸腔里还在止不住咚咚狂跳。只觉得有一股强烈的暗流在我十六岁的身体里飞奔，左冲右突，时而热烈，时而天寒地冻。

伯父的坟茔就在进城的路旁。离家外出求学那天，站在寒冷的秋风里，望着伯父的坟头猎猎飘飞的纸钱，坟堆上的泥土泛着清新的气息，四周是萎黄干枯的杂草，我久久迈不开自己的步子。终于起身的时候，我看到并排的两只脚印，深深地印在伯父的坟前。我知道，用不了多久，那双脚印就将被更多的脚印覆盖起来，或者在岁月扬起的尘土里，渐渐消隐。而在通往远方的路上，我每走一步，踩着的不知是多少人的脚印，我的脚印也将重叠上不知多少后来者的脚印。是的，重叠。一双又一双的脚印，就像一天天不住流逝的日子，无声无形，无影无痕，无可挽回。

2

从溪头沟到县城，顺青衣江而下，西去四十公里便是雨城雅安。走进一块写着"雅安地区中等卫生专业技术学校"的大门，我四年的雨城生活便开始了。九月的雨城，雨依然下得没完没了，而寒风似乎再也经不起等待，早早地刮了起来。

第一个晚上，躺在床上，听着夜色笼罩下的雨城滴滴答答的雨声，眼前晃荡着伯父安静的看不清是幸福还是痛苦的脸，和我留在伯父坟前的脚印，一遍又一遍。整整一夜。后来我做了一个奇异的梦：我梦见自己毕业了，回到溪头沟，伯父满脸微笑地揉搓着自己的双手，似乎是想抚摩我的头，却犹豫着，始终没有抬起手来……天亮的时候我醒了，枕边满是依稀可辨的泪痕，望着宿舍斑驳的天花板，我想到了伯父仓促的一生，曾经的爱恨纠葛随着伯父的离世灰飞烟灭，而我还将在这里度过四年的时光，还要走更漫长的人生路。似乎就是从那一刻开始，我觉得自己一夜之间长大了。

在雨城，我第一次看到了真正的足球，除了读书，我还成了班里的足球队员，知道了意甲和欧洲冠军杯。

第二年春天，新学期刚开学的时候，学校里发起了一次全校性的募捐，对象是一位高年级的女生。我没有见过那位女生，即便是见过，也因为不认识，没在脑海中留存下一丁点印记。学校张贴的倡议书说出了她的名字和募捐的原因,她有个很普通的名字:李娟,不久前,即将完成学业的她无缘无故地头痛,什么药也不起作用,后来被送到华西医科大学,很快就明确了病因:蝶鞍肿瘤,需要手术切除。我们那时正在学习《解剖学》,知道蝶鞍是隐藏在大脑深处的一个区域。身边的同学都很踊跃地参与了募捐,我也捐出了三十元,那是我第一笔稿费的数目。

不久后就传来了噩耗:那位高年级的女生手术过后,因为严重的并发症,医治无效去世了。一个正值花季的女生,一个顶着与我一样姓氏却素不相识的人,就这么匆匆地走完了自己短短的人生旅程。

得知消息那天,天空飘着细细的雨,天气阴郁。我一个人从教室里出来,走过学校繁花初绽的林荫道,任微凉的雨滴裹着早凋的花瓣,自头顶不远的高处飘落下来,飘落在我蓬乱的发梢、身上和长长的林荫道上。偶尔有一两滴,沿着衣领滑了进去,让我深切地觉出了初春的寒意。

伯父和高年级女生,两个毫不相干的人,一个为我所熟悉和亲近,一个却陌生得甚至不知道她的长相,我觉得这些都无足轻重,重要的是,她让我在伯父之后,又一次清楚地知道,死,是一件多么必然的事;有时候,它甚至不给你一丁点的时间去准备,就迫不及待地横立在你面前,让你手足无措,猝不及防,却又不得不俯首称臣。

3

但是,雨城的春天毕竟还是来了。

天气渐渐转暖的时候,我就和三五个同学一道,走出校门,去雨城周围的几座小山:周公山、张家山、金凤寺,看周公山茂密的树林,张家山公园里的荷花,金凤寺里袅袅不息的香火和如织的人流。时间通常是周末,一起去的通常也是我们四个人,或者其中的两三个,偶尔也约上几位相熟的女生。但也仅限于此。四年,我和她们之间,没有想象的故事发生,即便是后来一向沉默的我突然在报纸发表了第一篇文章,在大面积的意外和惊讶中,她们纷纷要我请客。

也曾单独邀请过一位女生去工人俱乐部看电影,但也就那么一次,以后再没有约过人家。我想如果我愿意,那四年的时光里,应该可以写出一份属于自己的恋爱史的。我只是觉得,属于我的那份爱,该降临的时候自然会降临,我一直等待着,等了四年的时光,可它一直没有来,我想它一定是看到了雨城阴郁的天气,也看到了我一贯的沉默,被吓跑了。

夏天到来的时候,学校背后的周公河河水暴涨,深不见底,大大小小的鱼儿在水里游来游去。阳光炽热的午后,还是我们四个人,我们一起下到河里浸泡汗涔涔的身体。我是个旱鸭子,每一次,他们总要比试谁游到对岸再返回的次数,而我则只好选一处水流平静的河段,一个人独自比画自己笨拙的手脚。那天有些鬼使神差,看着他们玩得兴起,我竟就那么一个人朝向河中心游了过去,等我醒悟过来时为时已晚,只觉得刚才还轻松自如的四肢像绑上了铅块一样沉重,越来越沉,越来越重,然后便是无边无际的黑暗……躺在滚烫的鹅卵石上,重新睁开眼的时候,周围的几个家伙正满脸慌张地注视着我。

这是我那四年里做过的最危险的一件事。让我百思不得其解的是,黑暗压顶的那一刻,我竟然没有丝毫的恐惧,甚至也没有感觉到丝毫的痛苦。我于是就想,如果每个人死去的时候都没有痛苦,就那么平静地不再呼吸,不再说话,不再思考,那该是一件多么美妙的事情啊。

4

1994 年 7 月,我在雨城的第五个秋天还未到来,我便收拾好简单的行囊,准备离开——我毕业了。

离校那天,天气出人意料的晴朗。即将分别的时候,大多数同学都哭了。我唯一邀请过的那位女生先是和我说着话,说着说着也跟着旁若无人地哭了起来,然后就彼此都没再言语。我想她所以那么动情地哭,也许并不仅仅是因为眼前的分别。四年了,我们都知道这一天不可避免要来,现在它来了,我们除了面对,别无他法。

回县城的路,因为有汽车的承载变得轻松和便捷。然后是十几公里崎岖的山路。溪头沟——县城——雨城,这条路,我没计算过那四年里往返的次数。当雨城在我身后越来越远,车窗外是熟悉得不能再熟悉的小山,小山上的绿树正在炎夏的阳光里尽情地生长、拔节,些许不知名的花艳丽地开着,低处的青衣江水一如既往地咆哮着朝向未知的远方,日夜不息地流淌。我敢肯定,从此以后,我还会踏上这条路,它通向的世界对我有着永恒的吸引力,但在那一刻,我只想回家。过去的四年里,记不清有多少次,想家的时候,我就不顾一切地回去了。但这次和以往已然不同——这次之后,我就将与一段时光告别,另一段崭新的时光就摆在眼前;我唯一知道的是,我必须去度。

分配结果在不久后一个秋风微凉的日子传来:同班一起毕业的八位同学加上其他学校同届毕业的几十号人,只有我一个人留在了县城一家有名的骨科医院。很多人以为这是我走关系的结果，我没说什么，说的话，也只是一句：对于县城，我的祖祖辈辈都是走马观花的游客一般偶尔去一次，我不过是在冥冥之中受到命运之手的垂青罢了。我知道没有人会相信我的话，所以我干脆就选择了沉默不语。

5

从此以后，县城便成了我栖身的处所。转眼便是十年。正如我在《螺旋或我的成长》一文里写过的那样："十年过去了，我就以医生这个职业在这个小城活着，有过甜蜜，也有过忧伤；有过欢乐，也有过痛苦……因为我的职业，我正体验着人生的另一种成长。"在那篇文章里，我写到了我作为医生遇见的若干起死亡。有一点我没有说出——作为旁观者，当那些人就那么闭上眼睛停止呼吸，不再说话和思考，我内心里其实多么不安——我在对自己的怀疑和不安之中，走过了十年，并且还将继续走下去。

草 药 生 活

李存刚

1. 生 姜

每年初春,母亲总要在自家菜地的边角地带埋下一些身穿泥衣、老态龙钟的生姜瓣儿。除了松土和后来弄菜地时顺手拔一下长势凶猛的杂草,身处菜地边角的生姜们被埋下以后,便落入了被母亲冷落的命运。即便是除草,不久后,也因为齐心协力的姜苗们更迅猛的生长,被母亲草草地敷衍甚至忽略了。与身处菜地中心的萝卜白菜比起来,姜苗们显然并不在意自己遭受的不平等待遇,它们争先恐后地往上蹿,像是在比赛着,看谁可以享受到更多的光照,沐浴到更多的雨水。而在它们脚下的泥土里,一块块新生的生姜已悄然长成。

偶尔,在给萝卜白菜们施肥时,母亲会顺便拿一些给姜们,作为对它们良好长势的鼓励和奖赏。微风拂过,姜苗们便摇曳着绿油油的身姿,将尚未风干的露珠撒在母亲平静的脸上,这时,母亲会直起腰身,抬起早已酸涩的手臂,若无其事地揩拭一下自己的脸庞,然后又伏下身去,继续侍弄萝卜白菜们去了。对于姜们,母亲从来就很放心,母亲不知道,那其实是姜苗们想对她表示一下亲昵呢。

冬吃萝卜夏吃姜。入夏以后,母亲便会时不时去菜地里转上一圈,除了照例去侍弄一下那些让她挂心的萝卜白菜,回来的时候,母亲手里便拿着几块沾满新鲜泥土的嫩姜瓣。母亲将它们洗得干干净净,切成小小的片儿,拌上盐巴和自家的辣椒酱,放上餐桌,那个季节的饭菜便随之充满了辣乎乎的新鲜味道。我三两下吃完饭准备溜下餐桌,母亲叫住我,别忙!随后就会盛一碗她刚刚放了姜末的菜汤,看着我一口一口地喝下去。母亲眼巴巴的神情,让我想到她哄我吃"粽子糖"(裹了糖衣的驱虫药,形似粽子)时的样子。

后来学了医,我才知道,母亲那时候是真把碗里的姜汤当成了药的。只不过,就像喂我"粽子糖"时一样,母亲只知道生姜也是药,却不敢明确告诉我。良药苦口,母亲一定是担心一向顽劣的我洞穿了她的"把戏"吧。而在城市的菜市里,四季都有新鲜的生姜上市,不用说,那是众多大棚蔬菜中的一种。外表和母亲栽种的没有两样。有几次,我抗不过自己越来越馋的嘴,买了一些回来,学着母亲当年的方法吃了下去,却怎么也没了当年满嘴辣乎乎的味儿。

母亲一生没识几个大字,不知道她年年栽种的生姜,早在几百年前就躺进了厚厚的《本草纲目》。那是一本为后世的习医者奉为经典的必备书。而一本医学院校通用的《中药学》里这样写道:"(生姜)为姜科草本植物姜的块茎……秋冬二季采挖。切片生用、煨用或捣汁用。"

母亲如今依然健在,每年初春,依然要在自家菜地的边角地带埋下些老态龙钟的姜瓣儿——以前是喂养我们,现在又加上几个孙子孙女了。

母亲不知道,因为生姜,她一不小心便和"经典"扯上了关系。

2. 鱼 腥 草

据说,现在的浙江绍兴地区,在春秋时期是越国的地界。当年越王勾践做了吴王夫差的俘虏,勾践忍辱负重假意百般讨好夫差,方被放回越国。回国后勾践卧薪尝胆,发誓一定要使越国强大起来。传说勾践回国的第一年,越国碰上了罕见的荒年,百姓无粮可吃。为了和国人共渡难关,勾践亲自翻山越岭寻找可以食用的野菜。在三次亲尝野菜中毒后,勾践终于发现了一种可以食用的野菜。这种野菜生长能力特别强,总是割了又长,生生不息。于是,越国上下竟然靠着这小小的野菜渡过了难关。而当时挽救越国民众的那种野菜,因为有鱼腥味,便被勾践命名为鱼腥草。

我丝毫也不怀疑这个"据说"的真实性。就像一个我们熟悉的人,他叫什么名字,并不影响我们对他的熟悉。

在溪头沟,鱼腥草有另外两个更加亲切更加普通的名字:侧耳根、猪鼻孔。不知道我的乡亲所以用人耳和猪鼻为鱼腥草命名,是否也是因了它特有的鱼腥味儿。

我没特别注意过猪鼻孔最初长成时的样子。当春风渐渐变暖的时候,它们便顶着心形的暗绿或暗棕色的叶片,一株株,漫山遍野地疯长起来。这时候,就有伙伴提议,走,掏猪鼻孔去。一拨人于是背着小背篓,手拿镰刀出发了。回来的时候,每个人的背篓就都满满的,一背的腥香味儿。

那些猪鼻孔,一小部分被母亲留了下来,其余的大部分则被洗净,然后几根几根地扎在一起,一小捆一小捆地送进城里。晚上,便有几个香甜的水果糖躺在我们的手掌心。我爱吃母亲凉拌的猪鼻孔,但我更爱水果糖。于是第二天,伙伴们又都不约而同地掏猪鼻孔去了。房前屋后的那些田边地头、那些荒山荒坡也便成了我和伙伴们最初最美的乐园。而那漫山遍野四处疯长的猪鼻孔,似乎永远也掏不完似的。一如"据说"的那样,生生不息。

我儿时的夏天,也便这样不知不觉地在猪鼻孔的腥香味和水果糖的香甜里度过了。

现在,我清楚地知道了那些被扎成小捆的猪鼻孔的去处——要不就是城里人的餐桌,要不就是中药材收购站——那些被我和伙伴们从山野里挖起的猪鼻孔,经过另外一些人的挑拣,或者成为城里人的美味佳肴,或者被晾干,住进中药房某个带把的抽屉里,或者在一些化学物质的作用下,变成液体或者药片:鱼腥草注射液、复方鱼腥草片……

名字还是那名字,却不见了暗绿或暗棕色的心形叶片,没有了浓烈的腥香味儿,这时的鱼腥草,当然已不再是我认识的猪鼻孔了。

3. 天 麻

我至今清楚地记得第一次挖天麻时的情景。具体的时间已经忘了,只记得那是个阴天,同去的是隔壁的王本分。我们一起走了很远的路,开始是大路,然后是羊肠小道,接着是杂草丛生的荒坡,最后便是阴森幽暗的大森林了。王本分说,开始吧。我不解,怎么开始? 王本分指着一根高大得望不到顶的大树,说,你从那里,我从这里。我不同意,说,我们一路来一路走,等一下还要一路回,我们为什么要分开呢。王本分就无奈地摇摇头,转身没入阴森可怖的林子里去了。我一下慌了神,赶紧沿着他刚刚踩出的路跟上去——我不是担心王本分撇下我,是担心我把自己搞丢了。

幸好,王本分会不时停下来,匍匐在地,一动不动。起初我以为他是走累了,停下来等我。待我走近时,却见他手拿一块土豆样的东西,上面连着一根猩红的秆儿,活像涂满了红墨水或者鲜血淋漓的手指。王本分举着它,嘿嘿地笑了起来。我从没见过王本分那样舒心地笑过,见到他那样的笑,我突然就觉得自己已不再那么害怕了。但我依然不敢自己单独走另外一条路,依然担心把自己搞丢了。

这样做的结果就是:傍晚回家时,王本分拎着鼓鼓的背包,一脸灿烂;而我,除了出发时带去的锄头,便是空空如也的背包,俨然一个刚刚从战场上溃败而归的士兵。还有就是,从此我知道,可以蒸熟后治疗爷爷头晕病的天麻,原来有一根猩红的秆儿;更奇怪的是,大山里所有的植物都有叶,都要开花结果,为什么唯独天麻身上没见哪怕是一片叶子呢?

这个问题在后来很长的一段岁月里困扰着我。直到有一天,当我打开《中药学》课本时,才得以明白,原来"天麻为无根、无叶绿素的兰科寄生草本植物,不能自养生活,必须依靠密环菌菌丝取得营养,生长发育……"那时,我已离开老家在外求学。在那之前,王本分没能和我一样,跳过横跨在"农门"之上的独木桥,作为我最要好的同学和伙伴,多年前我们没能分开走的路,那一刻,被命运之手轻轻一挥,便陡然分开了。

王本分后来早早地结了婚,接着又有了孩子。有一天他开着自家的大货车载着妻子和孩子回老家看望他的父母,半路上,他和他的家人,和他的大货车一起,猛一下,飞下了一处很高的悬崖……

我清楚这和天麻无关。但不知为什么,从此以后,我总是不由自主地想起王本分手举天麻,满脸微笑的样子,想起那猩红的活像鲜血淋漓的手指头的天麻秆儿……

4. 五 倍 子

作为一种乡野里四处生长的普通树种,五倍子被我的乡亲们记挂,是近些年的事。我这样说是有确切依据的,这依据,便是王幺爸家那块种满了五倍子树的自留地。

王幺爸就是王本分的爹。在溪头沟,他们父子俩的名字,就像他们家那块自留地里的那些五倍子树一样,家喻户晓。最初的起因便是王本分。王本分是家里的独苗,被王幺爸寄予了很高的期望。王幺爸多次宣称,只要王本分有出息,他拼了老命也要供他。可惜王本分似乎从小就不是读书的料,小学他高我三个年级,后来连降两级,只比我早一年考进初中,后来我因病休了一年学,等我继续读到初三时,我们成了同班同学(王本分第二次复读,插在我所在的那个班),而他的两个姐姐却小学没毕业就被迫辍学,在家务农了。说是被迫,其实就是因为家里实在太穷,无法同时供养三个学生。让人揪心的是王幺妈,生病在床,就那么活生生地痛没了,原因当然也是因为除了供王本分读书,王幺爸再没多余的钱做其他的事情了……后来王本分到市区做了个倒插门的女婿,代价就是王幺爸卖掉那几间"五柱四"的老房子换来的一栋水泥平房,地点自然是在上百公里的市区,而王幺爸自己却住在老地基上新盖的几间茅草屋里。

王幺爸的这些做法和王本分的"没出息",一直是溪头沟里最热的话题之一。

后来就有贩子到溪头沟收购五倍子。有人说,那贩子是王本分老婆的远房亲戚,到底是不是,却没人去过问。乡亲们在意的是五倍子的价钱,和下山转一转回来的收成;暗地里,人们也在惊奇,一种四处生长的普通树种结出的

"果子"居然可以换钱。

王幺爸倒是一如既往地少言语，只是起早贪黑，每天一个人默默地上山打五倍子。就连他把自家那块自留地里的蔬菜和庄稼全部铲除，然后清一色地种上五倍子树，也仿佛是在一夜之间完成的。乡亲们恍然间发现的时候，他也不做声，就那么一声不响地埋头做自己的事情：五倍子打完了，就侍弄那些五倍子树。那热情，比起当初侍弄庄稼来，有过之而无不及。

王幺爸的那块自留地就在进城的路边，一大片庄稼地中间。那次我回去的时候恰巧碰到王幺爸在为那些五倍子树除草。正是夏天，五倍子树浓密的枝叶几乎盖住了它们脚下的土地，也盖住了王幺爸瘦小的身影。我叫了他好几声，他才扬起头，冲我似是而非地笑了一下。他黑黝黝的挂满汗珠的脸颊，因他的笑，变形得有些夸张，像是无意间被我洞悉了他不愿人知的秘密似的。很快我就知道，王幺爸精心管护的那些五倍子树，在被王幺爸移植过来以后，年年都长满新绿，就是一直没挂过"果"。

王本分出事的消息是我那次回去不久以后传来的，听到这个消息，我眼前不由自主地浮现出王幺爸变形得有些夸张的脸，和那片茂密的五倍子树林。从此，它们便一直在我的记忆里，枝繁叶茂。

后来，就时常听到人们议论起王幺爸家那块自留地，和那些从未挂果的五倍子树。议论之余，人们总免不了感叹："要得发迹，五倍（辈）子啊。"感叹声里，满是无奈和怯生生的痛，仿佛王本分也是他们家的孩子，仿佛王幺爸家发生的一切就都发生在自家身上似的。

自然，这"五倍子"和作为中药、用以疗疾的五倍子，压根就不是一码子事情。

5. 黄　柏

对于黄柏，《中药学》课本里是这样写的：

"为芸香科乔木皮或黄皮树除去栓皮的树皮……生用、炒焦用或盐水炙后用……性味苦、寒。归肝、胆、大肠、胃、肾、膀胱经。应用于黄疸、痢疾、带下、淋症、湿疹等多种湿热病症……"

这是我很久以后才知道的，而我认识黄柏树则是在很早以前，和父亲有关。

父亲栽下它们的时候，还是些弱不禁风的幼苗。没过两年，它们就和那些竹子一起，长成一大片浓荫如盖的林子了。远远望去，像一张绿油油的地毯，在老屋后面那片长长的斜坡上，纵横起伏。几阵秋风过后，枝头上那些细碎的叶片便纷纷坠地,只剩下光秃秃的枝丫,直直地挺立在那些依然故我地浓绿着的竹丛中间,这时候,那张绿地毯就变得斑斓夺目起来了。

父亲似乎一点也不挂心林子的变化。父亲是个农民,要耕地、要种田、要伺候圈里的牲口,还要焦心我们的吃穿和学业,却从未想过用它们来养眼。父亲栽种它们,为的就是有一天用来换钱。父亲知道,那些被称做黄柏的树,树皮剥下来可以入药,因此才可以换钱,因此父亲才栽下它们。从小,父亲就教我们,做什么事情都要一心一意。父亲栽下它们之后,就"一心一意"地干他的农活去了。父亲更知道,只要将它们植入泥土,它们就会独自成长,就像更早些时候种下的那些竹子,就像山野里那些独自生长独自开花结果的杂草树木。

大约是在它们第八或第九番转绿的时候,村里飘起了"收黄柏"的吆喝声。那声音,拖着长长的尾音,穿过溪头沟的坡坡坎坎,也穿透了父亲和乡人们的胸膛,在溪头沟上空风一样飘荡。看着乡亲们一个个手拿斧头镰刀,兴冲冲地走出家门,而后怀揣钞票笑逐颜开地回家,父亲心里七上八下的,却没有要动手的意思。这叫我不解,父亲栽下它们,为的不就是今天吗?难道父亲有更好的去处安置那些树?我不知道,也没敢问父亲。

那段时间,天刚刚擦黑,父亲便一个人穿着棉袄出门,去后山那片林子里。我这才明白,父亲是还没想处理他亲手栽下的那些树,但担心有人会趁着夜色替他处理掉了,所以就只有去守着它们。但父亲担心的还是不幸发生了:那夜,大雨倾盆。父亲刚刚出去没一会儿就浑身湿漉漉地回来了。父亲进屋的时候面色铁青,一声不吭,并且破例再没出去。第二天早上,父亲便手拿斧头走向了后山那片依然绿油油的山坡。下午我放学回到家的时候,父亲的脸依然铁青着,手里拿着一块黄柏皮,吧嗒吧嗒地抽闷烟。我不敢说话,只远远地看了看后山那片山坡,此时,只剩下那些竹丛依然故我地绿着,没了那些黄柏树,那些竹丛看上去就显得有些孤孤单单的了。

后来我一直在想,如果没有那个雨夜发生的不测,父亲会怎样处理那些黄柏树呢?

我没问过父亲,我找不到答案。我知道的是,从那以后,老屋后面的那片山坡上,那些黄柏树留下的空隙,至今依然空着。只有那些竹丛,依然故我地绿着,像是在等待,更像是无声的誓言。

现在,我不仅认识黄柏树,甚至能够在一大堆中药里一眼就认出经过加工、可以随时入药的黄柏来。每每此时,我手捧黄柏,缓缓地凑近鼻孔,苦涩的药香随之便会在我的体内澎湃汹涌起来……

24

6. 山 药

在成为药之前,山药首先是人们果腹的食物。

山药原来的名字叫薯蓣,唐代宗名李预,因避讳改为薯药;北宋时又因避宋英宗赵曙讳而更名山药。此外,因为出生地的不同,山药还有怀山药和光山药之分。但不管它叫什么,也不管它生长在哪里,并不影响一代代的乡人用它来填充自己饥肠辘辘的胃腔,或者被切成厚片,生用或麸炒后入药。偏偏,山药喜欢向阳的山坡,而且专选杂草丛生、乱石堆砌的地方生长,似乎是有意为难人们挥起的锄头和钢钎。民以食为天,饥饿和病痛的魔力是无穷的。

多年前某个深秋的早晨,张银坤肩扛锄头和钢钎出发的时候天还没有大亮,几个孩子和老婆都还在被窝里没起来。张银坤总是习惯早起,每年秋天,当他看到门前的李子自己从树上落下来的时候,他便去掏山药。张银坤知道,这时候,山药也已开始落叶了,错过这段时间,那些四处攀爬的藤蔓就会断掉,很快就寻不着影子,那样掏起来就费劲了。张银坤熟悉山药的生长,知道哪里的山药好掏又长得块大,他甚至闭上眼也能说出很多窝山药生长藏身的位置。

张银坤掏山药有个与众不同的习惯,对于那些长在乱石堆里实在掏不出来的,他就留着明年继续,他坚信他掏不了的,别人也很难掏到,他不能理解人们为什么总要把自己掏不了的戳破戳烂,让别人连掏的机会也没有。

那天张银坤去掏的,就是去年他未得手的几窝山药中的一窝。去年所以没有得手,是因为忘了背钢钎,所以那天出发的时候张银坤特意提醒自己,千万再别忘了背上钢钎,忘记了,那窝看起来长得很不错的山药就又无法下手了。

后来,张银坤的老婆为那天没有阻止张银坤去掏山药哭得地动山摇——那天,她起床以后就按头天晚上两口子商量的那样去了一趟城里,卖了昨天张银坤掏回来的山药,买了猪蹄,还给张银坤打了两斤老烧酒。酒是张银坤的最爱,猪脚炖山药,则是几个孩子眼馋的美味。她比任何一次上街回来的都早,到家的时候已是中午,往天这个时候,张银坤早就满载而归了,可那天太阳都向西偏了,猪蹄早打理好下了锅,锅里的水也滚开了,还是没见张银坤的身影。

张银坤后来终于回来了,不过,是别人抬着回来的。他的脸他的头血肉模糊,甚至叫人怀疑那是不是他的脸他的头。他紧攥着的手里,是一把新鲜的黄土和几小节山药藤。抬他回来的，是王三爷他们，王三爷那天和张银坤去了同一片山坡，不过没有张银坤早。王三爷说他很远就听到张银坤的吼声——"天仙配"，狗日的张银坤一定是找到一窝好山药了。王三爷说他还喊了张银坤的，后来他就听到一长串巨大的闷响，一大堆被人翻动过的泥巴和石头从山顶上，朝着张银坤所在的地方滚了下来。王三爷说他甚至没来得及再喊一声，张银坤的吼声就戛然而止了……

这是溪头沟广泛流传的一则旧事。乡亲们甚至编了顺口溜：张银坤，掏山药，飞石打爆脑壳。张银坤当年出事的地方，后来好些年再没有人去掏山药了——人们怕一去那个地方，就想起张银坤血肉模糊的脑壳，怕自己一不小心步了张银坤的后尘。

现在，人们可以借助现代科技和化学肥料，将山药移植到想移植的地方，并且让它按照我们的意愿生长，可以不用再费神劳心地满山野找寻。山药的吃法也日新月异，五花八门：山药汤、山药饼、山药汤圆、清炒山药丝、炒山药泥、山药炖兔肉、山药豆腐羹、山药炖牛腩、什锦山药粒……

这是山药的一个去处，余下的则作为一味普通的中药，被存储在中药房高高的柜台里，而后不时被放进某个药罐。

同样是通过口腔和食道进入胃肠，其目的和功效却有着天壤之别。

想 念 二寸

李存刚

古人有一个很有意思的比喻,两代人之间,即父母和子女之间的距离,为一寸;而祖孙之间的距离,为二寸。

我没有见过我的奶奶,父亲很小的时候,奶奶便去世了;同样,我也没有见过我的外公;而我的外婆我大约是见过几次的,只不过是在很小的时候,现在,我的脑海中几乎没有关于外婆的一点印记。所以,很长一段时间,爷爷一直是我在这个世上维系二寸关系的唯一一个人。

爷爷一动不动地躺在床上,嘴里不时传来嗡嗡的声音。爷爷一定是有什么话要说,可那语声,低微得让围在他身边的子孙们谁也无法听清。当我急匆匆地冲进家门,像往常一样叫了一声:"爷爷——"爷爷的头分明使劲向外转动了一下,嘴角嗫嚅着,想说些什么,却终于没有说出那句亲切无比而又久违的话:"龟子日的,回来了是嗦!"……

已经几天滴水未进、奄奄一息的爷爷,听到我和从省城匆匆赶回来的弟弟谈话,本已闭上的眼睛突然间变得"炯炯有神"起来。"我想喝水!"爷爷说。尽管知道这不是好兆头(后来我才想到,这便是所谓的回光返照),我仍紧跟着问爷爷:"爷爷,你吃一点饭不?"眼泪却几乎就要夺眶而出。"只要你们想给我吃哦!"急性子的爷爷甚至连想都没想一下便答道。我赶紧端起母亲刚刚准备的炒鸡蛋,一小块一小块的送进爷爷微微张开的口中。刚吃了两口,爷爷便说吃饱了。我转身去厨房,刚放下碗,便听见爷爷的卧室里传来的恸哭……

两天后的那个有雨的清晨,已被装进棺木的爷爷,被乡亲们抬着送到他生前自己选定的那块墓地,那个从今以后他在另一个世界的安身之所。在我注视爷爷最后一眼的时候,我注意到,爷爷那张满是皱纹然而亲切无比的脸庞是平静而安详的,平静而安详得好像刚刚睡去一样。随着道士先生一声令下,乡亲们不由分说七手八脚便将"活生生"的爷爷变成了一冢崭新的坟茔……

爷爷去世整整两年了。两年来,这几幕场景总时时在我梦中闪现。

在梦中,我甚至梦见爷爷就像刚刚睡去一样,我摇啊摇的,一声轻唤便醒了;被我唤醒的爷爷就像往常一样,一手牵着弟弟和妹妹,一手拄着拐杖,跟在我身后，缓缓地向家里走去。过了一会儿，不知是走累了还是烟瘾又犯了，只见他长长地嘘了一口气，然后就着路边的一块石头坐下来，弟弟赶紧从包里取出早已卷好的纸烟卷替爷爷装进那根巨大的烟斗，我在一旁划上火柴，爷爷于是吧嗒吧嗒地抽了起来。爷爷抽烟的姿势就像吹火筒，那根烟杆看上去就像火筒，只不过没有火筒那么粗而已；走路的时候，那根烟杆又变成爷爷的拐杖了。后来，我是说在我们几个他的孙子纷纷长大长高，高得超过爷爷那根烟杆，大得可以独自出去外面闯世界的时候，我们便如羽翼渐丰的雏鸟一般一只只从爷爷身边飞走飞远了。从此，爷爷便独自一人，挂着那根兴许是世界上独一无二的拐杖，颤巍巍地，走老家那崎岖不平的山路，再没有人搀扶。

我清楚地记得，爷爷便是这样颤巍巍地走进伯父家那几间日渐斑驳的老屋的。

那几间老屋，也曾经是爷爷的家。在我和我的弟弟妹妹出世以前，爷爷、伯父、父亲，还有我的两个姑姑就住在那里。两个姑姑出嫁以后，剩下爷爷他们父子三人；再后来，因为我们的出生，因为伯母和母亲日渐紧张的关系，爷爷毅然决定让父亲和伯父分了家，然后跟着父亲，带着我们搬离了那个他亲手建造起来的老屋。从此以后，极少再回去。

那个初秋的早晨，刚刚跳出"农门"的我还赖在被窝里睡觉。远远就听见堂妹撕心裂肺的呐喊声："爷爷，我爸叫不答应了！"闻之，正蹲在门口吧嗒吧嗒地抽着烟的爷爷腾一下站起来："什么？叫不答应了？"堂妹以无助的恸哭回答了爷爷。当爷爷挂着拐杖颤巍巍地赶到时，伯父的四肢早已冰凉了——霎那间，大滴大滴的泪珠从爷爷的眼中无声地滑落下来。要知道，我的伯父才五十出头啊！就在头一天，他还在替人家做篾活；做了一天篾活的伯父，晚上还专门去看过爷爷呢！这人怎么说没就没了呢？而我的爷爷，多年前便失去了妻子，年逾古稀却还要承受"白发人送黑发人"的苦痛，想想，他能不老泪纵横吗?!

伯父去世后，爷爷便时常独坐在老家门前的屋檐下，时常深深地叹息：哎，这人活着，有什么意思呢。我明白，爷爷其实是在担心伯父留下的三个孩子，他的另外三个孙子（女），特别是年幼的堂弟老二；十多年后，读书没出息的二弟成了爷爷永远放不下的一块"心病"。"这老二，屎意思！……"这便是爷爷临终前说的最后一句话。

转眼，爷爷离开这个世界已经两年了。两年来，我一直想找个机会与二弟谈谈，可两年了，我始终没见过二弟一面，所以直到今天，我仍没能告诉他，其实爷爷心里是那么地牵挂他，担心他！

人生五味,酸、甜、苦、辣、咸。这些,我是在渐渐长大,经历过许多世事之后才逐渐懂得的。而在爷爷,却不过是一句简单的话语:

"人啊,一辈子要经历好多哦。"

这话,通常是爷爷讲故事时的开场白。要不,爷爷会说:

"人一辈子,上多少坡就要下多少坎。"

每每爷爷的话音未落,我和弟弟妹妹早已围拢到跟前,等着爷爷开始他断断续续没头没尾的讲述。是的,爷爷的故事总是断断续续没头没尾的。而那些"故事",几乎全都是他自己亲身经历的往事,因为断续和没头没尾,许多事爷爷反反复复讲过无数回。以至于许多时候,爷爷刚一开头,我们就都知道了接下来的内容,于是异口同声地提醒爷爷:"讲过了!讲过了!"爷爷便不置可否地问:"是不是哦?"说着,端起他那根长长的烟杆,弟弟赶紧掏出烟卷给爷爷装上,而我则以最快的速度划燃火柴。吧嗒,吧嗒,爷爷猛地抽过两口之后,接着说起另一件事。可往往爷爷重新说起的,也是我们早已惯熟了的。

这其中,爷爷讲到最多的,便是他当年背"茶包子"从雅安翻越二郎山到康定的事了。小时候,听过那首著名的《康定情歌》,所以,当我听爷爷说起康定城时,我就有些羡慕爷爷能有机会到那个"溜溜的城"逛一逛。后来,我与一位同爷爷差不多年岁的老者有过一次短暂的谈话,巧的是,那位老者也有过背"茶包子"的经历。从他那里我了解到,那时候,因为川藏公路还没有修通,从雅安到康定,步行至少需要半月才能返回,除去一路上的花销,顶多能有相当于现在的四五十块钱的收入。而且,因为时常发生的病痛和不测,很多人一去便永远没能再回来……我这时才明白,当年爷爷说起的,对他来说该是怎样刻骨铭心不堪回首的往事,可爷爷说的却是那么轻描淡写若无其事!说到兴起时,爷爷甚至还会哼起曲儿来:

> 二呀么二郎山,
> 高呀么高万丈,
> 荒草古树遍山野,
> 荆棘满山冈……

记忆中,这首《歌唱二郎山》是爷爷唯一会哼的曲子。尽管只开了个头便没有了"下文",尽管有些走调,但爷爷用他苍老而沙哑的嗓音哼起来,依然让我久久回味,永生难忘!每当我想起这首歌曲,爷爷抽着烟悠然自得的样子便会不停地在我眼前闪现,闪现。

　　每个人的一生都是一个长长的故事,因为爷爷身处在那个动荡不息的年代,爷爷的一生自然充满曲折坎坷。当年的茶马古道如今早已经湮灭在历史的烟尘中,供人们去探幽去凭吊,而我唯一的爷爷、我的"二寸"转瞬间却已成了永远、成了遥不可及了!

　　有一点我至今仍不明白。大约在我上中学的时候,有一天放学回家,我偶然听到爷爷正和弟弟妹妹说起,我们家本不姓李而是姓朱;我们的老家并不在现在这个穷山沟,而是在如今靠近318国道的一个富庶繁华的小镇……那一刻,我的迷惑与不解自不必说。是的,为什么呢?为什么爷爷当初要从那个繁华的小镇来到这个穷山沟,为什么爷爷要由"朱"姓改姓"李"呢?可遗憾的是,我那时没能去问。我想,即便我当时问了,我可以肯定,爷爷也不会确切告诉我答案。

　　事实上,直到爷爷去世前,我仍有许多机会将这个问题弄明白。可每一次,当这个问题在我脑海中盘旋的时候,看着爷爷满是皱纹的脸,我又都忍住了。我总担心,我问起的又是爷爷一段悲伤的往事。在我看来,揭开爷爷尘封多年的老伤,那至少是对爷爷的不敬,更是一种不孝!

　　现在,谜一样的爷爷带着对我们对这个世界深深的眷念,走了。多年以前,爷爷将他曾经拥有的两个姓氏中的一个给了我父亲,尔后父亲又将它给了我们,可以断定,我们的后代就将以这个姓氏一代一代的生活下去,没有人会在乎!

　　爷爷以及他曾有的另一个姓氏从此便成了历史。

泥土的一生

李天斌

　　有些时候我总是想，在乡村，一个人来到世上，活了几十年，最后死去。活着没有留下什么，死去更没有留下什么。即使是墓碑上的名字，也很快会被风吹掉被水洗掉。时间在埋葬肉身的同时，也就埋葬了一生。一生也就这样过去了——这样的形式，已经组成了一支生命的长河，前赴后继，生生不息。

　　我总是有几分忧郁。生命的价值和意义曾让我置疑，当然更多的是带给我的脆弱。在这个尘世之上，生命可以有多种形式——泥土之外的生命，可以用精神来铭记和延续，一个人可以活得超越肉体意义上的生命。但在我的乡村，生命却是如此的千篇一律——活过了，死了，埋葬在走过的土地上，一堆没有符号的泥土，至多作为提醒血脉传递的一种存在。然后一晃就是若干年，一晃就再没有谁记住了。

　　比如我爷爷的曾祖母。我至今不知道她葬于何处。这从爷爷那里就已经成了秘密——孕育了一个浩荡家族的生命，就这样彻底消失在了村野的某个角落，连同一个家族的疼痛。还有后来村里的许多人，比我大的，比我小的，他们活过了，死了，他们最终埋葬在村野的某一隅，然后被人们忘记，被我忘记。时间不断地制造秘密——在时间之上，他们的一生，就这样终结，成为后世的忧伤。

　　而我总会想起他们的内心。他们在泥土上生，在泥土上息，他们悄无声息地来，悄无声息地去，他们一生的行程，究竟有着怎样的苦乐悲欢？曾经很多年，这样的心结一直成为我无比怀念他们的缘由。而我，也企图从那份怀念中找寻出乡村生命的质地来。

　　在我的乡村，我亲眼目送肉身告别尘世的第一个亲人是我的奶奶。奶奶仅活了六十四岁。但用奶奶的话说，她已经感到了满足。奶奶一生多病，在四十几岁时就有好几次差点死去，而每一次都奇迹般活了过来。因为这样的原因，对于死，奶奶总是很平静，就像生活中的一次远别。我记得奶奶很早就为自己准备好了寿衣。每年的六月，奶奶总要把寿衣拿到太阳底下晒。那时我还小，每看到寿衣时，就会涌起一种恐慌——对于死亡的惧怕。但奶奶却不。记得奶奶总是很小心地把每一处皱褶抚平，小心地拍打着每一个角落的灰尘——近乎某种仪式，神圣而且肃穆。奶奶后来还为自己准备好了棺材，在她还没离世的那些年,这口黑色的棺材就一直放在她的床头。她的房间光线幽暗,黑色的棺材在里面泛着死寂的气息——这使得我一直不敢走进去。那些时候奶奶就像一个秘密——我总是想奶奶为什么就不惧怕棺材和死亡呢？及至后来奶奶去世,及至后来我可以静心地看着她的遗容并最后抚摸她的脸庞时,及至后来——很多年后,当我也平静地考虑起死亡的话题时,才觉得了自己曾经的幼稚。而我也就明白,能平静地对待死亡,那是一种境界,更是一种生命的哲学。

在乡村,像奶奶这样走过一生的比比皆是。他们活过了,逐渐老了,然后就开始平静地为自己准备后事。他们把这当成一生最后的圆满——他们总在用这样的方式迎接自己的死亡。他们内心静如止水。还有的老了,觉得活够了,然后谁也不告知,自己悄悄地就作别了尘世,作别了自己。潘大爷爷就是这样的。潘大爷爷活了整整八十岁。八十岁的他依然还可以用火药枪打猎。还可以打猎的他在那个秋风来临的深夜,突然就不想活了,突然就自己把寿衣穿上,然后睡进了棺材,并使劲盖上了棺盖。子女们发现他的时候,他早已安静地死去。一支用红布包裹的猎枪,孤独地挂在篱笆上。没有谁知道他为什么要选择这样的方式——不过死了也就死了。当几炷香和几张黄纸燃过后,当泥土最后把棺材覆盖后,他留下的秘密,一个平民的离世,很快就被日常所淹没。

也还有这样的人,他们生于泥土,但却不满于泥土中的生活。他们拼了命离开泥土,企图找寻另外的路途。他们走出了村子,一去多年,他们也活过了,也死了,死在异乡。家里有点钱也有点能力的,就想些办法去寻了尸体,化成一捧骨灰,最后葬进被死者遗弃的土地上。土地用它的仁慈,最终宽容了这些魂灵。更多的人家,则当没有发生任何事,一任死者的尸骨在遥远的异乡长眠——至多是在年节或是清明之类的节日里,摆上一碗饭菜,烧上几炷香和几张黄纸,远远地喊上几声死者的名字,就算对异乡亡魂的祭奠了。我幼年的伙伴老朝就是这亡魂中的一员。老朝跟我同岁。在我还在读初中时,他就不顾一切地离开了村庄,最后在云南的某个县城因抢劫被判劳教三年。劳教归来后,很快又离开村庄,最后在北方的一个城市因抢劫杀人被判死刑。直到现在,他的家人始终没有去寻他的骨骸——他的埋骨之地成了秘密。他唯一留给家人的,仅是某公安局对他执行死刑的通知书。这份通知书被他的父亲仔细保管了很多年,直至他父亲去世。我无从知道他父亲内心的秘密——在对一份执刑通知书的凝望里,一个平民内心的平静或者风起云涌,常会让我无限黯然。还有杨大奶奶,活了六十多岁,儿孙满堂。但后来却执意要外出行医卖药,后来也死在了异乡。她的死讯传到村里,已经是半年之后。多年来,她的孙子们总计划着要去寻她的坟墓,但终于没有成行。好在死了也就死了,在日常的时光之下,似乎已经没有谁再记起这事——一个平民的消失,一生的荣辱得失,就这样被时间之尘覆盖。

我的岳叔父是今年五月死的。岳叔父死于自杀。岳叔父的自杀,是因为与岳叔母的吵架。在村里,这两位老人已经携手走过了几十年的风雨,也都是六十多岁的人。但他们却一直有绕不过去的心结——他们一生都在打骂。用他儿子的话来说,架打得狠,话骂得"花哨"——打骂构成了他们的一生。而每一次打骂,都被他们忍耐了下来。而偏偏这次,岳叔父忍受不住,一下子就喝了一瓶钾氨磷。在医院抢救醒来的间隙,他仍然高喊着让他死去——我想他真的是想死了。他活过了,他不想活了,他也就让生命终止于一瓶钾氨磷了。生命的过程就这样简单。一个平民的一生,爱或者恨,最后交给一瓶钾氨磷去发言。

还有的孩子(是的,他们仅是孩子,愿他们的魂灵得到地母仁慈的安慰),原本没有活够。他们来到这个尘世之上,很多事物他们还没有亲历,比如婚姻,比如性。他们还没有完全成为一个生物学意义上的人。他们还想再走一走。但是疾病却选择了他们。只是让我预想不到的是,当死亡来临(也许他们幼小的心也知道这一宿命的不可更改),他们竟然也如成人般的平静。那个叫做美的小女孩,小学四年级的孩子,不幸患了重病,双眼严重凸出,最后死在某个夏天的早晨。她死的时候,村子四周的映山红开满了山野,耀眼的红在层层绿树中迎风怒放。那天我刚好回村,我看见她父亲把她放在堂屋的一块木板上。她母亲一直在哭,她母亲告诉我,说美在临死的那一刻,紧紧拽着母亲的手,说她对于死也没什么想法,只是叫母亲一定不要因此悲伤……"她是多么懂事呵"——她的母亲一直在哭——一个幼小的生命,就这样走过了一生。走过就走过了,就像季节,就像落花,并不因为美丽而可以停留。而那个叫做鹏的孩子,一个正读高中的男孩,原本患的是脑膜炎,却被医生误诊为感冒。我去看他的时候,他已经烧得迷糊。当他父亲对他说我去看望他时,他竟然跟我打了声招呼。那一声招呼里满含平静,以至于我相信他很快会好起来。但他第二天就死了。死的时候,他哥哥从昆明打工弄回一个红桶,还准备送给他在学校用。我们最后把那个红桶放在他的坟前,作为最后的怀念和祭奠。在一个红桶的背后,一个孩子的一生,就此画上句号,并很快被风雨吞没。

我曾仔细地计算过一个平民生命的时限(当然贵族的生命也是有时限的,我们要感谢在这一点上的众生平等)。一个人大抵能亲历并记住的最多是五代人。爷爷辈、父辈、同辈、子女辈、孙子辈——这已经是最大限度的福祉。生命的局限,是与更多的遗憾紧紧相连的。我们每个人,或许都曾不同程度地希望自己能活得更为长久些——这是肉体在世俗意义上的本能。但这又有什么意义呢?在我的乡村,像这样如己所愿活到近百岁的老人为数也不少。活到这样的年纪,他们依然可以上山割草,放牛,他们依然像年轻时一样干活,吃饭。时间在他们的肉身之上,仿佛是凝固和定格的。时间流动的气息,只有通过那些过早死去的儿孙辈,才会传递到他们的内心。但他们却是悲伤的。村里的一个老奶奶就是这样的,活了将近百岁,他的儿子死了,孙子也死了,她亲手埋葬了他们。时间在她这里成了生活的利器——她一生的疼痛和忧伤,在时间的刀锋之下,一次次被切割得支离破碎。我想,她大约一定想过死——死亡又有什么大不了呢?死亡至少可以抚平和消解她的时间之痛。

这大抵就是平民的一生了。活了,老了,或者走过了,最后死了,活得长的,活得短的,最后都在泥土中安息——生前身后的一切都已水流云散,就像花开了,花又落了,最后成为尘土,没有谁记住他们的名字。至多在若干年后的某个时刻,有一个人,偶尔路过他们的坟前,面对坟上年年荣枯的荒草,轻轻地叹一声:"咦,这是谁呢?这是哪一朝哪一代的坟墓呵——"

乡 村 物 事

李天斌

1. 虚构的风物

毫无疑问,我曾期待着村庄的风物。比如期待着能有一些在历史上比较响亮的地名或河流。比如期待着能有那么一个有着响亮名字的人,曾经从这里走过,期待着那些丰厚的文化蕴藏,能把村庄普通的日子镀上不寻常的光芒和质地。

但我失望了。这里仅是贵州高原上一个普普通通的村庄。这里不曾有所谓的名山大川,古寺古塔,亦不曾有那么一条官道。这里的山水,每一寸土地,都极度平常。日头和风雨所及处,丝毫寻不出我所能有的期待。称得上风物的,或许就是一些零碎景致。但就是这些景致,却也让我生出无比温馨的情愫来。

比如瀑布。在村子的出口处,分布着两条河流。一条的源头是白腊田,流经杨柳田后,平缓的河道开始变得峻急,在磨角山下,一堵长约二百米、宽五十米的大约四十五度斜角的石壁突兀着,流水也开始迅急起来,用了俯冲的姿势,在这里飞珠溅玉。若是涨水季节,猛增的水流还夹裹了泥黄的颜色,如雷的吼声,倒也有铺天盖地的气势。远望去,十里水帘的瀑布盛景,却也会让你感叹自然美的无处不在。另一条则起源于坝口,在走完那些平缓的田块后,就进入了水碾房地段。至此,每隔几米,便有一道石壁出现,层层相连,其整齐有序宛然人工笔下的巧妙构思,酷似斧凿痕迹。流水从上面不断倾泻下来,仿佛阳光下散开的窗帘,灵动诗意。它是狭小的,但一级级的水帘连起来,就有了很深的层次感。也因此多了几分幽深妩媚,像是被时间与岁月遗弃的妙龄村姑,兀自在山野里生长或零落。

除却瀑布外,或许能算得上风物的,也就只有腾龙寺了。腾龙寺位于月亮山与大坡之间。我家有相当一部分责任地,要从这里经过,但因了与神庙相关的缘故,每次都会有幽森冷凝从心生起。但我终于还是走进了她的深处。作为村庄唯一有了点历史和文化厚度的风物,她的过去和现在,无疑能燃起我向往和诱惑的火焰。我是在某个阳光朗照的午后爬上腾龙寺的。我到的时候,跟村庄一样,腾龙寺的香火已经历了几世几劫。除了那只依然静卧于荒草丛里的石狮外,除了那些完整的石阶外,曾经的宝殿与禅房,曾经的木鱼与诵经声,曾经的香客与烟火,早已被午后的太阳隐藏在了荒草深处。曾经的热闹早已零落成泥。除了那些不断飞过山冈的蜻蜓,我什么也没看见。时间在这里已成为久远的秘密,不容许我有任何妄想。一只蜻蜓的飞翔,仿佛时间遗弃的偈语,除沧桑外,一切皆隐秘无形。倒是后来听母亲说起,我小时候一直学不会说话。直到五岁那年,母亲带着我在腾龙寺干活,一个下乡知青不断逗我,我涨红了脖子,在激烈的紧张后,终于喊出了平生第一句话:"爸爸。"知青们倒不以为然。只是母亲,当即就跪了下去,并认定一定是腾龙寺的菩萨显灵保佑,才没让我成为哑巴。此后,在母亲眼里,腾龙寺就成了我生命的庇护神,并嘱我用心,对其作一生的敬仰和祭奠。

此外,我还曾用心寻觅过的风物,是一个神秘的所在。它叫千秋榜。我最初听说这个名字时,非常兴奋。私下想,这应该是村庄众多名字中最为响亮的了,它具有必要的诗意和历史厚度。但我终究还是失望了。就是这唯一能激发村庄铿锵之气的名字,实际上也是乌有的。实际的情形是,从爷爷的爷爷开始,就没有谁能够指出千秋榜的具体方向和位置了。更没有谁知道,在这份诗意和厚度下,是否潜藏着一段让人振奋或叹息的秘密,是否能让村庄的日常,最终镀上不寻常的光芒和质地,是否能让我的遗憾,稍稍获得某种弥补。总之是没有谁可以考证了。于是只能想,或许这确乎是个真实的遗迹,或索性就是杜撰的地名,但不管怎样,它的流传至今,至少折射了村人的某种期待——对于千秋岁月的某种记忆或见证,抑或,对于质朴生命之外的、泥土之外的追寻和向往?

那么,在虚构或真实的风物上,我也算窥到村庄日常的些许秘密了?

2. 水麻柳与何首乌

水麻柳与何首乌,它们仅是村庄众多植物中的两种。跟其他众多植物一样,依附于山野的某个角落。连片而生抑或独自繁衍,都透着寂静的气息。它们是普通的,但它们却作为日常的构成部分,融入了我们的生活。

比如它们的名字,我就觉得非常亲切。在村庄,每一处地块,每一座山坡,每一株植物,村人总能有一个与之相对应的名字,并总能切近它们的形或神。再加那带了泥味的声音喊出来,也就多了几分贴近心魂的气味。就拿水麻柳为例,单从名字猜想,就一定与水有关,总能让人想起一幅傍水而居的温馨画面来。

但我提起它们,倒不是因为名字。而是在村庄的日子里,作为植物之外,它们还有着明显的另外属性——作为药物的功能。它们曾因为与村庄的生命气息紧密相关，从而无限神秘。

那些年月，总有怀孕的妇女们遇着大出血，亦总有因此而不能生育的妇女。于村庄而言，这是关系死生的大事。亦可以说，它关系着一个村庄，一个家族的繁衍生息。它曾一定程度上让村人觉得了生命的脆弱。那些时候，面对缺医少药的历史条件，一场意外的疾病，往往就能改变一个人甚或一个家族的命运。村人们为此是惶惑的。于是，作为药物的植物们，就这样承载了村人的希望，走进了村人的生活。而水麻柳，作为能治愈妇女大出血的药物，则一直是以传说的形式存在的。

懂得医治妇女大出血的，是一杨姓男人。不论是谁家遇上了，只要找到他，他都会爽快地把药寻来，并用了特有的方式，让患者吞服下去，也总是能做到药到病除。他是爽直和善良的，从不收取患者的一分钱。但他更是神秘的，每当有人试图探取这药名，他总是想法遮掩，说这是祖传的秘方，虽可救济病人，但依了祖训，却不能公开。只是后来，有那么几个稍稍懂得药道的草医，偷偷从那药的性味功能分析，遂得出是水麻柳的判断。从此，水麻柳能治大出血的传说，也就在村庄传播开来。但传播归传播，后来有患了此疾的，亦不敢冒那尝试的危险，仍旧找了那杨姓男人。所以关于水麻柳的传说，亦只是一个传说。只是在流动的时光中，那一份神秘，倒也日渐深重悠远，让人总想要触摸到某些质地来。

至于何首乌，则直接与我的身体紧密相连。那些在我身体里不断生长不断枯萎的希望，事隔多年仍然会让我无限酸楚。

就在那年，当我的肾脏出了问题后，稍通医道的大爷爷就说，只有找到那种并蒂而生，并已长成人形的何首乌，才能治好我的病。我为此几乎走遍了村庄所有的山野，几乎翻遍了所有的何首乌藤蔓，但我终是失望了。我从来就没找到过这种何首乌。于是，它像千年修炼的药妖，一直让我觉得神秘不已，而我也就更加笃信大爷爷的缘分之说——大爷爷总是说："药医有缘人。要得到这种长成人形的何首乌，需要时间和缘分……"我那时是灰心和失望的，我不知道在我既定的缘里，是否会有这样的奇遇。但我依然一次又一次，企图在某个偶然的瞬间，与长成人形的何首乌相遇……

而我也就懂得，生命中偶然的相遇，有时就能成为一生的刻度。也就学会了珍惜，对那些后来日子中偶然或必然的相遇，总是满怀感激，满怀对于生命芬芳的无限留念。

3. 泥土的乳名

很多年,我一直记不住他们的学名。

在农历的村庄,从生到死,学名似乎与每个人并不相关。倒是那些乳名,永远伴随一生。那些乳名,全都沾了泥土味,风里雨里,时间之中,率真而又朴实,就像日常的香火,很能切近人心。

比如葫芦。在他出生时,他父亲刚好从地里摘了葫芦回来,这个名词就成了他一生的代号。比如冬狗,因为出生在冬天,父母希望他能像家中的狗一样健康乖巧,于是就取了这个名字。比如小棒,出生时父亲刚好从山上找回一根用做牛鞭的红子刺,也就这样随便叫了。比如斑鸠,八哥,猫儿,小马,小牛,老虎,老熊,甚至如豺狗之类,自然中的一切事物,皆可作为名字。而且总是重复,一个自然村寨总会有很多个小马小牛之类的。而奇就奇在,从来没有任何一个人会把他们混淆。虽然人们在说起他们时,并没有用什么特别的符号具体分辨出来,但听众却总能从你所说的气味知道你说的是此小马小牛,而非彼小马小牛,这种相融而又相互区别的色彩,一度成为村庄别异的景致。

很多年来,在没有字典没有任何书本词汇作依据的年月里,每个人的乳名,就这样紧紧依附于自然中的物事,在相似却不相同的秩序里,生生不息。

这自然与他们的文化程度有关,甚或是不文明的体现。但生活在这些乳名中间,我却从没觉得有任何不妥之处。当我或村人喊着他们时,并不觉得有什么别扭和阻隔之类,反倒是那些亲切的情愫,仿佛跟了泥土,进入我们的心扉,让我们感受来自集体的一份温暖和踏实。曾经很多年,我就在这些自然的名字里,在山野的质朴和温馨中慢慢长大,并慢慢培育了诚恳而简单的秉性。

那些时候,无论是在村里,还是在山野间,你都会听到有些野突突的,却带了亲切的呼喊:"小——马——小——牛——"喊声往往此起彼伏,通过四围高山的回音逼过来,便多了一份空旷和幽深。我曾经很迷恋那样的氛围。曾经站在一抹夕阳中,一边看鸟雀归巢的盛景,一边仔细倾听那回音。有偶尔的一刻,我竟然把她跟遍地生长的民歌联系起来,并在很多年后想起她与村庄生命的某种联系,——也许曾经的村庄,也就因为有了这些泥土的乳名而生动,而更切近心灵?

但现在,如同时间一样,这世上一切都是流动不居的。在时间的重围里,事物的变化,已成为恒定的规律。一个事实是,现在,就在我们的下一代,这些曾经与村庄紧密相连的泥土的乳名,已销声匿迹了。随着电视机的普及,所谓的文明,已成铺天盖地的席卷姿势。文明已彻底颠覆了村人们曾有的生活秩序。包括给孩子取名。现在,电视里那些演员或那些男女主角的名字,已逐渐成了每个新生小孩的名字。现在回村去,总能听到许多在屏幕上听来的名字,比如紫薇、文强、尔康、家威等。至于那些泥土的乳名,早已跟农历岁月里许多消逝的物事一样消失了。我想我应该是高兴的,毕竟在文明的照拂下,我的村庄也嗅到了进步的气息。那气息,是希望,是通向美好的路途。但我也分明觉得了些许的惘然,觉得总有一种怀念,正在我的内心不断生长,并迅速蔓延。

于是决定,在某个时候,一定再回村去,再野突突地喊上他们一声。再喊上一次,生长在泥土上的那些乳名,那些亲切的乳名。

4. 老 阴 潭

穿过那片红薯地,便是老阴潭。潭水终年泛着死的绿色。幽幽的光,让人不寒而栗。它总是静静的,仿佛躲在那里,也就有了不知今夕何夕的味道。一种地老天荒的恒久与悠远,就这样让它无限迷离起来。

不过我要说的老阴潭,却是一个泛指的地名,也即这个深潭周围的岩石群。这是位于村子西北面的一处所在。因为远离村庄的缘故,复因层层叠叠的岩石遍布,没有任何一粒泥土,也就没有任何可以耕作的可能,再加了那深潭冷异之光芒,使这里几近成为人迹罕至的地方。

不过偶尔也有人来的。比如谁家未满五岁的小孩夭亡时,人们就会抱着那幼小的尸体,用竹席或麻布裹了,到这里来丢弃。也偶尔有一家,因了对孩子的不忍,直接用了崭新的小被子之类裹着。有时远远望去,还能看见那被子在岩石里的鲜艳,极像花朵的样子,闪着别样的色彩。

但我是不敢去这地方的。特别是看见堂二叔抱着红色被子穿过红薯地后,那个地方的恐怖,在我心里与日俱增。堂二叔这次抱上的孩子,是他第三个,还是第四个孩子,其时我已经忘记。但我知道,他接连生了几个孩子,但等不到满月,就都死了。死时的情形都很一致。这让堂二叔怀疑是撞上了鬼怪之类的。于是就请了所谓的阴阳先生查找原因。阴阳先生后来给他出了个极其残忍的方法,说是再生的婴儿死亡,就在死亡后的第一时间,用斧头把婴儿身上的经脉全部砍断,以后生育的孩子就能存活。现在的这个孩子,就是被堂二叔弄断了经脉的……我无数次想过这个无辜婴儿血淋淋的尸体,无数次想象当堂二叔手起刀落时的疼痛。一直到很多年后,这样的疼痛依然会刺着我的肌肤和灵魂。

及至年长，我终于随着人们去了老阴潭。那是某年夏天，在杨书舅舅六岁的儿子失踪后的第三个月，在杨书舅舅从外省打工回来的某天，在他的请求下，所有村人走遍整个山野，帮他寻找失踪的儿子。但毫无所获。后来有人想到了老阴潭。当人们走进老阴潭时，果然看见他儿子悬站于潭边的湿地上，整个肉体已经腐烂，刚与木棒接触的瞬间，就全部脱落下去……

我后来就一直不能释怀。老阴潭从此就与死亡成为对等的名词，一直在我心上放着。只是偶尔会想，在那些幼小生命消失的地方，在那些层层叠叠的岩石上，是否曾开出一些水灵的花朵，照亮那些脆弱生命的行程？照亮他们穿过年年荣枯的红薯地？

我想一定会有的。我唯愿那些花朵，永安他们哀怨的魂灵！

乡 村 俗 语

李天斌

1. 我们原本是吃灰尘长大的

"怕什么呢？我们原本是吃灰尘长大的"——在村里，每当人们从火塘里拿出烤熟了的食物，一边拍打着上面的灰尘一边总这样说。说者说得随意自然，听者也听得顺畅亲切。从没有谁怀疑过人们与灰尘间的距离。灰尘与生命，始终不离不弃，如影随形。

"怕什么呢？我们原本是吃灰尘长大的"——当人们这样说起时，并没有自轻自贱的意思。在村人看来，从生命诞生的那天起，就注定离不开灰尘，及至长大，直至最后死去，每一个生命从灰尘起，至灰尘终。灰尘成就了人们的一切。

"怕什么呢？我们原本是吃灰尘长大的"——说着这话时，人们显得是那样的安稳和踏实。对于灰尘，这种有损健康的东西，人们的胃囊并不排斥它的进入。并不觉得这是有害的物质，一种舒坦总是贯穿其间。这样的细节甚至构成了村庄的日常，勾勒了村庄的生命常态。

"怕什么呢？我们原本是吃灰尘长大的"——在村里，在这样的俗语中，你看到的，几乎都是与灰尘紧密相连的村人。他们在灰尘中耕作，在灰尘中行走，在灰尘中歇息，他们总是一身尘埃，蓬头垢面。但他们从没觉得任何的不适。与灰尘为伴，他们显得那样的从容，甚至优雅。

"怕什么呢？我们原本是吃灰尘长大的"——我不知道是否曾为此忧伤过。但可以确定的是，多年后，当我不断想起这话时，涌起的只剩下了感动。我知道，此话背后，是人们纯朴简约的生命追求，是一种境界，一定程度上揭示了乡村生命的某种哲理，让人感到内心的纯净与闲适。

于是就想，这该成为我全部的欣慰了。于是在多年后，面对尘世的宠辱得失，我总会一次次默念："怕什么呢？我们原本是吃灰尘长大的"——总认为，在这样的俗语下，我早已学会了宁静与淡泊。在现实的浮躁和喧嚣里，我完全可以做一个心空之人。

2. 搭伙过日子

"搭伙过日子"——在村里,每当哪家夫妻闹别扭时,前来劝和的村人就会说着这样的话。村人们总是说:"有什么值得吵的呢? 人生不过就是搭伙过日子而已。"如果谁家提到了离婚的事,村人则又会说:"为什么要这样呢,人生不过就是搭伙过日子而已,一晃几十年就过去了。"

"搭伙过日子"——在村人看来,这就是人与人之间生活与生存的关系。在村里,经常会有夫妻吵架,甚至大打出手,但几乎到最后都和好如初,几乎到最后,吵架的夫妻都会说:"算喽,人生不过就是搭伙过日子……"于是日子还是原来的日子,夫妻还是原来的夫妻,照样跟原来一样干活,一样吃饭,一样睡觉。仿佛什么也没发生。

"搭伙过日子"——这句话一直成为维护夫妻关系的纽带。通常是,在某个闲暇的午后,几个闲聊的女人之间,总会有人问:"听说你家那口子对你不好,咋回事呵?"被问的女人也就说:"管他喽,人生不过就是搭伙过日子而已,跟谁过还不都一样?"问话的女人也就跟着说:"是嘞,是嘞,就是搭伙过日子。"在这里,"搭伙过日子",甚至成了一种爱情观。应该说,很多岁月里,正是这一观点支撑了村人过日子的信念。不论是富裕的人家,还是贫穷的人家,都和和美美地走了下来。从来没有谁家,因为生活与日子的艰难而离异过。

"搭伙过日子"——在村人看来,它就是这样地贴近心灵,让人释怀。生活中的艰辛磨难也好,感情中的纠葛也好,相比一份实在的日子而言,其实都无关紧要。在村人看来,"搭伙过日子",原本就是一份美好,甚至是一份幸福。它可以遮蔽一切生活的风雨,让人们忘记一切的幸与不幸,让村人的岁月平静安稳。

"搭伙过日子"——它就这样,像一种潜移默化的内心秩序,仿佛一种无言的训导,让日子更像日子,让生命感受生命的一份温润与踏实。

3. 人生不就图个热闹吗

"人生不就图个热闹吗?"——在村里,每当年节或是喜庆之时,人们总要这样问别人或者问自己。人们总要说:"人生不就图个热闹吗? 热闹一回算一回。"话虽然说得有些消极,实际上却也反衬出内心热情的一面。

"人生不就图个热闹吗?"——在村人看来,且不管生命的底色如何,向往热闹,这是生命的一种需求。正因此,村人们总会在平静的生活中努力弄出些热闹来。比如结婚时,村人们总要倾其所有,摆上几天酒席,约了四邻八寨的乡亲前来庆贺。被贺者和贺者都会说:"不管有吃无吃,一个人一生就这么一次,好好图个热闹嘞。"比如逢年过节,或是想办法买了好吃的,或是给娃儿们换上新衣时,就对着别人或兀自地说:"管他喽,人生不就图个热闹吗?哄个娃儿高兴嘞。"甚至是老人过世时,虽然办不起隆重的葬礼,但却一定要请到四邻八寨的乡亲前来唱孝歌。孝歌整夜整夜地唱,主家或者歌者都会说:"不管有钱无钱,亡人就死这一回嘞,就热热闹闹地送送亡人吧。"

"人生不就图个热闹吗?"——按照村人的理解,人们辛苦一世,匆匆地来,匆匆地去,热闹一回,有何不可呢?"一世的汉子玩不起,一时的汉子还玩不起吗?"尽管没钱,但一时的热闹却是必需的。除了对一份热闹的向往外,其实还关乎面子,甚至关乎尊严。这似乎还成了人们的信条,——平时的日子可以清苦,自己的艰难可以悄悄埋藏,但关乎脸面和尊严的热闹,却是要紧紧抓住的。

"人生不就图个热闹吗?"——话虽说得轻松,但另一方面,正因了这份热闹,村人为此演绎了许多悲欣交集的故事。比如借钱给儿女操办婚事,比如借钱安葬老人,比如借钱给亲戚或是乡亲们送礼,热闹是热闹了,热闹之后,却是日子的紧巴与亏空。许多村人的一生,就在这样的循环里走过。只是让我感到安慰的是,从没有谁为此埋怨和后悔。相反,当他们经历了应有的热闹后,就会无比欣慰地说:"我这一生,完成了应该完成的事,可以放心地走了……"他们并不会因为生活的窘迫而对热闹心生厌恶。热闹于他们而言,已经是一种责任,甚或一种价值。

"人生不就图个热闹吗?"——是的,人生就这么点事,该抓住的,绝不放下。该热闹的时候,就热闹一回。——现在看来,我倒也对这看似消极实则充满生命热度的俗语生出几分喜欢了。

4. 人最终都要走这条路嘞

"人最终都要走这条路嘞"——在村里,每当老人辞世时,人们就要说上这句话。面对丧家的悲戚,人们总要安慰说:"别伤心了,人最终都要走这条路嘞……"村人们就这样,你家老人过世时我安慰你,我家老人过世时你安慰我。安慰的话一样。安慰的口气也一样。每户人家都得到过别人的安慰,每户人家也都安慰过别人。

"人最终都要走这条路嘞"——在安慰别人或接受别人安慰时,村人们都会说:"是嘞,人最终都要走这条路嘞。"言下之意,每个人都懂得这是个体生命最终的归属。但实际上,除寿终正寝的老人外,若是安慰那些早夭的丧家时,村人们虽这样说,但其实心却是怯怯地,——"人最终都要走这条路嘞",村人们都知道这仅是一种不切实的安慰,于事无补。但村人们还是要说——"人最终都要走这条路嘞",那意思是说,早夭或者晚亡,不过是时间不同而已,其结果都一样。"人最终都要走这条路嘞"——又何必为此伤悲呢?

"人最终都要走这条路嘞"——是的,热闹也好,寂寞也罢,从村里走过,所有的生命最终都要走到这条路上。看得开也好,放不下也罢,每个人都要这样走过。一条路就是一生。所以当村人们这样说起时,不管怎样,这话终究成了一种安慰。无论是早夭还是寿终正寝的丧家,也就多了一份坦然,一份随意,少了一份挂怀。我甚至曾为此涌起深深的感激。私下想,或许正是这一份安慰,让村人获取了面对死亡和生活的勇气?也或许,正是这份超然和淡然,让村人的生命获得了某种圆满?

但村人是否理解这层意义呢?"人最终都要走这条路嘞"——当他们这样说着别人,直至别人最后这样说起他们时,是否知道一句普通的俗语,其实就是通往他们生活与尘世的入口——一种世俗的哲学,一直贯穿他们生命的全过程?我不敢确定。只是相信,人们必将继续这样说:"人最终都要走这条路嘞"——在这条路上,一个村庄的时光,不经意地就完成了嬗变过程,就有了时移和代易的温暖或者沧桑。

村庄:非物质构成

李新立

1. 婚　姻

相对于院落、树木、牲畜、鸟雀、庄稼、炊烟这些村庄的物质构成,婚姻应该是维系村庄兴而不衰、生生不息的主要元素,并且是村庄存在的真正灵魂。我永远相信,在乡亲们的眼中,那些大大小小的孩子,就是常年侍弄的土地和庄稼,在他们成长的过程中,几乎倾注了父辈们大半生的精力和心血,一直到孩子们长大成人、结婚生子,甚至一直到父辈们再看着孙子们成家立业,才像完成了使命似的,合上双眼,撒手西归。

婚嫁牵扯着的不仅是一个村庄的心。孩子长大了,父辈们就开始私下里悄悄给自己的孩子张罗合适的人家。整个过程简单却又复杂,他们趁赶集或者会亲戚的机会,有意无意间传播一个或者几个孩子已经成人的信息,了解对方的家庭状况,在众多的信息中筛选合适的人家,差媒人带上礼物去上门提亲。我们山村的青年男女,他们没有花前月下的偎依和轰轰烈烈的恋爱,在组成家庭后,他们互相呵护着那些岁月,一起走过他们认为平淡的日子。村庄的婚姻朴素得让人敬重。

可是,不是所有的婚姻都是幸福的,村庄的婚姻有时也是一种痛。

洋芋是村庄的最后一茬庄稼,第一场霜降之前,好多人家要把它抢收回家。一位老人拉着架子车,和我打着招呼:"去刨洋芋啊。"他拉着架子车,弓着腰,样子看上去很是吃力。在他的架子车上,也放着几条编织袋和一把锄头。一个孩子,已经穿戴得很暖和了,脸蛋红扑扑的,坐在架子车上,两只小手紧紧地抓着车帮。我看着她时,她纯净的目光胆怯地躲闪着。不用问,这是都都家的孩子,今年应该五岁了吧。老人家的两个儿子都出外去打工,小儿子都都已经两年没有回来了。事实上,村子里,好多年轻人都出外打工了,田野里,我看到的大都是老人、女人和那些四五岁的孩子。我家的洋芋地离他家不远,还可以在劳作的间隙,跟他说说话。秋天的天空十分明净,风被大山遮挡在山外,似有若无,但温度并不是很高,带着些晚秋的寒意。是的,在这样的一个环境里,我得说说爱香的婚姻,因为我和他正在聊起这个话题。

村子分上庄和下庄,共近八十户人家,在方圆算是最大的村庄了。虽然大,但大得空虚,缩在一座山湾里,像不敢露面的小孩子,好多新鲜的东西从眼前一晃而过,却不知道自己该拣什么。村子里的饮用水源是在位于下庄的一条沟里,沟大,几乎把村庄切成了两半,沟也深,一条小路好像直立着插到沟底。水泉就在沟底。那时,我也常去沟里挑水,两只木桶一前一后地荡着,一趟至少十二分钟,上沟坡时得歇缓三次,如果不慎,桶子会从沟坡上滚下去,摔成几牙儿。一天,都都爹去沟里挑水,正好碰上也在挑水的爱香爹,两个人边走边说,越说话越多,放下扁担聊了半个上午,就说好了儿女大事。这年腊月里,爱香就嫁给了都都。好多表面上看似平静、美满的东西,往往叫人羡慕,乡亲们说,这桩婚姻好啊,男女双方都可以互相有个照应。

出乎所有人的意料,他们的孩子还不到一岁,爱香却走了。爱香走得干脆利落,她扔下孩子,回到了娘家。爱香的娘家和都都家相距也不过千米,但都都却远在千里之外的内蒙古打工,他一时无法知道家里发生的变故。都都爹起初以为是儿媳妇转娘家,可半个月过去了还不见回来,加上没有带孩子一同去,就觉得有些不太正常,便在一个清晨,踏着露水去叫她。爱香家的院门还紧闭着,老亲家隔着大门说:"你回去吧,我家女子不去你家了。"都都爹一下愣住了,说,你得说清楚啊,是咋回事呀?都都从外地急匆匆赶了回来,守在爱香家的门口,得到的也是这句话。一场婚姻,结起来难,分开竟然这么容易。

我对终结这场婚姻的原因知之甚少,但总会有人说起一些情况。在村庄,劳动力似乎已经成为村庄婚姻构成的一个条件,爱香能嫁给都都,主要是因为都都家不缺劳动力,都都弟兄俩都属于膀大腰圆的那种,而爱香家正好只有她和一个近乎弱智的哥哥。我的母亲曾经感叹:"看看人家的娃,都能给家里出力了。"爱香原本看中了另一个小伙子,她是不愿意嫁给都都的,之所以爱香能嫁给都都,本来是想叫都都帮助她家劳动,可都都竟然出外打工去了,她对此十分不满意,便离开了都都家。好多人都这么说,可我觉得对这一说法的准确性进行判断,显然已经不必要了。

从爱香此后的决定看,事实并不像人们所说的那样简单。村子里,那些初中毕业后,再没有上学的年轻人,年龄过了二十五六,如果还没有找下对象,就会让家长担忧起来。他们会走在一起,叹息:"怎么办啊,还没有张罗下个对象。"和庄稼相比,这是更令人心焦的事。长得精干又聪明伶俐的小伙子,除了还在上学的,大都出外打工,待家里的光阴盈实起来后,便盖起了一排排新房,好像招牌似的,吸引一部分女孩子的目光。但那些留守在老家的,情景就大不一样。爱香的哥哥就是这样。爱香的哥哥,这年都近三十岁了,还没有找下对象。他爸托四村八岔的亲戚到处张罗,但别人家的女孩子都不想到他家来,不仅仅因为他家的光阴一般。后来,我明白,爱香的离开都都家,纯粹是想为她的哥哥换回一个嫂子。村庄的婚姻,精神和感情的付出实在是超乎想象的。

爱香这次嫁得也不远,就在对面的村庄。这也不是我们平时理解的"出嫁",而是交换,爱香嫁到对面村庄,把婆婆家的小姑换过来,给她的哥哥做妻子。这年腊月二十八,两家"连引媳妇带过年",可谓双喜临门,喜气洋洋。只有都都的爹,听着外边的爆竹声,心里烦躁,长叹一声:"这是我娃的命。"可是,实在出乎人意料之外。爱香到对面村庄生活了不到一年,又回来了。这次原因简单:爱香的嫂子,也就是他哥哥的妻子,跟着一个外地收头发的人走了。事后,人们才发现些迹象,那个收头发的,隔十天半个月要来一趟村庄,几乎每次都要在爱香娘家的门前停一会儿,喊:"收头发了,收长头发。"

这三个家庭的婚事,一直是人们茶余饭后的谈资,也绝对是人们最直接的牵挂和痛楚。我发现,并且感觉到,当人们看见他们几家的人影晃动时,几乎人人都会想起和说起他们之间的婚姻。我一直希望着,他们之间没有怨恨。事实上,他们互相造成的疼痛,已经超过了怨恨。

2. 青　春

这是一个充满活力、生机、希望的词语。可隐藏在它背后的还有苦涩、不幸、悲伤。

土生、小灵不仅和我同龄,而且和我是关系相当不错的同学。那时节,我家院子的东北角上有一间小屋,起初我和哥哥住着,哥哥参军后,便由我一人占据着。因为只有一人,屋子突然空阔了起来,有时半夜醒来,面对黑暗,就有一种恐惧袭来。征得大人同意后,晚上,我就叫土生、小灵来做伴儿。他们两个瞌睡重,一倒在炕上就能入睡,至今想起来让我羡慕不已。

小灵的下嘴唇上有个包,豌豆那么大,但不是天生就有的。那是70年代末一次被驴踢的。当时,我们都在上小学,放学回家后,要帮家里拣粪。他跟在从地里归来的牲口后面,用我们的老办法,拿一根草茎挠牲口的肛门。一般情况下,牲口会因为肛门发痒拉一点粪出来。但这次是个例外,那头灰色的叫驴,可能因为肚子不是太饱,或者挨了主人的鞭子,竟然尥了一下蹶子,正好踢在了小灵的嘴上,致使他的牙被踢掉了三颗,嘴皮子严重撕裂,脸青肿得有些可怕。感谢一位赤脚医生,虽然当时的条件并不好,但他还是把小灵的嘴皮子缝合上。几十天后,他的嘴好了,只是多了一个小肉蛋儿。在他上中学时,有位在乡医院上班的大夫说,花费不到四十元,那个小肉块就可以处理掉,并且不留任何痕迹。大家都劝他去医院,他认为没有必要,坚决不去。一个人的固执,往往会产生意想不到的后果。

小灵家的生活状况不很好,父母多病,上面除了两个姐姐,再就只有他这个独生子了。中学辍学后,他想和其他同龄人一样,走出去打工,改变生活现状,可他的父亲担心会出意外,死活不同意。我听人们说,他至今还没有结婚,或许,他已经对婚姻没有过多的渴望——他都已经四十多岁的人了。小灵结不了婚,好多人都责怪他当初没有割掉嘴唇上的小肉包,后来,一年一年年龄增大,他的生活随着他的父亲的年迈而每况愈下。

在村庄,我常在晚饭后出门走动。从家门出来,朝右拐,是昔日做瓦用的一空地,瓦窑废弃后,就成了乡亲们聊天聚会的场所。夕阳的余晖给村庄带来几许清凉和安静,这种情境中,人们的表情上也多了些闲暇下来的悠然自得。我就是在这个地方遇见小灵的。现在,他见了我,目光躲躲闪闪的,不愿意和我接触。我伸手强抓住了他的手,然后细细地打量他,他的脸膛黑黑的,目光迷离,明显是那种不健康的神色。他的头发好像好长时间没有理过,并且极有可能近半月没有洗过,积了不少的头屑和尘土,衣服的领口,也布着一圈儿油渍。我对他说,你怎么不洗一下呢?他羞涩地笑笑:"洗了就又脏了。"没有多说几句,他惧怕我似的转身走了。看着他的背影消逝在西去日影里,我心里一酸。

目前,村庄里独身的并不是小灵一个人,我掐指数过,至少还有七八个人。其中就有土生和他的哥哥。在村头的一个小卖铺里,我还是碰见了土生。我见他躲在房子的一隅,佝偻着身子,使劲抽烟、喝茶,头也不抬一下,极力拒绝和避免和别的人交谈,偶尔朝我咧嘴笑一下,布满黄斑的牙齿让人觉得他已经老了。他的头发也不多,就像长在荒山秃岭上的树木,稀疏并且没有光泽。他的头发是因为大量服用药物才脱掉的。

土生现在和他的哥哥生活在一起。他们的父母于前几年先后去世。哥哥栓子,长了满脸胡须,性格却像个女人,很少说话,也不太到人多的地方去,因此年龄大了还没有对象。村子里,有好几个年轻人,在外面打工,都在他乡成了家。栓子便也出去了,银川、四川、新疆、内蒙古,一年换一个地方,但媳妇没有找下,倒是带回了些钱,把家里的房子全翻新了。他觉得,自己已经没有希望讨下对象了,盼望着能给土生成个家。他的这个想法,让村子里的乡亲们感叹不已。可是,不知怎的,还是没有哪户人家的女孩子愿意嫁过来。土生不敢等下去,岁月不饶人啊。过了两年,也出去打工了。他出去后,一两年没有回家,连春节也不回家。回来时,是一个春季。那时节,田野里布着一层浅绿,桃花、杏花相继绽放,春意藏也藏不住,但他的目光里好像深藏着什么不可告人的东西。不久他又走了,还带走了同村的小红。几个月后,大概是秋收时节,他们俩回来了。回来不是参加秋收。什么也不做,两个人钻到土生家的一间屋子里,长时间不出来。

等人们发现他俩时,又是一月后。这次,人们终于看到,他们的精神有些异常,疯疯癫癫的,说话前言不搭后语。赶紧送到医院,花了不少钱,土生的病情基本有了好转,而小红的情况越来越糟。后来,人们才从栓子的口里知道,他们俩练什么功法,据说这种功法练成后,不做家务,不做农活,天亮醒来,打开面柜一看,呀,全是细白面。白日做梦般的功法没有练成,倒走火入魔,引火烧身。

在这个秋天里,我不仅看到了一群人,而且亲近了我曾经劳作过的土地。我要走了。我走出村庄,听到身后一声叹息,我知道,那是整个村庄的叹息。

3. 死　亡

死亡的消息如同一块冰冷并且坚硬的石头,不时击打着我的胸膛。那天,当我听到三叔母离开人世的消息时,我在城市的一间房子里,正和朋友说起村庄的婚姻、死亡、生育。痛苦、压抑、揪心,针一样在身体里游走。我要立即赶回老家。

三叔家门口,认识的和不认识的人出出进进,表情因为庄重而显得十分模糊。门口前的一棵杏树,叶子已经泛黄,秋日的阳光,照在它的身上,好像有什么东西击中树枝,不时有叶子飘摇而下,落在下面的一张门告(贴着讣告的门扇)上。院子里的人很多,都是前来帮忙的房下,他们瓦着脸,走来走去。我跪在中间那个正屋前,屋内,裱糊在一起的白色的灵幢,已经将我和三叔母隔成了两个世界。请来的三个匠人在做棺材,还未完工的棺材,就像一个大匣子。一个人的最后空间有多大啊?棺材摆在东北边的一间房子前加工。我没有弄明白这是一种习俗,还只是一种巧合——三叔母在世时,就住在东北边的这间房子里。

和我的父母比,三叔母要小十多岁。可是,打从我记事起,三叔母的身体好像一直不是很硬朗,个子不高,走起路来,身体前倾着,两只小脚轻飘飘的,好像脚下绊着什么东西,随时会跌倒似的。一直到前年,老家的大哥捎来话说:"三叔母病倒了。"我起初不以为意,但看他一脸严肃甚至愁苦的样子,我想她病得不轻。

我向父母说起三叔母的病,他们都怀疑那是生产队时劳累所致。母亲叹着气,叫我回去看望一下。那时正值酷暑,人们都在麦田里劳作。东北边的房子里，三叔母一个人坐在铺了羊毛毡的炕上，用一条被子围着大半个身子，样子十分吃力。她的个子原本不高，我觉得她突然变得更加矮小了似的。我说我来看看您。三叔母拉着我的手，打量着，好像不认得似的。我心中突然有些悲凄。我说，还认得我吗？三叔母说："看这瓜娃，我咋能不认得呢。"她还问了我的父母的身体情况。她说："你不回来看看，或许以后就看不上了呢。"说得让人心头一酸。我清楚地感觉到，她的思维是正常的。

三叔母就是在这间屋子里去世的。一同和我赶回来的大哥，一时接受不了三叔母去世的事实。他念叨："怎么会呢？前几天不是好好的吗？"是啊，自从三叔母得下不治之症后，亲人们隔三岔五就去看望她，关于她的病情的消息，亲人们互相通报着。我在这个春节里又去看了她。还是那间房子，还是羊毛毡，还是一条红花面子的棉被。她吃力地靠在墙上，瞅着放在炕上的一碟瓜子。我忙为她剥了几粒，喂进口里。我问她还认得我吗？她不语，从眼神里可以看出，她在记忆中极力搜寻着关于我的影像，最后，我失望地看到，她没有做到，她放弃了。我剥着瓜子，泪水打在我的手背上。但是，三叔母竟然看见了泪水，抬起手，在我的手背上拭了几下——我永远心存感激，母爱渗透在一个人的血液里。我一直没有说出当时的想法：三叔母已经失去了记忆，她不会在人世间停留多久了，这个隐忧，一直藏在我的心底。

人的一生很长，去天堂的路却很近。三叔母的坟地选在位于避风湾的我们老李家的老坟区旁边，距村子约二公里路程。下葬定在下午六时，晚秋时节，这个时候天应该黑了下来，便决定提前一个半小时出殡。出殡的炮仗"啪、啪、啪"响了三声，虽然不是巨响，但我相信村子里的每一个人都听见了，他们知道，又有一个人永远离开了村庄。三叔母家的门前，跪下了一大片人，其中就有她的子孙们。按照习俗，出殡时不许哭泣，但我们已经泣不成声。门前的那棵杏树，以及柳树和榆树，黄了的叶子，红了的叶子，在细风中飘零，真像洒落而下的眼泪。

那天，出殡的队伍缓缓从村子里出发，好像从人的身体里穿过，那些熟悉的院落，大门，树木，牛羊，站在路边目送灵柩的人群，被慢腾腾地移到后面。花圈，幡幛，铭旌……消失在村口时，村庄好像从身体里移走了一块骨肉。我相信是疼痛不堪的。路上，晚秋的夜幕，真的如同一个舞台，该到拉上的时候挡也挡不住。暮色中，我看到棺材缓缓放入墓穴中，哭声，哭声，悲怆的哭声，冲天而上，很快淹没了仅有的一抹霞光。燃烧的纸堆，速度缓慢，火光却随风飘浮，未燃烧充分的灰烬，带着火渍，在半空飞舞，好像一只只化蝶了的生命。

这些黑蝴蝶，陪伴着一个逝去的生命，走在天堂的路上。

梦:与村庄有关

李新立

1. 与水有关

六盘山逶迤而去,村子四围的山头仿佛它甩下的残渣,缺石少树,土质疏松。若说没有树木,是有些过分。宜于西北生长的杏树和桃树,还有皮肤粗糙的柳树,东一棵西一棵的,把根伸进松软的土壤,紧张地寻找水分。几年过去了,回过头再看,不会给人带来多大的惊喜:它们好像没有长高长粗多少。就这样的树木,却是麻雀的家园,它们不择季节,在上面栖息、争论。

我家的屋檐下,摆放了几只木桶,几只脸盆,顺瓦沟流下的浊水,落在这些容器里时,发出的乱七八糟的声响令人心烦。雨过天晴,这些盛在容器里的雨水,经过沉淀,清水可用来洗衣,浊水则浇到树下去。这些迹象足以说明村庄缺水。

是真的缺水。

早已废弃了的养猪场的墙壁上,至今还残留着"工业学大庆,农业学大寨"和"水利是农业的命脉"的标语字样。那个时期,引水是村庄的最基本任务之一。公社的水利专业队开进村庄,他们要沿着起伏的山腰,修建几十公里长的水渠,把远在十公里外的王湾水库的水引进村庄,灌溉几百亩粮田。两年后,水渠修成了,人们亲眼看着第一股水从水渠中通过,田地里不时传来人们的兴奋的喊叫声。同时,许多居住在水渠下面的人家也体味到了水渠带来的害处——没有用水泥浇铸的水渠,水从土中渗透,从老鼠的洞中穿过,院落、房屋内,浊水横流。并且水渠经不住长期使用,一些地方开始塌陷。几年后,被雨水冲刷下来的泥土淤积了水渠,它干涸了。今天,或许因为水渠没有多大用处,它已经被一些人占为自家的土地,或栽树,或种菜。

远水解不了近渴。在村子里找水,乡亲们努力了好多年。几位年长者,心思一直在找水上。他们运用了山脉和水流走向的勘察方法,断言村东的一处土埂下,一定能打成一眼水井。晚上,他们偷偷摸摸地凑到一起,焚香烧裱,祈求龙王的保佑,并在选中的地方倒下了一碗寓意成功的凉水。天刚亮,心照不宣的队长派出几个劳力,在年长者的指点下破土动工。井越打越深,吊上来的黄土、黑土、沙土被尽数运走,用于铺垫被洪水冲毁的路面。大约快四十米时，还不见沙砾层，就再没有坚持打下去。很快，枯井被村庄的烂菜叶子、石头瓦块填满，一年还没有下来，枯井已经了无痕迹。

村子里的人们打不出水来，并不等于别人打不出水。第二年春天，一辆东风牌大卡车驶进村庄，把一台柴油机和许多钻杆扔在了一块平地里，很快，平地上架起了钻塔和一顶帐篷，县上的水利工程队的四个帅气的小伙子，每天在帐篷里休息、做饭。那台柴油机白天坚持不懈地"突突突突"响着，冒出的青烟消融在从山口吹进来的风中。好几天里，伸进地下深处的钻杆，提上来的全是黄土，最后深入到三十多米时，土润湿了起来，并且有了沙砾。这让这几个小伙子看到了希望，也让乡亲们看到了希望。终于，水喷了出来。几个小时后，人们还没有从兴奋中缓过神来，水浊了，水小了。水利队终于撤走了。看来，用这口井浇灌几百亩土地不会成为现实，便供填补村庄生活用水所需。我多次在这口井上打水，三十多米长的井绳足有十多斤重。有一次，把绳子扯到半途时，因年龄尚小，力气不足，险些被绳子带进了深井。是啊，虽然深，却是村庄里的一口水井！

村子里的主要水源在村南的沟里。牲畜的饮用水泉在左侧，人们的生活用水在右侧。一条窄而陡的路直插沟底，中午和傍晚，队里的牲畜去饮水时，沟坡上浩浩荡荡，尘土飞扬。若是雨天，沟坡上铺了油似的，寸步难行，曾经有生产队的牛摔到沟底，折断了腿和肋骨。这么一眼泉水，并不是随时就可以盛上水的，去得迟了，清冽的水已被早到的人们淘光，只有慢慢等待了。

有一年夏天，严重干旱，泉水枯竭。人们抬起头盯着老红的日头，不断念叨："这死天爷，咋不下雨呢！"说来也怪，一样的地理环境，距离不过三五里的邻村的泉水，却始终保持着清盈旺盛的势头，丝毫不见衰减。这让乡亲羡慕不已。许多人家开始去距离较近的流长村挑水，起初是公开，后来人家因为水源也紧张了起来，就开始不太愿意了，当看到有人挑水时，就站在崖边上反对："这不是明抢吗？"我没有去，所以就少了这份尴尬。我去了另一个地方。这是上学时必须通过的一条沟，沟坡上种着紫花苜蓿。有时候，我们不走那条唯一的细路，而是顺沟底穿行，走得次数多了，就熟悉了南边村庄的一眼泉水。南边村庄我们通常叫做"对面子"，人口少，一眼泉水清澈干净。我就是顺着沟底，去这里挑水，当然，路程要比去流长村远得多了。

一切与水有关。

泉水奔涌，土块掉落。我被沟里的洪水追赶，拼命奔跑。沟坡上的路直立了起来，我奋力攀缘。醒来，我每次都是大汗淋漓。这个梦境多次出现，我一直把它作为我现在生活状态的隐喻，从来不敢言说。今年春再回老家，穿过沟坡时，我刹那间明白，这些出现在梦境中的场景，就是村庄关于水的复制。

令人兴奋的是,村庄终于在今年通上了自来水,水源就是距村庄十公里的王湾水库。但是,谁注意到了沟里发生的变化?那些泉水,因为不再饮用,上面布了层油垢一样的绿苔。通往泉水的道路,不再有牲畜和人们的足迹,因失修而大面积塌陷。这条我多次走过的沟,从远处看上去,箭一样射向村庄的腹地。或许,只有我在怀疑,这支箭仍然在继续延伸,延伸。我担心,我的村庄,虽然有水,但有一天她仍然会因为水而老去。

2. 与路有关

四周的山,像蜷起的指头,将村庄拢进手心,那些路恰如掌纹散布。现在,我就在这些互相交错的纹理上行走,左右顾盼,迟疑不决,曾经熟识的路似乎变得陌生。路一会儿宽阔,一会儿狭窄,最后,竟然从大地上飘了起来,先是慢慢地,后来是疾速地收拢,绳子一样缠着我的身体。压抑、恐惧,我大喊大叫。醒来,已然一身冷汗。

村庄的路遍布在沟沟洼洼,他们用脚重复踢踏这些道路(或者就不是道路),路也就变得顺畅,日子一样瓷实。父亲曾经说,他年轻的时候,经常随长辈们到山外,去购买盐、铧等生活和生产资料。天还没有亮,顶着星光出发,回来时已经深夜,来来去去几百里,全靠双脚。当时,我恍若看见一群身穿补丁衣服,头戴草帽,脚踏布鞋的乡亲,推着手推车,谈论着庄稼,流着汗水,踢踢踏踏走在层峦叠嶂间。

村庄里的路太多,我走过的太少,我只能说说我走过的和记忆深处的。它们和人一样都有名字,它们对我的脚步肯定熟识。

长路咀。这是我以前进出村庄的主要道路。长路咀其实不长,位于村南,紧临着一条名叫流长的沟,距村中心不过几百米,但它的长度并不体现在字义上。我一直说它是村庄的"长亭"或者"灞桥"。每年春节过后,村庄的许多老人和儿孙在这里告别,送他们去上班、上学、打工。二十多年前,我就是在这里走了出去,几十分钟后,我站在沟对面的路上回头,看见母亲的身影仍烙在长路咀上。

羊路咀。这是一条由村庄通往北山的路。从字面上看,那只是羊只可以行走的山路。这条路以前的具体状况,我没有张口询问额头布满皱纹的长者,但我知道,它陡峭,漫长,狭窄,蛇一样从山下艰难地扭向山顶。说它窄小,有些过分,毕竟能容得下一辆架子车通行。山顶上,有我们李家的祖坟,每年清明时节,我都回家扫墓。另外,有我家的几亩梯田,夏末秋初,我和哥哥们得把码在地里的麦子拉回来。下山时,瘦弱的我经常撑在车辕下,汗流满面,双腿发酸,到麦场后,好几个小时缓不过神来。好在这个季节,一定能够看到远在几十里外的姑祖母,扭着小脚,一身疲惫,却一脸欢喜,缓慢地走进村庄。她带来的一小篮杏子,甜中透着酸,给炎热的天气一缕清凉。

弯路。由村中心伸向西北,爬过山梁,扎进另一个村庄。在村庄,它当时应该是一条交通要道,连接着西北好几个村庄,使这些村庄能够抵达乡镇集市。路并不是七拐八弯,却叫他"弯路",很有些哲学的味道。这里有成百亩苜蓿地,苜蓿开花时,整个弯路都是紫色的,整个空气都是香喷喷的。

大路。大路在村庄西边,从西边的山腰通过。大路不大,两步宽的样子。这条路实在与村庄没有关系,肯定是为了方便别村人通行,才开了这条路,"大路朝天,各走一端",可能说的就是这个意思。大路,也就有了公路的意思。"走大路的",与村庄不相干,与村庄的人也不相干,只是他走他的大路。

清明前一天回家,我没有像以前一样,从长路咀走进村庄。长路咀太绕,绕过两条沟,绕过另三个村庄,然后才能进入村头。村庄之间开辟了新路,班车不再在一个叫店子的集镇停靠,然后步行,而是直接驶过堑岘,从沟里下去、上来,由一条宽阔的土路把你送到村庄的另一端。我已经隐隐约约地感觉到,这条新开的道路,以及直达的汽车,已经代替了过去的长路咀。长路咀在相对发达的运输条件下,好像失去了那种亲情上的意义。

去上坟。羊路咀的路还是那么陡,那么狭窄,我能看到下面的弯路和对面大路的情形。弯路的一些路段,已经被人为侵占。而那条大路,人烟稀少,显得冷清、孤独,依稀可见被荒草淹没,发霉了似的,看不到去处。我想叹息几声,因为怕人讥笑,就压了回去。不过,心里还是一凉,说不清是为了什么。

3. 与树有关

树木装扮了城市。可是在乡村,树木却是一个村庄的物质构成部分。我不知道自己是否对它们有深厚的感情,可它们最近却经常出现在梦中。我在树木中奔跑,突然,那些躯干挺直的家伙,摇动了起来,一会儿拉长,一会儿缩小,将我围困在中间。我挣扎,我喊叫。先是一个人,后来是数十人,他们面目模糊,没有表情,挥动着手掌,瞬时,手掌变成了利刃,树木躲开了,纷纷后退,逐渐消失。天与地统一为灰暗的颜色,我闻见了腐朽的气息,压抑、恐怖。醒来,精神疲惫,浑身发痛,好像有人在砍我的身体。梦与树有关,我与树有关。

的确,好多物象使乡村神话般的安详美丽。

在村庄，山间、路头、山坡、沟壑，最容易看到的是柳树，它们是最适宜于西北黄土高原地带的树种，当然还有杏树、榆树和杨树。多年来，人们习惯把杏树、桃树、榆树，特别是柳树植在自家门前院后，说是"前榆后柳，不做就有"。这句俗语至少推动了村庄的植树热情。但以我的经历，八十年代初，大概才是人们植树热情最高的时期。那些年，我守在村庄里，和乡亲们一道，经历了仲春时节万物徐徐苏醒的过程。节气时令的变化，在山村是那么明显啊，春节一过，山上的颜色就发生了变化，这些变化只有细心的乡亲们才能发觉！光秃秃的山，像罩上了一层灰蒙蒙的外衣，那田地，透出了那种不经意的浅绿，树木则有了些许的深红。风不大，天空干净，气温宜人。春种还没有开始，村里村外传来"梆、梆、梆"的声音，在空中扩大、散开，显得悠长、渺远。

这是剁树的声音。我所说的剁树，是乡亲们一贯的用语，和伐树的区别是"剁树"是修理枝条，使树木长得更好。每年春天，人们都要给这些柳树不同程度地修理枝条，甚至剁个光头。过上一个月，修理过的地方就会长出嫩芽，深春时节，那些嫩芽就会蹿着长成枝条，再过上两三年，这些枝条，又会形成一个繁茂的树冠。新长成的枝条，翠绿、茂密，就像一个精神抖擞的人。黄鹂最喜欢在新树冠里安家，这一切便有了诗意。剁下来的枝条，都是有用之物，粗些的，用作房屋的椽子，一把粗细的，会用来作锨把。大多数枝条，会被理成两米左右长的"栽子"，趁着它水分充足时，挖坑、栽种、浇水，夏天到来时，这些从成年柳树上取下的后代，尽悉存活，那光秃秃的躯干上，发出嫩芽。它们，过上几年，又会成为一道村庄的风景。

承包经营责任制实行那年，村庄的树木也和牲口、土地一样分到了户，这使很多人家一下子有了富有或者奢华的感觉，常有人指头一划拉，说："那是我家的。"我曾经粗略地统计过，我家植的树，加上分下来的，是一个不小数字。那个叫羊路咀的地方，沿路两边都是柳树，每年的剁树声大都是从这里传出的。羊路咀上有我家两亩二类地，地头上方，二十多棵柳树全是队里分下来的，很多都有碗口粗。小湾梁上有一小片树林，也是队里分下来的，全是杨树，过一两年就可以做建房子用的椽子。当时母亲带着我和哥哥去数了，共四十多棵；还有位于杏树梁上的清一色杏树，约十棵。每年秋天，成熟的杏子在山风摇动下，从山顶滚下来，有时会滚到我家的院子里，浑身沾满尘土；避风湾是队上分给的三类地，因为山顶上风太大，种啥啥长不成，便种了四十多棵新疆钻天杨。

这些数字足以证明村庄多树。

村庄里栽树，有时觉得没有目的，好像你就得那样做！村庄里伐树，却是为了积累财富。这两年，村庄里不断传出树木被偷的消息，山路边、沟壑旁的树整个少了下去。被偷的树，要不被变卖，要不成了房屋修建的材料。父亲栽下的好多树，开始被人砍伐。据我所知道，砍伐先是从一棵桑树开始的。桑树种在门前的林子里，起初只有一把粗细，数年后，两手也合拢不住。这棵桑树和村庄里的那些躯干歪歪扭扭的桑树相比，它笔直挺拔，枝叶繁茂，让人觉得它们不可能会是同一树种，就连村子里几户喜欢养蚕的也对它疼爱有加。老家的大哥说，他在傍晚时亲眼见它好好的长在那里，安静得像一个人。第二天早晨出门，就觉得小林子里少了什么东西，仔细察看，是少了棵树。这棵父亲亲手栽下的树，被人贴着地皮锯掉，做了他们家架子车的车辕。

树少了，好像一个人失去了好多毛发，村庄显得苍老、衰败。我向居住在村庄的哥哥们说起过梦，说起过树。他们都觉得这不是好梦。或许，是树木在喊疼。或许，是村庄在喊疼。我呢？

村 庄 往 事

东 湖

1. 知 了

我念书不是很早，一是家里不管，你要玩就随你去；二是自己觉得捉知了比念书好玩。六岁半的时候母亲要给我报名，我赖在家里不走，母亲也就算了。等到七岁半上学的时候，竟然还上了一年的红卫班（那时不叫学前班）。我个子小，在班上没有谁能看出我有七岁。反正我觉得自己还是小孩，我还没想好要好好念书。放了学书包一丢就去捉知了。

一根三米长的竹竿，白色的塑料袋（有时找不到纯白色的袋子就用母亲装洗衣粉的袋子，花花绿绿的，凑合着用），用细铁丝做一个圆圈，找来母亲的针线，把塑料袋袋口缝在铁丝做的圆圈上；铁丝做的圆圈得留出一个把手，插进竹竿里，再用细绳狠命地绑紧。这样捕蝉的工具就做好了。

一手拿着竹竿，一手提着一个准备装知了的塑料袋，昂着头走在柳树或桃树下。有时顺着知了的叫声去找，知了像是知道似的，我们一到树底下它就叹气似的"吱"一声，不叫了。看准趴在树干上的一个，小心地伸出竹竿，慢慢地把塑料袋口对准它，猛地盖在它背上。知了受到惊吓，带着叫声一飞就进了袋子，在袋子里面还"吱吱"地叫。收回竹竿，把逮住的知了放在另外准备好的塑料袋里。旁边如果跟着一个小屁孩，就让他拿着。他像《渡江侦察记》里的解放军接到任务一样，一脸的慎重。知了越捉越多，但捉到的都是那种又黑又笨的大知了。如果运气好的话，我们偶尔会捉住一对正在交配的知了。雄性的知了一般比雌性的知了要略微小一点，并且不会叫。雄知了伏在雌知了的背上，它们的尾部交在一起。一开始我们分不清雌雄，捉住了交配的知了才晓得。那时好奇，我们会把两个知了捉在手里玩一会儿——把雄性知了尾部的一根像针一样的黑色生殖器插进雌性的尾部。也许是我们手上用的劲大了点，没弄几下就把雄性的黑针折断了。觉得不好玩，就把它们丢进塑料袋。丢进去的时候，那雌性的知了还叫了一声，像受了委屈似的。

最难捉的是那种金黄的小知了，飞得特别快，也特机灵。高柳鸣蝉，一定说的是这种知了。它们总是待在高枝上，叫得特别凶，声音高亢激昂。来到树下，还没等我们发现它，"吱"的一声就飞走了。也有被我们逮住的时候。

一旦捉住了它,我们就用细线系牢,牵在手里飞。它很烈性,从不屈服,一直挣扎到它飞不动为止。最后在我们手里疲惫地死去。当时觉得怪可惜的。

一开始我们捉知了都是为了好玩。把捉住的知了雌雄分开,一般都是雌性的多,雄性的少。几个小伙伴一起扯掉雌性的翅膀,捏着它的后半部,一开一合它们就叫。它们的叫声由一开始的响亮到逐渐地喑哑,捏时间长了,就怎么也不叫了。雄性的系上细绳,飞着玩。要么干脆拔出它们嵌在腹部的黑针,直接戳进雌性的尾部。黑针少,雌性的知了多,这样一来一根黑针就会用在几只雌性知了的身上。有点像没解放的时候大户人家的男人,不过现在的区别也不是太大。当时我们这么玩的时候,没觉得什么不好意思。旁边的小屁孩问,这样能不能生出小知了,我们都说一定能。我们把刺过的雌性知了埋进沙堆里,等着它们生出小知了。过了几天,扒开沙堆一看,它们全死了。

后来我们逮住知了不这么玩了。

那时大队里有个医疗室,医疗室里有个上海来的赤脚医生,听说他收知了,我们就送给他了。二十只知了换一粒糖果。有时不止二十只,会多出五六只,他说先记上,下次再一起算,并和蔼地问行不行。我们几个一起点头说行。换来的糖果,我们根据各人在捉知了过程中所起的作用,按付出分配。分的时候都是让分得少的先咬,有时他会咬多了,我们就让他吐出来,他抿着嘴不说话,舌头在嘴里来回嘞。我们捏住他的脸泡,他用牙齿咬住只剩薄片的糖果给我们看,说我只咬了这么点。我们要他下次补回来。

上海的赤脚医生姓文,我们喊他文医生。瘦瘦的,个子不高,两只眼睛特别有神。他收的知了听说是用油炸着吃。有一次交过知了了,我们不走,想看他怎么吃。他对我们笑了笑,于是动手剥知了身上的硬壳,只剩中间的那极小的一块不那么白的肉,看着怪恶心的。剥好以后他点起了煤油炉,上面放上一个铝锅,倒进一些棉油(棉花籽榨的油),等油开了把剥好的知了放里面炸,闻着怪香的。他吃了几个后,让我们也吃一个,我们一起吞咽着口水,摇头说不敢吃。

临走的时候,他拿出一个黄知了壳,告诉我们这种知了壳他也要,还是二十个知了壳换一粒糖果。看着我们疑惑的眼睛,他接着说,做药用。

有了文医生的需求,夏天捉知了,找知了壳成了童年最快乐的事。到处都是捉知了的小伙伴。没条件捉的就找知了壳。文医生那里的知了和知了壳越来越多,最后文医生不得不提高了价码,四十只知了或知了壳换一粒糖果。但他的糖果还是不够发,有时他就欠着我们,说下次等他从上海回来再补给我们。于是我们就踮起脚尖巴望着文医生快到上海去。

糖果暂时没有,但丝毫没降低我们捉知了的劲头。我们兴奋地等待着文医生到上海去,回来就会带给我们糖果。我在文医生那已存下了四粒糖果了,有一次在梦中梦见文医生从上海回来了,叫我去拿糖果。我在梦里乐醒了。醒的时候还舔了舔嘴唇。

有一天放学,我一个人专门到文医生那去了一趟,想问他什么时候去上海。我还没问,他笑着摸了摸我的头,说我还没去呢。

我有一个房头的大哥跟在文医生后面学医。应该是我到文医生那两天以后,听他和父亲说,文医生是台湾的特务,让公社武装部的人给抓走了。我当时听了头发都立起来了。心里突然很害怕。找到母亲,和母亲说了知了换糖果的事,问母亲公社的人会不会抓我。母亲说,抓他是因为他是特务,抓你干什么?

可我还是有点不放心,就和小伙伴们商量,如果公社里有人找我们谁也不许说出知了的事。大家都发誓,谁说了就是反革命。我们同时感叹,原来特务就在我们身边。难怪毛主席说,要时刻提高警惕,原来是千真万确的。

从那以后,我们再也没看见过文医生。时间久了,在心里会想着文医生还欠着我四粒糖果呢,但不敢说出来。有时又想着文医生那么和蔼的一个人,怎么会是台湾的特务呢?这样的问题在童年的脑海纠缠了一段时间,最后又消解在童年的玩闹中了。

和文医生有点联系的是,他被抓走以后,我们就失去了捉知了的兴致。童年的那个夏天,我们突然终止了和知了的所有往来,听蝉儿在树间,一鸣到中年。

2. 小 学 校(上)

文医生是台湾特务我们谁也没想到,在他被公社抓走之前,也许连他老婆鲁老师都不知道。

鲁老师是我们小学校的老师,教语文。鲁老师很漂亮,每天都穿着好看的衣裳。她说普通话。我们不会说,但鲁老师能听懂我们的方言。我们只在早读课的时候用不标准的普通话夹杂着方言读课文,鲁老师会站在教室门口,和善地看着我们。为了表现自己,我们都大声地读,就会看见鲁老师转背笑。不过,除了读课文,我们都不说普通话。觉得说普通话有点抬高自己,也说得不标准。甚至觉得说普通话,在乡村对于我们来说是件可耻的事情。

那时我们的课本里有拼音了,但没有一个能教的老师,老师也分不清前鼻音和后鼻音,并且教的时候都是用方言。所以说普通话对于我们来说成了天大的难事。在学校不好意思说,回到家更不敢说了,觉得说普通话就跟外国人似的。有一次,我跟妈妈说话,无意中冒出了一句普通话,妈妈听了拿树棍撵我,说,念了三天书就不知道怎么说话了。妈妈觉得我说普通话就跟不爱她是一样的。

鲁老师在小学校里说普通话成了一件新鲜事。学校里好多老师都怕和鲁老师说话,一方面怕自己被鲁老师影响会在另外的场合不自觉地说出了普通话而让乡人耻笑;另一方面在普通话面前,方言始终是矮了半截。有一次鲁老师回上海,请了半个月的假,另外一个老师给我们上课,他每天都用方言带我们读课文,整整读了两个星期。害得我们等鲁老师回来后,连夹生的普通话都不会说了。

说普通话的鲁老师走后,一直到上了高中才遇上了一个说普通话的老师,教我们化学,他叫陈武。第一学期我的化学没考及格,上课我只认真听他讲普通话了。他的声音非常好听,人也很帅,他结婚了。他上课的时候我常常走神,想着他娶了个什么样的女人。高二文理分班,我进了文科班,又都是清一色的方言老师了。高中毕业以后,听说陈武老师调到上海去了。这些都是题外话,该打住了。但鲁老师离开小学校以后,我想她去的地方也一定是上海。还有她和文医生从上海怎么到了我们的村庄,在那个年代成了我心里的一个谜。

小学校和医疗室在一个院子里。院子后面有个大池塘,池塘边有棵大树,绿荫覆满整个塘面,风吹叶落,落进池塘中的树叶风一来就像小船一样开走了。池塘边长满了水草,水草的上面浮着一些白色或其他颜色的垃圾。那些垃圾大部分都是医疗室里丢进去的——用过的纱布、废弃的贴膏、小的栗色的瓶子以及一节塑料管什么的。下课或者放学,我们就喜欢围着池塘转,看能不能找到好玩的东西。有一次吴现龙找到一个用过的避孕套(那时我们不知道是避孕套),以为是别人遗弃的气球,拿在嘴里吹。吹好了吴现龙放脸上蹭蹭,说好舒服,好弹。前面的小嘴子鼓鼓的,像奶瓶的嘴子一样。吴现龙说这个气球真好玩,前面还有小奶嘴,要往我嘴里塞,说你嘬嘬。我说是你家的奶头,你嘬吧。鲁老师正好路过看见了我们,厉声地对吴现龙说,吴现龙,扔掉它,那是脏东西。吴现龙睁着一双小眼睛,不解地望着鲁老师,一点儿想扔掉的念头都没有。鲁老师脸都气红了,走到吴现龙身边,一把抓过避孕套向池塘里一扔。借助里面的气,避孕套在空中划出一条优美的弧线落在池塘中间。吴现龙说,那是我的气球!鲁老师提着他的耳朵说,下次不要再捡那东西玩了。吴现龙梗着个脖子,不说捡也不说不捡。我那时以为自己明白了鲁老师说的脏东西是做什么用的,到很多年以后我才知道我的以为是错误的。说出来不怕见笑,多年后自己备用这个东西时,偷偷地取出一只使劲地吹到最大,放脸上蹭蹭,滑腻腻的,没有吴现龙说的那种舒服的感觉。我那时住的房子是从焦赛湖里打立柱建起来的。我站在面对湖面的阳台上,随手一放,"唑"的一声它飞了出去,在半空中急停,疲惫地落了下来。

鲁老师有一辆漂亮的自行车,上海产的。她常常有事没事都要在村里骑着转转,回来后就从我们班上找人给她擦车,我是被她叫的最多的。一开始我觉得很荣耀,有被鲁老师宠的感觉,但后来不了。尤其是冬天,小手冻得通红,用抹布在冰铁上来回擦,那种冷痛会从手上传递到心里。记得有一次擦着擦着,冷得眼泪都下来了。一边擦车,一边心里对鲁老师怀着深深的不敢言说的怨恨。一个人在童年时所经历的冷饿或者苦难,抑或是美好,都会永远地留在记忆里。也是奇怪,长大了经历的一些事情可能比童年更为深刻,却只为成长服务,对于记忆反而是淡薄了。

文医生被抓走以后,鲁老师还给我们上了一段时间的课。她好像知道自己不久就要离开,上课的时候特别和蔼,车子脏了也不让我们擦了。具体上了多长时间不记得,是一个星期还是多点儿,没印象。但最后一节课她流泪了,难舍的样子我至今记得。

鲁老师走的时候是一个人,推着她的自行车,车后座上绑着一个纸箱。那是秋天了。大树的叶子风不起都在飘落,落进池塘里的水一浸就沉入塘底,落在路边的脚一踏就粉成了碎片。没有人送她,谁敢送她呢,在那个年代。童年的世界里对人只有好与坏和美与丑的区别,其他都是懵懂的。我在教室里透过没玻璃的窗户望着离去的鲁老师,心里喜着再也不用给她擦车了。又想着文医生是特务,她会不会是隐藏得更深的特务呢?对她这样的离去,幼小的心里竟有了一丝隐隐的担忧。

此后她就在我后来的岁月里彻底消失了。上初中的时候,学到都德的《最后一课》,早读课我大声地朗读课文时,突然想起了鲁老师给我们上最后几课的模样,不过有点模糊,像一道光,只在记忆里一闪就飞走了。

3. 小 学 校（下）

鲁老师走了以后,没多久,小学校里就来了两个年轻的女老师。一个是村会计的女儿,另一个是在大队黄梅戏班子里唱过七仙女姐姐的姑娘。那时我二年级了。年轻的女老师都是教一年级,遇上上体育课,我们就偷偷地站在一年级的窗外看女老师上课,有时惹得一年级学生向外看,女老师就会出来撵走我们。如果让我们的语文老师看见了,就会被罚站在太阳底下,要么是下雨了,要么是太阳落山了,我们才罚站结束。

接替鲁老师教语文的是我本家的一个小叔,他板书写得好看,但他不苟言笑,我们都怕他。我那时叫李进平,他在作业本上把我的名字改成李敬平,我不喜欢又不敢给他说。于是翻字典,在"jin"里面找,找不到我喜欢的字,接着往后翻,一直找到"俊"字,猛然看见里面解释"才智出众的",读一声,觉得发音区别不是太大,心里笃定就是它了。后来的作业本我自己就把名字改了,一直到现在。人到中年对改过的名字突然有点后悔的感觉,一是最早的名字是父亲起的,改之欠妥;二是"进平"这个名字现在特喜欢。但没办法,改不回来了,就像人生里的许多事情一样。回家母亲依然叫我"进平",但在远离故乡的世界,我和名字早已被打磨成了另外一副复杂模样,永远也回不到母亲叫我最初名字的那段时光了。

小叔号李锦,小名叫春狗,母亲教我喊他春狗小老(老家喊叔辈为小老,堂叔则加上名字一起喊,都这样)。在小学校我不敢这么喊,叫李老师。鲁老师走之后,小学校里突然住进了公社的工作组(我想这样的行动可能是文医生被抓带来的,但也许不是),据说是来清理学校的一些反革命思潮。李老师在这之前对学校老是让小学生参加劳动提过异议,所以这一次成了清查的对象。工作组把他关在小学校里,不让回家,每天让他写检查和思想汇报。应该有一两个月了吧,具体过了多长时间没印象。小叔可能受不了这样的清查,有一天喝下了一瓶红墨水,然后抠自己的舌根让它吐出来,制造了吐血的假象。并对工作组说,自己病了,吐血了,要回家养病。最后被工作组发现了是红墨水,这下好了,罪名升级,成了公然对抗社会主义的反革命。大队里传得沸沸扬扬,要把他送进公社进行审判。

那是1976年的一个秋天的下午,我们正在大扫除,学校的大喇叭里传出了毛主席逝世的消息。老师对我们说,你们先回家。我记得我连带到学校的扫帚都忘记拿,一口气跑回了家,想对母亲说,毛主席死了。回到家母亲不在,我一个人打开家里的门,看着中堂上挂着的毛主席像,突然地大哭起来。我只知道我很难过,但具体为什么难过,我说不上来。当时我的脑海里突然冒出一个奇怪的想法,毛主席走了,这日子肯定要变了,是变好还是变坏我一片混沌。那年我十岁。我之所以有这样的想法,可能跟母亲在生产队里常年受人欺负有关,母亲的苦难几乎贯穿了我的整个童年。

我返身又跑回了小学校。学校的老师在大教室里用白纸写悼念毛主席的挽联,老师们的脸上都庄严而肃穆。李老师也在,他的脸上都是泪痕。毛主席逝世,工作组就撤了,他也就暂时解除了软禁。在当时,没有什么比悼念毛主席更重要。他本来也没什么事。我现在猜想也许是想家也许是吓的,他自己把事情人为地弄大了。

大队的礼堂就在小学校旁边,中间是个大操场。过了两天或许是三天,大队在礼堂里举行了追悼会。操场上全是人,礼堂里更不必说了。我先挤进了礼堂,悼念的花圈数都数不过来。悲伤在童年的心里停留总是很短,大人们在沉重的气氛里哭泣,我则跑到花圈旁看着挽联上写的字。有"毛主席的恩情比海深","毛主席您是我们的亲爹"等等。我见悼念的人每人胸口都戴一朵白色或黑色的纸花,就从花圈上扯下一朵,戴在胸口上,从礼堂里跑到外面了。

　　对于毛主席追悼会的印象,记忆到这里却戛然而止了。最后是怎样的结束或者我跑到外面又干什么去了,就像放风筝,线还攥在手里,风筝却飞走了,无影无踪。

　　我的小叔也就是李老师,在"四人帮"被打倒以后就彻底解放了。不过从他被清查后,好像小学校里就没让他再教书了。

　　三年后我离开了小学校,上初中接着上高中,在外地念了几年书后又分回了家乡。我的人生像是绕圈子,我回到了最初出发的地点。没有谁的人生能走直线的,只要他在行走,人生的轨迹一定是个圈子。要承认这点有一定的难度,这是我不得不接受的事实。

　　回到家乡工作后,有时回家看望父母,偶尔会看到小叔。他的背驼得厉害。前年家族修谱,是小叔负责。谱修好了我先拿了一本回家,老父亲看了前言就不高兴了,说你春狗小老怎么能把他在"文化大革命"中的事写到家谱里呢?简直是乱弹琴!要改。我接过一看,小叔在写我们这一脉时提到他自己,发了几句对过去被清查一事的牢骚。我对父亲说,也就几句牢骚话,谱都印好了,怎么改啊,算了。父亲说,这是要传代的,他在上面瞎写。父亲气得脸涨红了。

　　家谱上面的那段话最终还是存在了。我和父亲的想法不一样,觉得没什么。而父亲竟因那几句话和春狗小老闹翻了,很久都不说话。在各家请谱的那天,和小叔在一个桌上吃饭,我突然发现他满口的牙差不多掉光了。我本来想问他,当初为什么要改我的名字为"敬平",又怕他不记得有这回事,所以想问又没问。但有一点可以肯定,如果我当初就叫小叔给我改名或者不改名,我的人生会有点不一样的。具体为什么有这样的想法,我也说不上来。

后　院

东　湖

　　分局的后面有一个很大的院子。

　　院子里除了一条车宽的水泥过道,就是绿化带。绿化带的四周生长着四季常青的矮树,外围是小黄杨,紧靠小黄杨的是那种修剪成半人高的大黄杨。再往中间去是一棵又一棵宝塔松,正中心水泥池子里是一棵雪松。雪松去年死了,让厨房的炊事员砍成了柴,在分局的灶膛里发出了它最后的光。

　　厨房在分局后院的右侧。往后面去是一排平房,单门独院的住三户人家。我调到这个分局的时候,里面就都已有人住了。分别是本单位已退休的胡老,新提副职的X,已调往其他分局的同事家属。平房后面是一个很大的菜园,四季都会种上些时鲜蔬菜。在菜园里,平房里住的家属都各自有自己的一块份地,遇上一起翻地播种的话,最后面厕所里的粪肥就显得有点紧张,但不妨碍后园各类瓜果的生长,毕竟万物生长靠太阳。

　　再回到后院。后院平房的前面是一排广玉兰,我数了一下,一共有四棵,每家门口一棵,另外一棵在通往后园的路边。我刚来的时候,路边的那棵广玉兰还枝繁叶绿的,现在从我办公室的窗户向后院看,一眼还能见着它,但已叶落枝枯。听同事们说,X的老婆经常把从后园收拾的一些荒秽堆在那棵广玉兰脚边烧。八成是烧火的热力伤了它的根,在一次又一次和人为的火力争斗了几年后,那棵广玉兰终究不敌,卸下了它所有的叶片,向天空伸展着它枯竭的干枝。

　　一到秋天,后院的树上就落满了不知名的黑鸟,现在我还听见它们在叫。人从树下走过,黑鸟振翅飞动会使树叶"哗哗"的响,你不要去管它,要不了分把钟,它们会落回。遇人高飞,是黑鸟对人的警惕,对人多防着点总会没错,虽然并不是所有的人都危险,但假如遇人不淑呢,就会遭遇和那棵广玉兰一样的命运。

　　麻雀爱着后院平房的屋檐,有时会从屋檐落在后院的平地上,跳跃着向前,紧张地望着四周,稍有动静,就飞到屋顶,叽喳着。

　　从前年后院里来了几只流浪猫后,麻雀就再也不敢下地了。流浪猫一共有四只,一只花猫,两只灰猫,还有一只黄猫。它们来了以后就再也不走了,把后院当成了自己的领地,但见人依旧有点生分,许是流浪久的缘故,受尽了人情的冷暖,总是对我们人为的亲近抱着戒备。冬天,它们睡在分局的柴房;

夏天就在分局食堂的门口或绿化区边打盹。像现在的秋天,它们错落地端坐在有阳光的地面,看不出是发呆还是眯眼,走近了才看清是半眯着眼在发呆。就像我们去了丽江的束河古镇,坐在小店门口的长椅上,享受似的发呆一样。猫们明白这个道理比我们早,发呆是最好的享受——暖暖的阳光照在身上,什么也不去想,什么也不用做,感知着阳光照在皮毛上细碎的声响,甚至听见阳光"叮咚"落下的声音,也可以什么也没有听见。只有阳光。

今年春天,那只花猫在柴房里生了三只小猫。过了几天去看,只有两只,另一只不知是饿死了还是被老猫给叼走了。老猫那段时期,瘦得不成样子,分局食堂门口的一些残饭剩菜,根本养不了四只大猫,更何况花猫还要喂奶。以前丢一个鱼头在地,四只猫会吹着胡子抢,但花猫生了小猫后,有吃的,其他三只猫反应平淡,都在让着花猫,花猫失落的鱼骨碎片它们中的一个才快速地跑过去。两只小猫,一只是花的,一只是黄的,到能跑的时候,也常在后院里嬉戏;有时挤在老花猫的怀里,拼命地吮吸着奶头,"喵喵"的叫——老花猫的奶已干瘪,很难吸出什么了。但两只小猫依然在后院重复着那样的场景。

是猫总喜欢偷腥,有几次食堂里刚买来的鱼让猫拉了,炊事员很生气,曾逮住它们中的两只,用麻袋装着送去了很远的地方,两天后它们竟然又出现在后院。人只说老马识途,其实老猫也识途。

两只小猫会吃东西后,那只老花猫肩上的担子更重了,瘦得连走路都成了问题。有一天我突然发现老黄猫和两只老灰猫不见了,后院里只剩下老花猫和它的孩子们。我想一定是它们主动离开了,把后院的食地留给了老花猫一家。想起母亲在老家里也养着猫,吃得肥墩墩的,生了一只小猫,连奶都懒得喂,只知道睡觉。有时炖鸡蛋拌米饭都不情愿地吃。再想想后院的流浪猫,不禁欷歔——生存的艰难让流浪猫更深地懂得了关怀。而人类情感的构建是否也与猫的境遇相似呢?

两只小猫在老猫的呵护下长大了,时常见它们在一起玩耍。不想两个月前,后院里又出现了两只刚刚会走路的小狗,漆黑皮毛,其中一只双脚有一点白。来到后院就对我们摇着尾巴,有点自来熟,看着可爱极了。分局的同事们一下子就喜欢上了,分别叫它们大黑、小黑。

大黑老实小黑调皮,一到吃饭时间它们就从后院的门口接你,一直围着你的裤脚到饭厅。吃过饭我们会站在后院里闲聊片刻,大黑和小黑就你咬我尾巴我咬你耳朵地打戏架。常常是小黑骑在大黑身上,骄傲地望着我们。我们到前楼去上班,它们跟到后院的门口就停下了,怎么吆喝也不出门,好像它们一出这后院的门就回不来似的。

同事们如果在外面有饭局,都会隔三差五地带点肉骨头回来,它们欢叫着啃食,吃饱了就躲到花池里睡大觉。一个月下来,从刚来时候的蹒跚到现在能快速地跟着你奔跑,个头也大了起来。上级来人,开车的师傅看着喜欢,说想捉一只回家,向我讨要。我笑着说,这两只小黑狗像一对双胞胎呢,你带走一只,另一只岂不孤单?师傅见我的不情愿,终究是没带。

因着小狗的出现,这段时间我们竟忽略了猫的存在。不经意间我发现老花猫不见已有多日,又是一次主动地离开吗?小狗的到来打破了后院的平衡。猫在后院求生存本来就艰难,更何况现在还要在狗嘴底下。小狗刚来,猫还能有点作为,但随着小狗的长大,猫的所得就越来越少,为了让小猫能生存,老花猫不得不又一次选择了离开。

小狗和小猫不久就友好地打成了一片,时常见小狗骑在小猫的身上,作交配状,不禁让人哑然失笑。想起家乡的歇后语,狗骑猫——瞎搞,还真有来由。

猫狗的长大,后院食堂里的剩菜已满足不了需求,小狗们就免不了会到家属户里讨食。它们已经把这里的一切当成了自己的家。我们不在的时候,炊事员说,听见小狗从 X 的家里号叫着出来。有一次小黑的腿瘸了,大家说,八成是 X 的女人打的。我说,又没看见,不能乱猜测。常言说,狗通人性。大黑和小黑竟然跑到后园去刨菜地,而刨的总是 X 家女人的份地。炊事员说的时候,我对大黑和小黑有一种隐隐的担心。

国庆长假,我们都离开了单位。大黑和小黑基本上能够谋生了,他们或许能够到外面去谋食或者离开。想起后院的那棵广玉兰,我感到了一种危险。在假期里我不止一次地担忧起大黑小黑。上班的时候来到后院,喊了声"嘿",大黑小黑从花池里冲出来,双脚直往我身上搭,亲热的不行。原来这么些天,是后院退休的胡老从他开饭店的女婿那拿来骨头养着它们的。

周末照例我们要回到各自的家。星期一上班,来到后院,只见大黑瘸着后腿艰难地对我摇着尾巴,我蹲下想抚摸它一下,它竟然向后退了一步,眼里有着惊恐。我连忙问炊事员,小黑呢?她说,不见了,可能被打死了。

星期六炊事员从后园里做事回到后院,见大黑哀嚎着从 X 家逃出来,没见着小黑。我曾经让同事问 X,可见着小黑?他说,可能被外人捉走了吧。我们无法去目睹事实的真相,但孤单而惊恐的大黑一定知道真相是什么,只是大黑说不出来。

后院的热闹随着小黑的不在递减了不少。在后院里,大黑再也不敢越雷池而到家属区了。偶尔大黑也来到后院的外面,向别处张望,有时会去的稍远一点。它也在寻找生活的别处吗?

那天我上后园去,见围墙的顶上坐着大花猫,眼睛向着分局的后院。然后站起,侧目行走在窄窄的围墙顶端。

雨　停　了

陈　瑶

　　冬天刚刚过去，初春的细雨绵绵，丝丝凉心。我没有撑伞，伫立梧桐树下，重温儿时的记忆，雨丝透过大片嫩绿的树叶，雾一样的化开，像风拂过脸颊，柔情在心底荡漾，不知是被雨打动，还是被心打动。

　　树下坐着一位老人，大家都叫她春姑。我试着靠近她，细雨像一张密集的网将春姑罩住，她望了望我，眼睛里闪过一丝亮光，很短的一瞬间，却被我捕捉到，那一刻我就知道她想起了我，或是一些事情。离开大院的这些年，早就听院里的老人们提起她，说她疯疯癫癫很长时间了，间或在精神病医院接受治疗。从我记事开始，印象中的春姑总是一个人蹒跚在院子里头，佝偻瘦小的身子，极不显眼，却是精神饱满，春风满面。院子里的人都知道她整天不厌其烦地在说着一些事情，或者是告诉大家一些事情，然后不停地重复，反复地唠叨：这些都是秘密呀。

　　眼前的春姑孤寂、落魄地坐在树下，那些雨从树叶间飞落下来，她的身上已经湿了，隐约可见一些痕迹，我试着靠近她坐下，试着握住她的手，那双曾经给过我温暖的手。她没有拒绝，但是也没抬眼望我，我细细地看着那双手，干瘦，一张没有色泽的皮松松垮垮地包裹了那把骨头，经脉纵横交错地突出，远不是记忆中的柔软圆润，摸起来皮肤很粗糙。岁月催人老，何况还是这样一位孤苦伶仃的老人。我尝试着打破这片沉默，问了一句并不妥帖的话就后悔了。我说春姑婆，你家里人呢？

　　春姑把目光转向了我，目光里没有一丝生气，那个冬天没有走远，落在了春姑的眼睛里，可以冰冻整个目光所能触及的地方，包括身旁的我。我打了个冷战，本欲抽身离开，春姑说话了，用一种极缓慢极苍凉的声音，那声音仿佛是从遥远的地方飘来，有点上句不接下句，犹如深水中冒出的气泡，时断时续。以前的春姑说话不是这样的，那时她说话的声音温婉动听，高兴了还发出银铃般的笑声，我们非常喜欢待在她身边，听她讲故事。

　　丝丝细雨洒落在梧桐树叶上，犹如老人的话语一点一滴飘落我的心中。老人说她有三个女儿一个儿子，一把屎一把尿地带大，现在却没有一个肯像你这样安安静静地坐下来听我说话。她说她的话在他们眼里都是荒唐可笑的，都是不现实的，甚至还怀疑她在说疯话说胡话。这些话从老人嘴里一个字一个字地吐出来，是那么的悲哀无助，我知道老人的伤痛远不在这里。

当我还很小的时候,就知道春姑婆命苦,她的命苦并不是家里穷,而是她一生的孤寂。她的丈夫承包了一个厂子,赚了不少钱,她自己开了个杂货店,生意也还过得去。春姑生了三个女儿,最后总算生下了个男孩却差点把命赔上,从此落下了一身的毛病。正是在这个时候,她的丈夫私吞客户的款子带着情妇跑到了南方的一座城市,从此杳无音讯,再也没有回来过。春姑为了四个儿女,靠着那间小小的杂货店撑起了原本摇摇欲坠的家,起早贪黑,别人还在睡梦中她就跑到城里进货;别人收拾好家务坐在电视机前面的时候,她才可以吃上几口冷饭菜;当夜晚静得只听得见心跳声的时候,她才能上床睡一会儿。

细雨仍在绵绵不断地下落,有一些落进了眼睛,有一些落进了心里,我分明看到春姑的眼睛湿润了,快要溢出眼眶的泪水也被这些雨雾朦胧,春姑的声音有点发颤,我下意识地更加挨近老人,甚至想轻轻地抱抱她,可是我不敢,我害怕那种感觉。春姑感激地握紧我的手,可是我的手比她的更加冰冷,我也无法给她温暖。

到现在我也不相信春姑会是疯子,但大院的人都说春姑是疯子,整个镇整条街都认为春姑是疯子,我也就不得不信了。我并不知道春姑是怎样疯的,只知道是在某一年,春姑和大家一样,喜欢上了一种什么功,然后就有点着迷了,见人便说,你要相信我,很快洪水猛兽会到来,灾难瘟疫会到来,我的老师托梦给我了,只有我的老师才是大家的救世主,才会解救大家于水深火热之中。春姑开始沉浸在自己的思绪当中,在她的脸上我竟然感觉出一种异样的光彩,面部表情生动起来。

当然没有人相信春姑的话,大院里的人开始有点躲开她了。但我没有躲,我看到春姑一家一家地劝说,一个一个地解释,就是没有人相信,春姑有些失望了。她看到了我,她看到我就站在梧桐树下,她不厌其烦地向我说着,有一场天灾会来,有一场瘟疫会来。我并不明白春姑的话,但她的这些话早已在大院在镇上传开了,只是谁也没有相信过。即便是真的,谁也没有能力躲得过去。

春姑越来越相信那些传说是真的了,她开始有点迷恋这些传说,从此也相信世上真有神鬼,到了近乎痴狂的地步。比如做噩梦了是神在暗示她会有危机,比如感冒了是神在惩罚她的无知,比如早晨起来要面朝东方三跪九叩,再比如晚上睡觉前要用冷水沐浴更衣,说是与神灵见面。一切的一切,在旁人眼里显得不可理喻。春姑再也无心顾及杂货店,也无心顾及长大成人却待业在家的儿女们,她开始忙于另外一种生活,一种脱离人群的生活。儿女们由最开始的劝说无用,到蛮力制止,到最后恶言相向,甚至动用暴力,都无济于事。

一个细雨纷飞的傍晚，一个令我刻骨铭心的傍晚，一个想来都心悸的傍晚，他们不顾春姑的挣扎哭喊，强行把春姑拉上了一辆从城市里开来的车，把她送去了另一个地方，一个叫做精神病疗养院的地方。他们说春姑再这样下去会死的，她已经绝食三天了，用她自己的话说是学老师辟谷。奄奄一息的春姑双眼无神，目光呆滞，嘴里仍旧在念念叨叨，只是旁人无法听清楚她在说些什么，或许也根本没人去细听她念叨些什么。

春姑被送进医院的第二年，一场百年不曾有过的特大洪水淹没了大院里的一切，包括大院里的花花草草，到处是哭喊声，到处是哀怨声，那洪水似猛兽撕裂万物，吞噬所有。没多久，一场"非典"令全世界陷入恐慌，到处都是白色的诅咒，到处都是心痛哀叹，一场空前绝后的瘟疫蔓延了整个世界，自然界向人类发出了一场挑战。

就有人突然想起春姑来了，大院的人镇上的人这时候都想立即能看到春姑就好，但春姑早已不住在大院里，她被关在了精神病医院。看不到春姑，大家就开始想念春姑，或许这就是春姑口里说的洪水猛兽灾难瘟疫？我知道，大院的人还有小镇上的人，慢慢地开始想念起春姑来了，他们想她，并不是承认当初她所谓的预言，一切看来又似乎很凑巧，可是有一点让大家越来越相信，春姑并没有大家说的精神上的毛病，也并不像大家形容的那样疯狂，也许行为上，语言上她有点夸张，可是我仍旧相信那是一种寄托，是一位老人孤独寂寞的时候寻求的一种精神上的寄托，一种心灵的寄托！

我不知道春姑是什么时候离开精神病院回到大院的，其实我也有很多年没有看到她了。我知道自己和春姑有点陌生了，陌生到不再愿意与她握握手，或者陪她坐一会儿。我明白自己是在情感上与春姑疏远了，但我不承认春姑就从我心里走开了。其实，我心里还是惦记着她的。

雨不知什么时候停了，一阵风刮过来，我感到寒冷袭人。春姑却没事一样，难道这漫天的寒冷对她已经没有什么作用了？我再次端详春姑时，春姑却在我的视野中变得支离破碎。

是的，就是支离破碎。问题是，是春姑在我的视野中变得支离破碎，还是我们在春姑的视野中，本身就已经支离破碎了？这个问题不一定要弄懂，弄懂了或弄不懂，都是一样的。

哦，雨停了。雨停了就好。

四 层 楼

陈 瑶

生命当中有许多不可磨灭的记忆,那些走过的路程,经历过的伤痛,生活过的地方,就像被打包储存的行李,在托运的过程中偶尔会有破损,会有残缺,但最终会到达我们手中,融入我们的记忆深处。

从三岁开始,一直生活在一个叫四层楼的地方。在这之前原本是一座山,记不清是什么时候,山被挖了一半,建了一个厂和一幢集体宿舍,厂靠近马路,而宿舍就在厂与山的中间,依山而建。四层楼建在这里有些岁月了,略有些陈旧,暗灰色的外墙显出一种沧桑落寞之感。我常常站在墙的外侧注视着它,水泥颗粒组合成的画面,粗糙、生硬,用手一摸能找到那种尖锐感,让人们无法忽视它的存在,即便是简陋而普通的外墙。

四层楼的房子一单元住两户,都是一室一厅,一间厨房,加上一个公共的厕所。公共的厕所在中间部分,门口是一条宽一米左右的小过道,过道的两头就是两家的厨房,过道的另一边就是各家的一室一厅,只不过结构有点不同,靠左边的是并排两间房,称横套间,靠右边的是竖排两间房,称竖套间。我家住的就是横套间的这种房子,一间房正对着公共厕所的门,我和姐姐就住在这间房里,常常在半夜听到厕所门开与关的声音,还有水龙头冲水的声音。

很明显,横套间比竖套间要好住,宽敞并且光线强很多,因为是一楼,也就讲究光线,若是二三四楼,大家也只会关注面积大小和户型了。那时候,家里分到了一楼一单元,母亲就想着能住上横套间就好了,相对独立,而且面积要大上几个平方。母亲要父亲走动走动,看能不能分上,可是父亲不愿意为这事去找人,面子上过不去。当时分到一单元的还有一户,他们也是一家四口,只不过是两个儿子,大强比姐姐大三岁,二强和姐姐同年生的,比我大两岁,我们喊大强二强的母亲刘惠姨,父亲李福爹。他们年岁都比较大,近四十岁的时候才生下大强,所以,虽然大强二强的年龄和我相差不多,但李福爹和刘惠姨比我的父母都要大十几岁,我父亲说,他们是两个男孩,年龄都比我们家的女儿大,就随便住吧,竖套间就竖套间吧,不碍事。

一旦成了邻居,一个单元的两户人家就走动得比较多了,关系也比其他单元的人亲近。记忆最深的事情,就是母亲常常到李福爹家里换饭吃,所谓的换饭就是用自家的饭上别人家换一碗饭。那个时候,母亲最烦的事就是煮饭，一锅饭因为我和父亲的关系变得复杂，父亲喜欢吃硬饭，越硬越好，最好是一粒一粒的那种，特别有嚼劲，而我，从小就喜欢吃烂饭（软饭），并且煮得越稀越好，只比稀饭稍稍硬一点，为这事，母亲常常伤脑筋，父亲脾气不好，因为饭不硬常常生闷气，责怪母亲，而我性子也倔，虽然不能因为米饭太硬责怪母亲，但常常不吃饭，以此来示威，似乎这一直以来成了我和父亲的两个极端，谁也不愿放弃自己所谓的喜好，有时候还闹得很僵。记得七八岁左右，父亲借着饭太软，不合胃口，摔坏了家里的一个碗，或许中间还有其他令父亲生气的理由和事件，但饭成了一个引子，并且差点引出一个家庭悲剧。

那年，外婆还在世，她对我的疼爱是显而易见的，包括煮饭这样的小事。只要是外婆煮的饭，一般情况下都比较稀，很合我的胃口，父亲因为外婆的关系，也不好说什么，每到吃饭的时候就闷头吃饭，很少说话，常常是匆匆扒了几口饭，就扔下碗筷，出去了。外婆常拿这事说父亲，说父亲不尊重老人，吃饭也不说话，并且总是应付了事。而母亲也不好说什么，那个时候，吃饭时就是家里最沉闷的时候。那一次，父亲因为在单位情绪不太好，回到家看到桌上的饭菜，莫名地就冲着母亲发脾气，并且当着外婆的面摔坏了一个碗，那声脆响惊动了李福爹，母亲眼里含着泪水，委屈地靠着门，而外婆却已经气急败坏，她固执地认为父亲是冲着她摔的碗，两个人的关系越发紧张，而母亲夹在中间越发难做了。李福爹听我说，父亲是因为饭不好吃而发脾气，叹了叹气，对着母亲说，今后你拿饭来我家换吧，我们岁数大了，饭都煮得比较稀，孩子正在长身体，饿着不好。

从此，我吃的饭都是母亲拿饭在李福爹家里换来的，软软的，我常常说李福爹家里的饭比自己家的好吃多了。现在想来，喜欢烂饭（软饭）的这个习惯一直没有改变过，并且常常会想起那时候李福爹家里的饭，是记忆深处最香最甜的米饭。

煮饭的事情解决了，母亲的眉头舒展了许多。当初为了争取横套间，母亲还在潜意识里不愿意和李福爹一家成邻居，因为他们家也是四个人，怕他们也要争横套间，后来才明白，分房子的时候，李福爹什么都没争取，只说有套房间就不错了，横也好，竖也好，无所谓。所以，我们家就安安然然地住在了这套横套间，而李福爹一家就住进了竖套间，以后，两家的厨房总是同时生火，煮饭，做菜。

修建四层楼的时候，前面留出了一块很大的空地，空地的中间种了一排梧桐树，把这块空地隔成两块，靠近楼房的这一块铺上了水泥，成了小孩子们游戏的天地；另一块仍旧长满了草，长得不算太深，齐孩子们的膝盖，穿过那些草就可以爬上对面的山。

　　山是一座小山,只剩下半边。每到春天,山上就会开满小花,长出一些不明的野果,红的,绿的,黄的,很好看。上山只有一条小路,是当时挖的时候残留下来的一处断崖壁,也就成了上山的唯一通道。通道的另一边是峭壁,离地面有十来米,那时候大人们不准小孩子上去玩,太危险,就说山上闹鬼,专门吃小孩子,还说山上有野兽等等。即便是这样,我们还是常常往山上跑,一是喜欢爬那个断裂的崖壁,有种大冒险的感觉,那种刺激与兴奋大大满足了幼小的心。爬山一般是三到四个人,手拉着手,彼此搀扶着,战战兢兢地走过那段断崖壁,每当这个时候,同去的几个伙伴总是紧密团结在一起,那一刻我们显示出足够的勇气与力量,仿佛只要跨过去,就是胜利,就有收获。事实上,每次到达山顶,我们都要欢呼一阵,然后分头找自己感兴趣的东西。

　　山上会有些什么呢?这也是我们爱去的第二个原因。山上有很多可以吃的野草野果,那个年代,它们成了孩子们唯一的零食,并且不用被大人们唠叨。有一种根果,埋在地下,我们叫它葛根,圆形,剥掉外面泥色的皮,就是乳白色,嚼在嘴里很粉很粉,有一丝甜,是孩子们最爱嚼的一种根果。可是这种根果也不好挖,入地很深,往往要费很大的力气,挖掉很多的泥土,挖到很深的地下才有,有时候一不小心会挖到一种类似葛根的植物,但这种植物不能吃,有剧毒,用肉眼很难分辨出来,要放到嘴里嚼一下,是苦的就不是葛根。一般男孩子力气大一点,充当英雄好汉的角色,而我们女孩子就在边上吆喝加油,等到挖出来,也是男孩子先放到嘴里尝一下,确定是葛根,就高兴得跳了起来。虽然男孩子很勇敢,可是也很小气,往往只会分那么一截给我们女孩子,这时我们就会很小心很小心地收好,轻轻地拍掉上面的泥土,轻轻地剥开外面的一层皮,轻轻地咬一口,甜到了心里。

　　姚旦就是英雄好汉,每次他总是第一个冲上山,然后第一个挖到根果,第一个放到嘴里尝,然后说,没毒,吃吧。姚旦是个泥娃娃,我们总是这样叫他,因为他的身上从来没有干净过,到处是泥土,包括脸上手上,可是我们都喜欢和这个泥娃娃一起,要知道爬山的时候,若没有姚旦在前面开路,我们女孩子是不可能顺顺利利地爬上山而且保持衣服干净,看不出泥土的影子,若没有姚旦拼命地挖泥土,丝毫不顾忌其他,我们又怎么能够轻轻松松地吃到葛根?所以姚旦这个泥娃娃在我们心中就是英雄好汉。

　　姚旦的运气很好,每次一挖就能挖到葛根。那一回,他挖到一个很大的根果状的东西,一高兴就跑下了山,没有分给我们吃,不管我们怎么在身后叫喊,他冲下山就消失得无影无踪,并且一连好几天都不见人影。后来听大人们说起,才知道他挖到的不是葛根,而是有毒的那种,倒霉的姚旦只尝了一口,但仍旧中了毒,虽然不深,可是也拉了好几天肚子,在医院吊了几瓶水,被母亲臭骂了一顿。说起姚旦的母亲，我们都叫麻雀姨，她嗓门大，话很多，走到哪里，哪里就热闹，他们家住四楼，有时候喊姚旦上楼吃饭，就在阳台上面一喊，整栋楼房都嗡嗡直响，姚旦这个时候就灰溜溜地跑上楼。他是怕他母亲的，不单他怕，我们这群小孩子也怕，因为麻雀姨老爱说，瑶胡子啊，颖胡子啊，你们不听话我就告诉你们的爸爸去。我们都怕她告状，被告状是最惨最可怜的事情。

姚旦吃了有毒的根果的事情很快就传开了，以后大人们就更加不准自家的孩子去山那边玩，一般不准出了梧桐树的范围。所以一到放学，前坪就热闹了，全是小孩子，嬉闹打骂的都有，四层楼一共有四个单元，每个单元住两户，算下来，总共就有三十二户人家，每家至少都有一个小孩，算起来，小孩子也有几十人，而且大多数年龄都相差不远。

我们爱玩一种捉人的游戏。玩的时候就是七八个人，分两边，一边是强盗，一边是好人，强盗抓到好人后，好人就不能动了，需要等到同组的其他人来解救，才可以得到自由。解救的方法其实很简单，只需要轻轻地碰一下就成，那时候我和姚旦常常被分在一组，而我常常是被抓住了失去自由，不能动弹，而这时姚旦就像个英雄一样飞到我身边，把我解救。我很希望自己也能当一回英雄，也能解救被抓住的人，这个愿望一旦滋生就无法抹去，每次游戏我都要抱很大的希望，但每次都落空。

终于机会来了，姚旦被抓住，站在那里不能活动，这时的我浑身像充满了力量，用最快的速度冲到了姚旦的面前，在他背上狠狠地拍了一下，终于成功了，可是姚旦却被我拍到了地上，半天起不来。这时我才发现自己因为过度紧张，用了全身的力气，姚旦的背被我拍疼了，在地上哼了半天才起来。

这事后来被母亲知道了，因为麻雀姨当天晚上就带着姚旦来了家里，露出姚旦的背，气呼呼地责怪我，出手太狠，把她家姚旦的背都打青了。当时的我害怕极了，麻雀姨唧唧喳喳讲了些什么已经想不起来，我望着姚旦露出鄙夷的眼神，姚旦不敢看我，而我不敢看母亲。后来母亲亲自登门赔礼道歉，还买了不少水果，这事才平息了下来。从此，我不再和姚旦一起玩，常常看到他就跑开了。只是没想到，这一跑就是很多年。

下雨的时候，我们不能去坪里玩，就爱窜家家，这家窜到那家，那家窜到这家。我最喜欢去的是美双姨家。美双姨和母亲很要好，也住一楼，就是隔壁的隔壁。每次去，她都很热情，拿出很多好吃的东西，而我有时候一去就是几个小时不回家，等到母亲找人的时候才依依不舍地回到家。

那天去美双姨家，她正好抱着一个婴儿，我知道这是庭伯伯家的女儿，叫琳琳，刚满一岁，长得很可爱，尤其是那双眼睛，睫毛很长，扑闪扑闪地透出聪慧和灵气。我忍不住想抱一下。那时我七岁，美双姨拗不过，就小心地把琳琳放到我的手上，然后要我坐在沙发里，交代说要抱好，不要乱动。

我拼命地点头，我知道这是庭伯伯家的宝贝。庭伯伯老来得一女，夫妻俩看得比生命还要重要。听母亲说过，庭伯伯之前有一个女儿，在两岁的时候出了意外，好像是坐在自行车的后座被颠了下来，等到庭伯伯发现的时候，已经来不及了，就这样摔没了。庭伯伯哭了三天三夜，捶着胸口，后悔骑自行车带人，那时候孩子还小，坐不稳，怎么自己就没想到这点。而两年后，琳的到来多多少少缓解了一下庭伯伯的罪恶感，他把全部的心血与精力都放在了琳的身上，再也不骑车驮人了，到哪里都宁愿抱在手上。

美双姨交代后，就进里屋拿糖果，而我抱着琳，高兴得一直在笑，琳也感染到我的喜悦，露出了甜美的笑容。我希望琳笑得更灿烂，于是我把腿伸直交叉，然后把琳放在腿中间，琳扶着我的腿偶尔能站稳，她似乎很喜欢这样的游戏，手舞足蹈起来。我也一边拍着手，一边逗她玩。

意外发生了，那一刻我根本没有反应过来，琳怎么就往后倒去了呢，我甚至没来得及握住她的手，眼睁睁地看着琳直直的身子向后倒去，呼的一声，发出很大的响声。我完全吓呆了，已经听不到琳哭喊，也忘记要把琳抱起来，我有一种绝望的恐惧。我害怕极了，脸吓得惨白，愣愣地坐在沙发上，直到美双姨听到哭声跑了出来。

美双姨很快明白了怎么回事，忙抱起琳，而此时的我仿佛听到门外传来了庭伯伯的吼声，嗖的一下站了起来，向外冲去。我知道必须尽快离开这里，越远越好，慌乱之中撞在了门口的桌子上，巨大的痛楚由手臂传来，我再也无法忍住，大哭起来。

琳很快就不哭了，像没事一样，而我却付出了沉痛的代价，手臂脱臼了，恐惧与痛苦夹杂在一起向我袭来。在老中医那里，我咬着牙一声不吭，虽然后来大人们没有责怪我，可是我幼小的心灵上从此布上了一层阴影，说不上来的慌乱与害怕。我再也不敢抱小孩了，并且从此有了一丝臆想，总是感觉会有小孩从我的手上摔到地上，那哭声断断续续。

四层楼最热闹的时候是大年三十晚上。晚上十二点，家家都会准时放鞭炮烟花，把整个天空都照亮，除了热闹，我还感受到了一种温馨的气氛，有一种大家庭的感觉，虽然偶尔会有磕磕碰碰，但因为四层楼的关系，将几十户人家紧密联系在一起。日复一日地生活，将日子点缀得如同这烟花一样美好灿烂。

在 敦 煌

方健荣

1. 野 草 地

我不知道怎样走到这里来的,完全是信马由缰,跟着自己的脚步,不知不觉地就走过了那不远的沙滩,进入一片广大的旷野。这个早晨有细小的微风吹过,我的心也被摇曳得漫无边际,似乎顷刻间把自己丢在这一片旷野上了。就我一个人,但不觉得孤单,在这个宁静得让我回忆不起任何事情的早晨,我想要是真的有一位朋友相伴,再有一瓶酒,两个酒杯,在大地上对坐下来,也是十分美妙的一件事,但是没有,我只好一个人漫无目的地向远处散步过去。

这一片田野的更远处是什么,我不知道,只看见南面起伏的沙山,在早晨的阳光中更轮廓分明,还有一棵树,在沙山与田野之间。你看,那儿有村庄,偶尔传来远处的狗叫,让我想起陶渊明的诗。我一个人专注地,远远近近地看,四周还是小小的沙漠地带,也有一方戈壁滩。更远的西边是更多的树,那儿有一条大水渠,我白天的时候沿着听那哗哗的流水声走半天,希望一直溯流而上,找到那大水的源头,却无功而返,因而那个地方还对我保持着持久的神秘,我在那儿远远看到修建的小院,碰到一些忙忙碌碌地穿行在村子和田地之间的农民,他们满身打也打不完的尘土,就像我看到乡下的父亲。这片绿洲在这些农民的耕作下发出浓浓的乡土气息,让我不由得又怀想起来。

我走过一条土路,越过那浅浅的沙滩戈壁,又向着那个方向走去了。在快到那水渠的地方,出现了一片特别大的绿,好大一个大坑地,我想恐怕是农民们种的小麦或者其他作物,我几步走到那地边儿上一看,才知道是一片田草地。草长得不是很高,也不是很密,有些地方还露出白白的地皮,我不由自主地就走进去。

这是一片野草地,我看到许多熟悉的野草,这些野草杂乱地相处,亲密无间的样子。地边水草尖尖地刺向空中,由边草,则舒展着叶子,还有那满身刺八面玲珑的马刺草,我小时候,一不小心划破流血,妈妈就先把它铲下来再捣碎,把绿绿的汁液淌在我的手上,然后和捣碎的马刺草一起敷在我手上。我朝里面走,这里草更多了,潮湿的地方等着你的拜子草,这草给人一种十分挥洒自如的样子,我不由得伸出手去,把它们的头摸了摸。铁星草还吐着最小的米一样的小白花，花太小，几乎看不到，这是一种十分女性化的草，像一群女孩子在早晨的阳光中羞涩地悄声低唱着，也许因为做了一个美梦而幸福今天一天呢。我继续往前走，我想我如果是一只羊，一定会放开肚皮大口大口地在这野地里吃上一天，我不由觉得我的想法有些可笑，觉得人是多么可笑的一种动物，全不如这些野草，自由地在这里生长。也许还在被风吹交流着什么呢！看着它们那么真诚地交流着，都毫不掩饰地显示出自己的个性和缺点，像它们组成的世界就是整个宇宙一样，而我这个闯入者，并不能给它们带来什么好消息，并不能明白它们的心思，我就有些惭愧了。

我甚至看到那流淌着水的小草，在早晨因为感动而哭泣的样子，真的是好美，如单纯的世界，可我们人类是没有这样的世界了，我又一次为自己和人类那些自私的想法而难过起来，那些不干净的念头，像无穷无尽的光，令我们不得安宁，令我们忙碌不已。但是我走在这些小草中间的时候，我才发现小的不是它们，小的只是我自己。它们顷刻间涌来，我也被它们融化了，好像我也是这样的一棵小草，在这个草世界里生活很久的小草，成为它们中的一员，甚至一个朋友。

我又待了很久，真的真的在这个初夏的早晨，就迷失了，谁也不知道我来了这样一个地方，有了这样一遇。我还看到了很多种野草，都是小时候在田野里见过的，苦豆豆、辣辣浆、马莲花，一如乡下的朋友们一样在那里苦涩平静地走过好时光。什么野苜蓿、花菜、灰条，还有一些说不上名字但也十分熟悉的野草，小时候我经常去挖野草，掐苜蓿。野苜蓿，黄花菜，各种野菜都是我们现在城市里生活很少吃到的野菜了。每年春夏之交，吃到这样的农家美味，现在想起来，当年真的是最美好的时候。说起挖野菜就有许多有趣的故事，也有说不完享不尽的快乐，在这片草地独自浸染，不由自主地又想起来，好像革命的记忆里全都是我跟着挖野菜，还跟着拔草，那些年里有干不完的活，都与草有关，在无边的草和庄稼的世界里，没有别的念头。童年的草地比这块草地还要茂盛许多，庄稼地种麦子，也种一些别的野草，以便养牛养羊。那时候草的世界是美好的，是有情有义的，是长满浪漫情节和无穷幻想的。一个小孩子，一出生就在这样草的世界里摸爬滚打了。渐渐长大，浑身散发着野草的味儿，长大后我在人多的地方奔波，生存，在人群里受伤受累，心还在乡下，还在和那些野草们为伴，而我不知不觉将儿时的事儿忘得一干二净，不知道还曾有过那么美好的纯真的童年。在这样的早晨，在这叫不出名的野草地里，我突然什么都想不起来了，牛羊、野草、童年，都是那么实实在在地装在我心里，甚至好像美好的珍宝一刻也没有离开我，只要我想，就会随时随地地跑出来。

我还在这野草地里流连忘返，突然就在这绿中间看到了一朵好看的小花，浅浅的红，仿佛小女孩脸上的红云那样娇美，在这一大块野草地里。这一朵花的开放一下子让我惊呆了，大自然就是如此细心，如此神秘，我不由伸手过去，我想跟它交流一句话，但我轻轻地叹了一口气，我无法表达我的感动了，我忽然觉得我应该是一片绿叶，细心地捧着它，在我们的一生一世里，作为生命，这样的时光是多么的无拘无束啊，一块夏天的野草地，我老半天，还是走不出来，还是不想离开。

2. 又到野草地

五月末的一天，我又来到了这一块野草地。天气已经热起来，从城里出来到这儿，我要走很远一段路，当我走到这块野草地的边儿上时，就有些累了，身上微微地发出汗来。

心情是格外地好，像此刻一碧如洗的天空。微风是那么小，小得几乎感觉不出来，当它经过我的身体时，我感觉到那凉爽像天边的缕缕白云飘过，把整个天地都涂抹得有了神采。

就在地边儿上，有一位五十多岁的女人弯着腰寻找着什么，她后面跟着一个小孩子。有人来这儿是我没有想到的，我从他们身边走过时才看清楚是一个奶奶领着一个孙子，正在那儿采着星星般黄颜色的小小的花呢。那位奶奶细心地在乱草里寻找着今天早晨刚刚开的一朵小花，然后递给那个小小的孙子，那小孙子手里已经攥了一小把十几朵小小的花了。他们那么认真投入的样子，连我从他们身边经过都没有发觉，看着他们我不禁艳羡起来。可我是一个人，无法获得一种让人心醉的爱，也无法给予一个人无私深情的爱，而这位老奶奶和她的小孙子在这样一个平常的早晨就自然而然处在一种无言而深切的爱里了。

我走进了野草地，短短十几天时间，野草们长高了许多，而且好多野草都开出了花朵。扯子秧草长长地在地上缠绕着，它的叶片与叶子之间，一朵朵粉红色的小喇叭花连成了一串串小小的灯盏，无限地延伸过去，把它们整个的生命都照亮了。这块地里这种枝枝蔓蔓缠绕的匍匐在地上的扯子秧草是那么多，它们长得那么绿那么鲜嫩，就让人觉得它们从来没有一点干旱的感觉。五月以来接连下过一场又一场的透雨，这一地的野草在丰沛的雨水中鼓着劲儿一起疯长，一下子就把这一块地都遮盖得严严实实。苦曲曲草不再仰面朝天，长出了高高的草秆子，上面布满了小锯齿样的叶子，像一棵棵独特的小树。灰条一片连着一片十分茂盛，让人看了心里面格外得宁静，在它们旁边久久地待着，那绿绿的波涛一样的感觉就荡漾开来。最开心的当然是马刺草，它们开出的粉红色的花就在头顶上，像一团粉红色的毛毛的小球，让人忍不住多看两眼。冰草齐刷刷地更加显出阳刚之美，从草里抽出麦穗一样的小穗子，还没有变老，像一夜之间突然长出喉结和胡须的男孩子，遭遇到了生命中最惊人的青春期。一切都是蓬蓬勃勃的，像这个早晨如此地新鲜，我的梦想是如此地新鲜。

我从草地里走过时没有卷起的裤管碰落了草叶上几滴星星一样的露水，地里很湿，有的地方踩着还沾脚，我的鞋子在地上留下了清晰的脚印，鞋子上也沾了不少的泥，可不觉得脏，索性一直和这些草们打着招呼走过去，它们静静地仿佛什么也没有发生。好像这个早晨和它们经历过的任何一个早晨没有两样，它们只为它们自己而快乐幸福地活着，为一夜骤落的雨水，为一阵凉爽的微风，为不小心在一个早晨醒来看到自己盛开的第一朵花。它们紧紧地挨着，无限深情地缠绕着，肩膀靠着肩膀，或者一棵草躺在另一棵草的怀里，枝叶连着枝叶，根脉连着根脉，像一群手拉着手游戏的少男少女，把生命开花的季节宣泄得漫无边际。它们不需要思想，也没有痛苦，自由自在地仿佛白天黑夜不过是一些过路的人，只有它们这些小草才拥有更为广大的世界，才无处不在无处不生。不仅仅是这一块野草地，也许在天底下更远的地方，也有这样一片又一片连绵的野草地，把那一方天地渲染得无比动人，把整个夏天推向了热闹而繁盛的高潮。它们只需要雨水，只需要微风，然后就可以让生命活出十二分的精彩，把花朵开得格外娇艳，它们做这一切的时候，根本没想着要让人们来欣赏、赞叹，也根本不想让这个世界知道它们这样活了一回，开了一回花，它们根本就忘记了这个世界，像这个世界忘记了它们一样。

也许只有我的到来，这一地的野草野花才有了意义，可这意义是我自己的事，根本就和它们无关。我希望能够深入到它们的灵魂中去，希望自己的身体和它们的身体赤裸裸地相连，希望自己的血脉和它们的血脉在夜晚一起静静地流淌。我希望因为一朵花就可以忧伤一个早晨，像这一地的野草散发出清新的野草的味道，像这些小小的花朵散发出淡淡的悠远的清香。野草野花的情人们啊，让我把心掏出来换取你们一世的爱情，让我也能像你们一样在这自由的天地里疯长、开花，让我像你们一样在狂风暴雨里疯狂地拥抱疯狂地接吻，然后用那么浓郁的香味，在一个早晨把一个人重重地击伤，把他打翻在地，让他掉进爱情的河里。这个早晨，野草铺出了这一方巨大圣洁的婚床，把隐秘的爱情挥洒得无边无际，然后轻轻地捧起来，花朵一样举过头顶，举过这个早晨，举过一个人没有尽头的思念。

我感到有些累了，在这野草和野花的香味中，大大地吸了一口气，我感到我的喉咙干得像火一样，嘴唇也干得快裂开了。这是不是焦灼的爱情，在我的五脏六腑里横冲直撞，让我在花开的季节里晕头转向。我不由自主地就坐了下来，坐在这野草野花中间，那些野花像突然受到惊吓的样子，轻轻抖动着苗条又好看的身子。我躺下去了，抱着后脑整个人都躺在碧绿的野草上了，我看到天很蓝，丝丝缕缕的白云在高天上流淌。而这些草们天天这样看着，现在它们的花朵就像亮亮的眼睛，散发出一生中最夺目的光彩，把天地都看成一汪蓝蓝的湖水了。我真想在这里美美睡上一觉，或者就做一个恬静如初的梦，像这一块开花的处女地都是为我而准备的，像花开的声音只有心知道，而快乐的感觉会一次次从这早晨的时光里找出来。在这无边的野草里，我快被融化了，我像一滴水那样在一个人的脸颊上找到了永恒，万千柔情都化作眼里点点的晶莹。我感觉我肉做的身体简直有些多余了，我想把它抛得远远的，只为心灵中最美的这一刻而停留。所有的野草和野花都在我身边散发出生命扑鼻的气息，像是它们在这五月漫长的时光里不停地恋爱着、繁殖着、生育着一大片又一大片的子孙，把这个暖暖的早晨变成了繁花盛开的节日，把这无边的野草地当成了永远的欢乐的摇篮，把和风细雨和灿烂的阳光都装进了绿色的情怀。

回到城里，我浑身还散发着那浓浓的野草野花的味道，我的鞋子上的泥掉在了五楼光洁的地板砖上，让我回忆起这个早晨，在那一片遥远的野草地里，我曾用脸挨了一朵小小的动人的花，我久久地回味着，那种痴迷的感觉，一整天都挥之不去。

3. 散 步 人

放下所有事情，在早晨或黄昏，迈开步子走向一片开阔之地。爱上这样一种无拘无束的生活方式，风雨无阻。在城郊不远的路上，在田野或水边，常常留下我散漫的身影和足迹，在行走中热爱，深深思索或忘乎所以，这种行走和身边这片天地都成为生命中的一部分了。

黄昏的天空中飘着白云，天边燃烧着火焰般的晚霞，天地间一片澄明，我在这山下的路上走着，速度极快，心情自如，身轻如燕，行走中会把许多人丢得老远，没有比这更为愉快的时光了。一阵小跑或倒着走一阵，我边走还会偶尔边叩着牙齿，这些都是生活的秘诀，从中可以积累健康。有时候我和几个朋友一起散步，边走边聊，天南地北无所不谈，在这远天远地里，谁会正儿八经保持一种严肃的面孔呢，只有笑声是灿烂的，这条路上的行走也成为一天中的快乐之旅。

有时从早晨出发,穿上短衫短裤,仍旧无拘无束,身体和思想都达到了极为放松的状态,沿着那条宽阔的公路旁的人行道向山下面走去,看到好多和我一样的散步人,其中有我每天都会碰到的,我会主动和他们打招呼问好。或者就到了田野上,在长满野草的田埂上或一片林子里,我谛听鸟鸣,看一些小小的昆虫们的游戏,那些在阳光里劳作的农人,让我多了几分羡慕。

更喜欢沿着一条水渠走上半天。这条水渠哗哗地向下游流去,走在这水边,心中的感受妙不可言。记不清有多少次了,在这水渠边一边走马观花一边踢着脚下的石子,看水里溅起的浪花,清澈的美把整个的心情都照亮了,这儿的树十分高大,在夏天最热的时候会给我一片浓浓的绿荫。水渠两边是庄稼地,农民们在这里种了各种各样的蔬菜,一个塑料大棚连着一个塑料大棚。水渠那边的大柳树下拴着一只狗,我走过这里时,它会叫上半天,吠声打破了原来的寂静。水边长着许多野草,都十分熟悉,现在狗尾巴草长得很高了,这种草让我心里产生许多浪漫的想法。我想,如果和自己心爱的人一起在这水边漫步,这狗尾巴草异样地美,一定会让她也欣喜不已呢。一些更小的野花在雨露的滋润里含羞地绽开了,那么动人、新鲜,让这个早晨充满光辉。在这条水渠边,四季的变换那么分明,因此,自然的脚步和我的脚步那么柔和地联系在一起,仿佛一种生命的过渡和交流,那么自如地在这天地里慢慢呈现,每一种植物的生长都躲不过我敏锐的眼睛。布谷鸟仍在叫着,有时就从树丛飞到田野里去,这是一个让人容易忘我的季节。在这里,我自己管不了自己,自己不是自己的主人,只由着一颗心在这里漫步。我有时就钻进水渠边那一片生长得十分茂盛的毛柳树中去,在密密的毛柳树丛中,似乎把所有的人所有的事所有的世界都抛得远远的了,我成为这天地间真正无忧无虑自由的人了。

有好多黄昏,我坐在这水渠边,听水哗哗的流淌,仿佛洗去了一天的劳累,此刻一下子变得透明光亮起来,坐在水渠边,看水那么样的欢快,那么样的清澈,真的是无话可说了。我用手抚摸那长得好看的狗尾巴草,直到夜幕降临,远处渐渐闪烁起灯火。这时候完全身不由己了,我的一颗心不听我的身体的安排和指挥了,它遥远狂放起来,我不由自主地唱起了一首歌,声音很大,连自己都觉得唱得好,没有听众,自己唱给自己听。一首唱完,我又唱起另一首,熟悉的歌曲让我翻来覆去唱个遍。在这水边儿上,我的歌声能传到老远,而我觉得黑夜竟是那么亲切、神秘,仿佛生命注入了白天无法获得的朦胧的力量,甚至会是一种十分强烈的思念。

春天刮风的时候,夏天下雨的时候,秋天落叶的时候,冬天飞雪的时候,我仍然会到空旷的地方去,季节的更替,天气的好坏并不能阻挡我散步的双脚,我这样热爱并亲近着自然。

在早晨或黄昏,在生命的任何一个开阔的时候,系紧鞋带,洗净心灵,向着脚步可以到达的地方尽情走去,不知不觉间我成为一个地地道道的散步人了。

4.月亮伴侣

喜欢一个人走,在秋天的黄昏或夜晚,走得远天远地。

那时城市的喧嚣和内心的烦闷总能丢得老远,被这一片西部广阔无垠的长风吹得干干净净。这样一种空空如也的感觉,仿佛生命中不再有什么重负,也不再有任何的牵念,独自一个人穿行,背景是大漠旷野中的无限时光。

从什么时候开始这样一种行走的,记得不太清了。三十岁以后,人生逐渐开阔起来,繁杂的东西再也不能缠绕住一颗激情的心,越来越喜欢简单,在平淡如水的日子里,反而感受到一种别样的滋味。这种快乐平静地在生命的指缝间流淌,有时就化作点点的晶莹,涌在眼里。

有很多时候,我为寻找这一缕宁静的思绪,就在夜晚走出门去,夜晚的旷野无边无际,远处的沙山一片银白,这时看到身边的树和房子有一种朦胧的美,似乎夜行的人并不多,偶尔擦肩而过的,一瞬间已经很远了。天地之大,唯我渺小,每一个人都是这样匆忙的过客吗?

一个人走得久了,会把整个天地都当做自己的朋友,那些远远的山和闪闪的灯火,偶尔从什么地方传来的声音,都悄悄地成为生命里的风景。不少时候,我就不由自主地抬头仰望着头顶的星空,那么多熟悉的星星,陪伴着我、映照着我,它们似乎比人类更有耐性,更平静,更纯洁,也更永恒。夏天的夜晚到冬天的夜晚,它们变换了一种角度和方向,待到又一年,它们又会走到原来的老地方。其实,在我们的生命中,这点点晶莹的星粒是比宝石更珍贵的,但是今天,在如此令人纯净的夜晚,又有谁能对着它们静静注视,又有谁能独享这一份难得的心情呢?

有时候,我会和月亮相遇。在沙漠里看到月亮的感受是无法言说的,它高高在上,让我们明白了人生需要一种仰望,有时候,它又很低。看到月亮时,忽然觉得在这人世间一个人走过并不孤单,月亮是会伴随着一颗最寂寞的心的。不管那儿有没有嫦娥,有没有比这更美好的传说。其实,这月亮陪伴我很久了,小孩子的眼里恐怕不大懂月,待到青春初绽的那些夜晚,在月亮下和一个姑娘述说着爱情的最初誓言的时候,月光是那么温柔,在彼此眼里脉脉流淌。后来,那个女孩走远了,可这月亮却如约一次次赶来,它似乎安慰着一颗忧伤的心,也带着忧伤似的。从那时起,月亮便成为一个伴侣,也许你在忙碌中把它忽略了,不小心把它忘在脑后了,但有一天你忽然走过一个夜晚,静静站定在某个地方时,它也定定地站在某个地方。它就这么不说一句话,只静静看着你,一如当年,一如最初,这是多么令人感动的一瞬啊,在这天地之间,有哪一位女子会这样步步追随着你,与你离得这么近,久久与你对视呢?有时候,当你一个人从夜晚走过时,你看不到它,天很黑,它还没有出来,你于是很想念,比起在黑夜中独自走过,你更希望是在月光下走过,似乎那一种心情更显得恬然自得,似乎它就是一个美丽的女性,与你同行。它与你走过的方向似乎永远一致,你有什么样的心思,有什么样的苦涩,有什么样的惊喜,有什么样的话语,全都可以与它诉说,在这天地之间,在这茫茫人世,一个人与一轮月亮,就成为了一种美好,一种偎依。

也许,月亮也有心情烦闷的时候,躲在乌云后面,只露出小半边脸。它也有残缺,一点一点地消瘦,又一点一点地圆满,而每到十五的夜晚,当我走向旷野与它相会时,它便是圆满的。这是它的节日,也是我的节日,一年中它会有十二次这样的节日,这样我也长大了一岁,它似乎已经度过了十二个轮回,但它还是那样脉脉含情,对着我,也对着整个人类。"月亮走,我也走",这一首歌唱得多好。

今夜我走了很久,也没有见它。远野漠漠,当我经过一座寺院时,听到了那缓慢敲击着的钟声,一下一下,扩散到原野与远山中去。待我回来时,我看到了它,刚刚从灰色的地平线上升起来,不像平日里的洁白,显得有些淡红,仿佛冬日早晨初升的太阳,在冬日的雪野里,我猛地感受到一丝温暖。

一个人走,无论什么季节,有我的星星朋友,有我的月亮伴侣。我的心满足了,我的脚步更随意了。

5. 早晨的药香

生病使我变成了另外一个人,似乎更平淡也更坚强了些。一般来说,人在一生中是不会接二连三地遭遇一些灾难性的打击的,在我青春生命正待灿烂的季节,却突遭劲风暴雨,一棵在大地上正扬着枝叶向天空挺进的绿色之树,几乎被连根拔起。虽然幸免于死,却被大风吹倒在地。

就这样,有一年多的时间,我都被人们认为是有病的人。因为手术后身体仍然虚弱,有一段时间我在家中休养,独享那一份从未有过的平静。这时候,一个人没有比关心自己的身体更重要的事了,关注生命、关注健康,被我一下子看成每天必做的功课。

真是生于死地，我明白了许多以前不明白的道理，而且这种感受可以说是切肤之痛，没有经历过的人永远也不能领会其中的滋味。因为我死过一回，我经历过了，我便比其他人更加感激生活。尤其在每天早晨，当我把十几味中草药一起放进砂锅里，加好水开始煎，当药香四溢着飘满了早晨的房间的时候，我的感受是十分美好的。

熬药需要一段时间，每一次都要熬三回，每回三十分钟，这个过程确实是需要"煎熬"的，对别人来说，需要很大耐性，是一种负担了，对我却成了最难得的读书时光。以前总是忙碌，现在病了，却有了读书的时间，这也是令人十分开心的事。缕缕的药香飘在屋子里，手指不停地翻动着书页，药香书香皆是我生命中的必需了。

中药很苦的，每天要喝三大杯，这似乎是在品味着生活中的苦，如果习惯了，便知道生病其实也是人生必需的一课。受难或受苦，对一个人的生命或心灵的磨砺都是无可取代的。难怪有人在经历过那么多的苦难之后，依然会微笑着面对生活说：苦难是一笔财富。

在每天早上熬药的时候，我的思绪会飘到以前不曾关注过的那些问题上。以前为了事业，或者功名，几乎把一切都忘了，把自己赖以奋斗最重要的本钱——身体也忘了，每天忙忙碌碌，烦恼的事情总是缠绕着疲惫的身心。面对生存，面对压力，从未想过要解脱或休息一会儿。几乎有十多年的时光，我是拼着命去干那总也干不完的工作的，我的节奏有多快，劳动强度有多大，恐怕很少有人体会得到。即使如此，我还在不停地为自己增加着新的压力，年复一年，肩上的担子越来越重，超负荷的运转有一天终于把我打翻在地。生病使我找到新的平衡点，使我暂时得以喘息，也明白了许多放弃。在世俗的生活中竞争是多么无聊的游戏，尤其是拿着生命玩这种游戏，真是够玩命也够傻的了。有人说过："人生是一次长跑，中途不会休息的人，就不能取得最后的胜利。"我用自己的经历证明了这一点。

药香四溢的早晨，是我静静面对的一段好时光，我变得十分轻松自如，甚至有时候会轻轻唱一支什么歌或扭动着身体做出一些舞蹈般的动作。我在这样的早晨，培养着快乐的心情。我知道这药香四溢的早晨对我生命的意义了。因为生病，因为吃药，我对人生的看法更透彻了，我其实在行动和意识上已经十分健康，我相信身体会越来越好，今后的生命会更加精彩。

上天是公平的，当它剥夺我一时健康的时候，给予我的却更多更多，我没有理由不快乐地活着，并怀着一颗感恩的心……

6. 围城和风雨

这座小小的城,像我永远的怀抱,所有的经历和失落,此刻都被它悄悄收藏起来,在记忆深处又仿佛被渐渐地忘记。是的,生命就是一个躯壳,我就是这样一个躯壳,千百次走在小城的街头,在形形色色的人流中,我的表情混淆在别人的表情中,这是真实的自我吗?是因为我的心灵才可以和他们区别开来啊,可没有人知道我的心灵,就像我也不知道他们的心灵一样,所以我们有了不同的人生,有了不同的寻找、苦涩和一点点的光荣。

他们都在追寻什么?在这座小城里生活得久了,我偶尔会这样问,他们甚至人模人样,仿佛是这里的主人。他们的内心中真的具有非凡的力量吗?我没有可能深入到一个非凡的高人的心灵中去,也许像原野上一片巨大的树林,其中会有一棵经历过大风的树,它挺拔而高尚,成为树中的王者。人群中有这样具有品行高洁之士吗?我看到的更多的是如我一样平凡而世俗的人,一群为生计奔波而成的躯壳,甚至是让你看透了嘴脸令人生厌的人。从他们脸上看不到坚定的神情,也看不到人类所拥有的高贵的灵魂。这里充满了喧嚣、琐碎、斤斤计较,充满了他们自以为多么了不得的巨大的成败,其实不过是小小烦恼。在这样的人群中想获取精神上的巨大的滋养吗?能找到那个让你拯救让你心安的高人吗?

无数次的扪心自问之后,你似乎找到了一个小小的答案。唯一的选择是暂时抛弃他们,什么也不想,扑向风雨的怀抱,在大自然中找到心灵无比的清澈、安静,让风尽情地吹去你的伤痛,吹去你的忧虑,大自然比起这座车水马龙散发着烟尘的城市,简直就是光亮的梦想,是人类永远的依靠和信仰,是可以让我们尽情地吼出心中郁闷的舞台,是可以让爱情自由呈现的美好所在了。那些迷人的美景,连绵的湖泊,疯长的野草,挺拔的大树,甚至在大风里飞翔的鸟群,无限广大的蓝色的天空和朵朵白云,遥远的望不到尽头的旷野,我们永远追寻的脚步,在这大风里领略生命的美,感悟到自然的伟大,心灵的神圣纯洁,会是多么激动和愉快啊。

在城市里世俗地生活,在大自然中尽情地追梦,在生命的每一个瞬间,都要挥霍那不尽的旺盛的激情。在城市里生活得太久的人们啊,如果你觉得累了,烦了,甚至无聊了,请你们走出这久久围困着你们的小城,到更广大的天地间去作一次遨游,开开心心散一回心去吧。

围城是笼子,是那些名和利编织出来的精致的笼子,那么多的负担,那么多的欲望,怎么能够满足呢?而原野上的风,会吹去这一切,你会变得快乐,会找回自我。放下杂念,迈开脚步,人生应该是风雨中这一支灿烂粗野的歌……

7. 当大风来临的时候

突然之间,一场大风来临了,天地一片昏暗,街上行人匆匆,我仿佛也成了一只失去方向的鸟儿,寻找着可以依傍的地方。这时候就想起一个人,似乎一个人只能想起另一个人,她此刻在何处,她此刻是否也面临着一场突然的大风,我不禁为她担起心来,一个劲地想着她,独自走在大风里。

这时候,我想起美国诗人狄金森的诗句:暴风雨夜,暴风雨夜,若是和你在一起,便是莫大的豪奢。在这大风里我突然想和她在一起,那该是多美的事啊。我一直走着,没有人知道我心里想着什么,在行人中我依然那么平静,而心中的思念又是那么地强烈,原来这是一种无法摆脱的爱情,在生命里自然而然地呈现,大风吹得越肆虐,心中的想法越坚定。不仅仅是大风来临的时候,不久前那个雨夜,我一个人打着伞在哗哗的雨中去寻找她,一直没有见到她,那时候的心情和现在一样。没有她的时候便想她做什么,她忙吗? 累吗? 苦吗? 她那么瘦小,又那么坚强,像一个有过很多经历的人,对生活和人生无比地努力。有很多时候,看到她为了工作那么累的样子,真的很想去分担她的重负,这一种心情从懂她的一刻起,一直伴随着我。她又是那么乐观,爱笑爱说话,想到她,便觉得做什么都轻轻松松的了。

许多年前,第一次见到她的时候,她还是个小小的女孩子,刚刚大学毕业,印象太深了,感觉到她身上有一种与众不同的美,为那一次认识她,我竟在心里想了好几天。当我平静下来的时候,发现我与她之间存在着比千山万水更加难以逾越的距离,我明白了理智的力量,把这种心情悄悄藏在心底。以后每月我都会见到她,这么多年来一直如此,她变得比以前更成熟也更平静,她身上有一种良好的人品的东西,虽然蕴含在平平淡淡的一言一行中,我还是体会到了。她真的很美,是人群中少见的女子。

这么多年过去了,我只是在心里默默地想着她,想到她,就有了一种力量和勇气,就觉得艰难困苦没有什么可怕的了。有一次,我们面对面坐在一起吃饭,她说到了她的父母。她的父亲平时不爱说话,在她考上大学到城里买东西的时候给她买了一个果丹皮,那一个果丹皮让她幸福了好几天,因为她记忆中父亲几乎没有买过什么给她。她说她的母亲如何爱她疼她,现在回到父母身边什么都不让她干,父母深知她在外面奔波的辛苦,看着她在家里吃一顿好饭睡一个好觉,便会高兴上几天。我的父母何其像她的父母,我甚至说到我母亲年轻时几乎死去的一场大病,说到父亲看到我写他的诗歌,平生头一次老泪纵横。我们还说了许多,那是我与她第一次单独在一起吃饭。有一天她病了,我去看她,她肯定很吃惊,但仍旧笑着给我洗水果,还讲起许多新鲜的时事。她总是很尊重我,我在她面前,不觉得尴尬。我还约她去野外春游过一次,她很开心,完全是一个孩子。以后我们很少有在一起的时候,我给她打个电话发个短信,这些时候她真的挺忙,那么多的繁重的事要她一个小小的女孩子来应付,而我又帮不了她的忙,为此,我真的觉得自己挺没用。

三个人的时候,一定是和朋友在一起,两个人的时候,一定是和她在一起。也许一年中两个人才能有一次机会在一起,但这对我来说已经很满足了。更多的时候,我是一个人,但不觉得孤单,因为可以想她,想她是一种幸福。当大风来临的时候,当大雨骤落的时候,当暴风雨一起来临的时候,能和她在一起,这一生中算是有最值得骄傲的事了。

8. 光明之眼

又一个早晨来临了,全新的一天开始了。

这是一天当中最神圣的时刻,像一阵微风吹动湖上层层涌起的波光,太阳和地球在轮回中又一次伸出拥抱的双臂,最初的那一刻,微微启开了天和地的眼睛,那么清澈,那么热烈,那么空旷,仿佛一种亘古不变的天地大爱,把这一刻山川、平原、森林、沙漠全都照亮了,浪花一样的云彩,像充满热血的金子,在无比遥远的山群和远方闪烁光芒,整个天地像刚刚睁开的眼睛,这是光明的眼睛。

夜晚是多么寂静,夜晚只有星星和月亮醒着,万事万物都酣然入梦,那是多么辽阔的一个无边大梦,那又是多么深沉的一场酣睡,天地之间只有轻轻起伏的胸脯和微微的呼吸声,连风也静静躺下来,所有的眼睛都紧紧闭起来,不要打扰这巨大的睡眠,这是所有生命充电的时刻,这是一个不需要纷繁、喧嚣的漫漫长夜,只有寂静和无边的黑暗充满了时间和空间。这时候,太阳为了相会它梦中美丽的地球,在茫茫的宇宙中跋山涉水,穿越重重艰难险阻远道而来。这么大的黑夜,这么远的路途,都不能阻挡它迫切的爱情,什么都不能动摇它信仰的光明之行。

当太阳从群山中冲破云层跃出的一刻,黑夜顿时变成了白天,天地也睁开了深情的眼睛,所有一切都睁开了惺忪的眼睛。人类、鸟、山和水,一切都在这一刻苏醒过来,一切都可以静静注视或极目远眺,一切都充满了生的美好活的希望。这是光明诞生的万千个孩子啊,阳光普照了整个世界。

这是又一个早晨，一把阳光的钥匙开启了光明之门，这是全新的一天，天空中又有鸟儿飞翔，万物在雨露中疯长，花朵羞涩地绽放，车水马龙组成流动的城市，人们又开始忙忙碌碌，一切都充满了勃勃生机，一切都扑向了光明的怀抱。

　　这是太阳和地球拥抱的爱情的怀抱啊，这是光明的眼睛所赐予的无边恩惠。

　　赞美并热爱这光明之眼，一代又一代的人们永远拥有了阳光般灿烂的笑容。

观 察 史

青年河

1. 历史人物

孙武

资料:孙武,字长卿,齐国乐安人,是我国古代杰出的军事家、兵家创始人,所著《孙子兵法》被奉为"兵学圣典"。其中所提的齐国乐安,乃据宋欧阳修《新唐书·宰相世系表》:"伐莒有功,景公赐姓孙氏,食采于乐安。生凭……凭生武,字长卿……"其位置,大约就在今天的山东惠民县这一地理区域内。

"孙武兵经,辞如珠玉,岂以习武而不晓文也",这是大约在一千五百年前,山东莒南一个叫刘勰的美学家在江苏镇江定林寺读到十三篇时所发出的慨叹。这个叫刘勰的山东人在江苏完成了他一生中最为重要的著述,《文心雕龙》。今天,我依旧时常沉迷于这部中国古代最为重要的美学著作之中。

与刘勰一样,孙武亦是在远隔数千里之遥的江苏完成了他的事业,著兵法,经国家,治军事。晚他约五百年的史学家司马迁在他的鸿篇《史记》中写下了如下的话:"西破强楚,入郢,北威齐晋,显名诸侯,孙子与有力焉。"

而,我对这位伟大乡贤的全部理解,则来自于我原先工作的那个地方。那个地方,是今人为纪念这位伟大乡贤建筑的仿古三院落,中院正殿内有木质浮雕《孙子圣迹图》,图上有六部分:赐姓封采、敬献兵书、吴宫教战、经国治军、破楚入郢、飘然高隐,其中前五部分为史实,最后的飘然高隐是想象,为后来者对这位乡贤的美好祝愿。

而为众多人所常提到的《孙子兵法》,我却没有多少感觉,无不敬意,亦无敬意。我与一位朋友谈到了乡贤的这本伟大著作以及为小城所不断提到的"孙子文化"并把这些与孔子文化相比较时,我再一次想起了《文心雕龙》,在它的精彩描述里,刘勰说:"形而上者谓之道,形而下者谓之器。"(初见《易经》)如果说孔子文化的主文本《论语》是道,是思想的、精神的,那么孙子文化的主文本《孙子兵法》就是器,是实用的、工具的。几千年来,远在鲁南的那个"累累若丧家之犬"的可爱老头的思想已如春风化雨般沁入中国万千民众的朴实内心,并成为他们为人、处世的准则;而,乡贤孙武在南中国吴楚战场向帝王们一次次地印证他的十三篇的巨大实用性之后,他的十三篇便成为帝王武库中的秘密档案与私家宝典……在今天,以歌舞升平为主的盛世,我们无法想象人人学习《孙子兵法》的场景与后果,它更无法成为人们的行为准则,我倒愿意相信,它依旧是某一域的范本以及对它热爱者的经典……

乡贤不曾想到,几千年以后,关于他的出生地问题,论争纷起,现有"惠民说"、"广饶说"、"临淄说"、"博兴说"等,其中"惠民说"、"广饶说"就"乐安"这一历史地名时有交锋。2005 年夏,我帮助惠民孙子文化研究院校对书稿时,看到了"广饶说"一得力干将的文字,那是一个"徽"、"微"(还是在《文心雕龙》里看到,这两个字义正好相反)不分的干(可以理解为蛮干的"干")将。

但是,我看到的更多的是,乡贤多么像一件具有巨大实用价值与经济价值的器物,被后来者争来争去。我看到的,是他们(亦包括坚持"广饶说"的那一主将)对家乡的热爱超过了对乡贤的敬意,他们对自己的热爱也超过了对乡贤的热爱。但,在《孙子兵法》这一不朽著作面前,一切论争都将声淹息没,都将失去意义,或许本就无甚意义。而这一不朽文本,亦只是灿烂中国文化星辰中之一粒。

我所不喜欢的乡贤·盲人的祖师·神奇故事·可爱的老头

东方朔,我所不喜欢的乡贤。在他所生活的那个好大喜功的恢弘时代里,汉武皇帝看重的是能于攻守的战臣,而东方乡贤,仅是汉武皇帝生活中的调剂品,只能算是俳优:"先以自炫进身,终以滑稽名世。"(鲁迅语)我不喜欢他,更是因为,乡贤在一个被剥夺了男人象征而内心依旧坚韧、精神依旧雄健的男人的著述里,被列为滑稽之徒。我的乡贤,以自誉待诏数年,而后,他以机辩、占卜一再取得汉武皇帝的欢心。乡贤与同时代其他人一样,错误而固执地认为,只有进入朝廷,才能表达或者体现一个人的价值。在朝廷里,他始终没有如愿。最终,他内心愤懑,写下《答客难》、《非有先生传》。是自己,也是顾影自怜。

后来,乡贤终于作为一个人(因为尊严)进入我的视野。我喜欢的是,在别处的更接近他内心的记载。比如,乡贤精通中医,在家乡免费为别人看病,赈济残疾人。在乡里,他间空教盲人弹弦演唱、算卦占卜维持生活。他被称为盲人的祖师,就是说,他是算命瞎子(我对那些算命的瞎子从没有好感)的祖师。乡贤于武帝太始四年(公元前 93 年)殁后,每到三月三日和九月九日,四面八方的盲人们就成群结队地赶到钦风街西北角的风台前跪拜祭祀,还要弹琴说唱。此活动一直延续到连续三年自然灾害的 1961 年才中断。

2007年盛夏时节,我终于在鲁北平原深处的一个叫做钦风的偏远村子与乡贤重逢,村子里的人们与乡贤一样,好客、热情,依旧是乡贤老年时的样子。幸运的是,在那些众多亲切的面影之中,我更见到了乡贤可亲、诙谐的样子,那是中国乡间最为动人的要素构成,神奇、古朴。村子里七十三岁的谷泮池老人、六十五岁的刘克俭老人向我讲述了乡贤:"相传每到麦收时节,大家都想请东方朔帮忙给自己割麦子,而东方朔逢求必应,说到时候一定前往帮忙,决不食言。大家将信将疑,就各自到各家的麦地里去看,只见东方朔果然在他们的麦地里帮忙割麦子,纷纷去东方朔家看时,却又看到东方朔正倒在床上呼呼大睡。人们惊叹说,难道东方朔真的分身有术。""相传某日,东方朔见有人骑着毛驴去赶集,他便从屋里搬出凳子,等他骑上以后凳子也变成了毛驴。到了集上,他找人给他看着毛驴,没人给他看,他便说,那我就让大家都给我看着,众人哄堂大笑,不予理睬。只见,东方朔用手轻轻一推,将毛驴推进了城墙里,墙的这边露着毛驴的头,正在有滋有味地咀嚼着草料,还不时发出'吐吐声',而墙的那边驴的尾巴还不停地摇摆,后蹄时而尥蹶子,时而踩踏着地面,四周的人们都感到惊奇,就纷纷围过来观看,不一会儿,就围了个里三层外三层。而此时,东方朔却迈着四方步放心地赶集去了。"

钦风,取自"其风可钦",当然,风是乡贤晚年扶弱济贫、助人为乐之风。钦风街,是他的出生地。街名,最后由他而生。据载,钦风街原名盖古镇,始建于战国时期,曾名青龙镇。盲人们所跪拜的风台传为乡贤之墓。几百里外的一个小镇上的人们,因为唐书法家颜真卿书的《东方先生画赞碑》,他们也自称那里是乡贤的故地。而我们认为,那只是古人的一个误会。我还看到:北宋徽宗崇宁元年,为纪念乡贤,邑人在棣州城内(今惠民县城)十字街西北角修建了一座东方朔庙,后有朔庙街。而今庙已无存,街道也失去旧有痕迹。还出现误读,比如,在本县的地名志中,朔庙写为所庙,解释为:当年惠民古城内有镇衙、街衙、所衙(我曾经问过一些人,都不知道所衙为何机构)数种,此街南曾有所衙,后又在此建庙,故名。

我所看到的乡贤,是一个乡村的长者,他慈祥,他温暖,他给我以信任与可依偎的感觉。他是万千中国乡村和蔼老人中的普通一位。他是我少年时期乡下的、瘸跛的、生活邋遢的但经常给我讲故事的常增大爷,是我的有点懒、爱喝点酒但喜欢我的大爷爷,他是我所喜欢的平实、爱劳动的迷糊爷爷,他是……我尊敬并热爱着他们,为此,我深深地懂得"钦风"所含,以及,"钦风"所不含。我心目中的乡贤,与在汉武皇帝身边那位以机辩取媚者,相隔着数千里、数千年。

人间犹有展生笔·《游春图》·他的里籍问题

"人间犹有展生笔，万物苍茫烟景寒；常恐花飞蝴蝶散，明窗一日百回看。"这是书家黄山谷的诗。写展子虔。

展子虔（550—618年），我所由衷钦佩的乡贤，隋渤海郡厌次县展家村（今属山东惠民县何坊乡）人，历北齐、北周，入隋曾任朝散大夫、账内都督等职，后辞职专攻丹青，与顾恺之、陆探微、张僧繇并称丹青四大家。后世称之："上继六朝传统，下开唐代画风。"谈到展乡贤，自然，无法绕开的是他的《游春图》。《游春图》，绢本，高四十三厘米，长八十点五厘米，为现存最早的一幅完整山水画，被公认为唐代青绿山水画的开山之作，现藏于故宫博物院。宋徽宗为《游春图》题"展子虔游春图"；后，清，乾隆帝题款并钤印七方，嘉庆、宣统二帝钤印。《游春图》历经波折：经唐宋，入元为鲁国大长公主所获；明时，曾入严嵩手；清，经梁清标、安歧手入皇宫；清末，流散民间，被北京琉璃厂玉池山房马巨川所获，欲倒卖海外，为民国四大公子之一的张伯驹得知，几经走询洽商，张伯驹变卖祖上豪宅与夫人潘素首饰，筹集二百四十两黄金购得并收藏，后张伯驹先生为此几次历难；1952年，张伯驹先生将此图无偿献给国家。《游春图》辗转波折，惊险而刺激。

至今，关于展乡贤，邻县阳信与我们各执一说，那是他们的展子虔与我们的展子虔之争。在《中国美术史》（阮荣春、顾平、杭春晓著，辽宁美术出版社2001年12月）上，我见到：展子虔，渤海（今山东阳信人）。在惠民县建制沿革中有明确记载：厌次，北齐天保七年（公元556年）并入阳信；展家，原属于阳信，1949年8月，划入惠民。为了能够专攻丹青而舍弃一切的乡贤，他一定不关心身后、身外的诸如里籍之类问题。

除去《游春图》、《授经图》以及他在丹青史上的艺业，我遍搜资料，无法找到关于我所钦敬的乡贤的星点记载。一个具有良好修养的艺术家就是这个样子。他是多么干净，干净得超凡脱俗，就像他留给后世的《游春图》。关于他的里籍的细碎论争，与他没有丁点关系；也如后人惊羡《游春图》兼具的十美："名家所画、山水绝妙、人物妖娆、色彩艳丽、画绢质优、装裱精良、文士歌咏、皇帝题字、皇姐盖章、皇室收藏。"论争者、惊羡者扰乱的只能是自己的心神，这样的心神，无法关照《游春图》的意境高远，以及乡贤内心的平静与博大。

牛保·棣州城墙·冢

北宋徽宗崇宁元年，即公元1102年，北宋王朝已经渐进尾声。这一年，北宋王朝派出了工部尚书牛保北上棣州，督修棣州城池。历九年。城池修毕之际，远在北中国的女真族即将建立金王朝。1125 年，金兵南下，棣州城池终于没能挡住女真族的铁蹄，向南，过黄河，直抵汴京，宋王朝被迫南渡。而牛保，也于修毕棣州城池后南下归京复命途中病逝。

邑人为纪念其功绩，于棣州城西十点五公里处的汉代墓群之上选址建衣冠冢以示敬意。现为县级文物保护单位，名牛保冢。后人有诗云："边防战乱出东京，戎马筑城抗辽兵，烽火翻滚身夭亡，军屯立冢流芳名。"冢，一个有地位的人的坟，最后的归宿，神圣的，尊严的。冢内的工部尚书牛保客死他乡。牛保冢，千年前棣州人对一个为自己家乡作出巨大贡献的外地人的永远的敬意与纪念。

我一次次地想象冢里的人。其实是衣冠冢。我一直把冢里的人看做是我的乡贤。因为我看到，在鄹邑的文明书写中，已经有了他重重的一笔，那是后来的乡贤把他记了下来。有一天，冢或许会完全消失，但，如今它的主人已如城墙一样由邑人的记忆而进入这个曾名棣州今名惠民的小城的文明史。他，北宋王朝的工部尚书、为督修棣州城池而积劳成疾名牛保者，我尊敬并深深热爱他，内心里，我也把他视为我的乡贤。

李之芳履历·发现·民间说法

李之芳履历："李之芳，字邺园，山东省武定府（今山东省惠民县）人，生于明天启二年（公元 1622 年），卒于清康熙三十三年（公元 1694 年）。明崇祯十五年（公元 1642 年）二十一岁中举，顺治四年（公元 1647 年）进士及第，授浙江金华推官，后擢升为刑部主事，转郎中，又授广西道御史。顺治十年（公元 1653 年）出任山西巡抚，康熙五年（公元 1663 年）授湖广道御史，康熙六年（公元 1664 年），向康熙帝密陈'封疆关系非轻'一疏，提请康熙帝密切注意藩王动态，其时，康熙正在清除鳌拜势力。后，李之芳进秩为四品，擢升左都副御史。康熙十二年（公元 1673 年），李之芳五十二岁，后迁吏部侍郎，同年被任命为兵部侍郎，总督浙江军务。吴三桂在云南起兵，次年，耿精忠在福建起兵。李之芳开始了历时九年的平定耿精忠、台湾郑经的战争，大小一百四十余战，其间加授兵部尚书，康熙二十年（公元 1681 年），李之芳班师回杭，官阶至正一品加三级。康熙二十一年（公元 1682 年），入京，任兵部尚书。康熙二十三年（公元 1684 年），改任吏部尚书，康熙二十五年（公元 1686 年）为文化殿大学士兼吏部尚书，入阁。康熙二十七年（公元 1688 年）嘞令休致。康熙三十三年（公元 1694 年）李之芳病逝于家中。"

"1967 年秋，惠民县油棉厂（县第一油棉厂）修建轧油车间，挖地槽挖出古墓一座。在县内有关部门的指导、监督下,对这座墓进行了挖掘……棺上铭旌为丝织品,紫红底金字,文曰:'清诰授光禄大夫文华殿大学士兼吏部尚书正一品加三级邺园李公之枢'。另三幅分别是:'授光禄大夫文华殿大学士兼吏部尚书邺园翁李老年伯之灵枢'、'文华殿大学士兼吏部尚书谥文襄邺翁李老年伯之灵枢'、'兼吏部尚书正一品加三级谥文襄邺翁李老年亲家之灵枢'。……经专家考证:死者年龄相貌与现存李之芳的画像相似,而且铭旌上写得清清楚楚,名、字、官职、封号、谥号一字不差。依据当时的制度风俗,像李之芳那样地位的人是不可能用别人的尸体顶替的。再说,皇帝派官员致祭,谁也不敢以假冒真。出土文物充分证明:这座古墓中的死者就是李之芳。"

这是我在县内的几本文史资料上,见到的关于他的履历以及挖掘发现。

我了解的更多的是关于李之芳在民间的种种说法:

其一,在我还只有七八岁的时候,夏夜炎热难眠,几个上了岁数的老头在街口向我们小孩子讲述他们知道的李之芳,他们说到他的"头枕高官、脚蹬王侯",说到他的"正一品加三级"(许多年以后,我在资料里看到"正一品加三级"的时候想,一品为大、为极,那么再加三级是多少,我还想到了明朝那个自己给自己封官的皇帝明武宗,我还想起了太平天国称天王的洪秀全,我更想到了古代臣子跪拜皇帝时连呼的"万岁万岁万万岁"),说到他的"桐油炸年糕"(已经忘记了这个的意思),在我幼小内心,对这位传奇人物满含神往与钦敬。

其二,在县内的一些文史资料上,我还看到了《阁老南征图》、《阁老行乐图》,有史实,亦有附会,这是本县研究李之芳的重要材料。县内我所佩服的一位内行提出了对《阁老行乐图》真实性的质疑。而我却以为,民间应该自有民间的想法,在官方的不真实或许竟是民间的真实。这也是伟大祖国传统文化中最为真实的、最有价值的部分,即便它是虚构的、想象的艺术品,即便不乏创作者对李之芳个人充满的不切实际的夸饰(但,它也得到了惠民这一地理区域内广大民众的长久认同)。

其三,"古时某人在朝为官,一日忽然接到老家书信。拆开一看,方知家中与邻人发生争执,起因是隔开两家院子的墙塌了,重新砌墙时都为多占些地皮而寸土不让。家人捎书请他出面说话,以让邻人退缩。不久,官员的家人收到了盼望已久的回信,里面却只有一首打油诗:'千里捎书为打墙,让他三尺又何妨。万里长城今尚在,不见当年秦始皇。'家人乃明白了其中的道理,主动往后退让了三尺,邻人也不甘落后,也往后退让了三尺,于是中间出现了一条六尺宽的胡同,可供村民行走。村人于是将胡同命名为仁义胡同。"

县内有仁义胡同,在本地地名志中亦发现此胡同与李之芳有关的文字,而在网上搜索到,很多地方都有这一传说。也同是在这一本地名志里,我还看到一说法:"落门马,原名耿家,曾名饮马村。清康熙年间,李之芳奉诏南征,路经耿家,天色已晚,特意下马进村探望挚友耿其,并借便给征马饮水,自此,该村流传下了'落门闭户之时,饮马探故之事',为纪念此事,曾改名饮马村,后雅称落门马。"

一个人的身上有如此之多的故事,多么像一厢情愿的传奇与附会。三百年来,它在民间代代相传,至今仍有不少人说起李家院子(李之芳的相国府),尽管那高大的院落早已经为时光所淹没。但朴实的小城人一直相信,它是真实的,它是我们这个小城历史最为伟大的部分之一。

其他

其他,有康进之,元剧作家,《李逵负荆》的作者;有李浚,明御史,其村后被改为李御史;有袁化中,为大明英烈;有陈西林,詹天佑的助手;有郭传璋,近代山水画家;有高钟亭,近人,书法家,滨州某我所敬慕的友人曾言与其学书法,我见过他的字,有一种无法言说的喜欢……

当然,还有太多的人,为我所不知,他们是普通的,就如我每天在街头所见到的构成了我当下生活的生动的芸芸众生一样,他们与那些知名人士一起构成了小城历史的真实与厚重。甚至,对这个小城而言,他们比上面提到的所有有名有姓者更为重要,是他们在这个小城里的一日三餐、生儿育女、经商买卖,是他们的欢乐、忧愁以及窘迫或者宽裕的生活,是他们的大度或者为了鸡毛蒜皮的小利而不时产生的争争吵吵让历史上的小城生机一片、丰富无比。他们以及他们的子女(目前小城中芸芸众生)才是这个小城的建设者、继承者,以及热爱者(他们对这小城的热爱质朴、直接)。

2. 对建筑的缅怀、看法与批评

这些年,我们做了些什么/批评,以雨果为例

与这个小城里八十年代以后出生的孩子们说起这个小城二十年前的样子的时候,大概他们都不会相信,会以为说的是乡下。可不,那个时候的小城,除了大众旅馆、电影院以外,不正是活脱脱的一个众多乡村的集合体吗?土房子,灰尘乱飞的土路,大多以土地为生的老百姓……

当然,他们说的是建筑。建筑不正是一个城市区别于乡村的最基本要素

吗？至少在目前的小城还是。诉说者沉浸于往事，倾听者以为这是神话，两者根本就说不到一块儿去。当然，也有人认为，这几十年建筑的速度更是这个时代神话的巅峰。几十年来，建筑以其摧枯拉朽之势，让古老的小城一去不返，但是，建立起来的却不是新城，而是一座四不像。经过十多年的文化的冬天以后，小城中的人以无知无畏的态度依各自心目中的模样涂抹着各自的屋宇，也就是说，这个小城成了一个彻头彻尾的大杂烩。直至今天，我们才意识到，其实大家做错了许多事情，而当时都没有意识到问题的严重性。

那时候，不，这几十年，一直到今天，小城一直缺少一位真正的保护者。我说的是建筑，因为在这一篇章里，我只提及建筑。这时，我不得不引用雨果的话，那是 1832 年《巴黎圣母院》（我始终把《巴黎圣母院》看做建筑的指导性著作）勘定本的附言：

《巴黎圣母院》也许已经为中世纪建筑艺术，为至今某些人所不知，更为糟糕的是为某些人所误解的这一灿烂艺术成就，开拓了真正的远景。但是，作者远远不能认为，他自愿承担的这一任务已经完成。以往，他已经不止一次维护我们的古老建筑艺术，已经高声谴责许许多多亵渎、毁坏、玷辱的行为。他今后也要乐此不倦。他已经承担责任要反复宣讲这个问题，他一定要反复宣讲。他一定要坚持不懈，捍卫我们的历史性文物，其不懈绝不会亚于我们学校里、学院里那些打倒偶像者攻击他们时的穷凶极恶。因为，眼见中世纪建筑艺术落在什么人手里，眼见的那些胡乱抹泥刷灰者是怎样对待这一伟大艺术的遗迹，真是叫人痛心啊！我们文明人眼睁睁瞧着他们干，只是站在一旁嘘他们，这真是我们的耻辱！这里说的还不仅仅是外省的事情，而且是就在巴黎，我们家门口，我们窗户下面，在这个伟大的城市，文化昌盛的城市，出版、言论、思想之都，每日发生的事情。我们不禁要在结束这一《附告》的时候，举几个例子，来说明就在我们眼皮子底下，就在巴黎艺术公众的眼皮子底下，悍然不顾被这种胆大妄为搞得狼狈不堪的批评家们的抗议，每日都在策划、争论、开始、继续、安安稳稳进行到底的种种灭绝文明的行为。最近拆除了大主教府，这座建筑趣味低劣，倒也罢了；可是，跟大主教府一块儿，把主教府也捎带着拆除了，——而这却是 14 世纪遗留下来的稀罕古迹，专以拆毁为能事的建筑师根本不懂得把它识别于其他。他们真是良莠不分，一视同仁统统拔掉。

一次谈话·三十年前的建筑的样子·资料记载中的建筑之盛

三十年前的建筑的样子，只能靠几个老头的叙述、记忆与县内几本文史资料的记载了，而稍稍有些基本常识的人，还在怀疑它的真实性。

我越来越怀疑近些年尤其是近几年对古建筑的保护有点矫枉过正了。我与几位朋友在小城的街道上散步时谈到这种为我所怀疑的保护时,我问他们:"如果自从有人以来的建筑直到今天一直都保留完好,该是什么样的情景呢?""那该有多好啊!"他们异常兴奋地说。我看了看他们,说:"我相信那将是一种灾难,请你们想一想,如果那样的话,比如我们现在散步的街道还有么,更不用说目前现代化的建筑了,因为古建筑早已经把整个空间给挤满了。"我接着说:"历史包括建筑从来都是向前发展的,只要不中断,传承还在,传统还在发生影响,如建筑的在继承中发展或者创新,就是健康的,但问题是,我们今天的发展是中断了传统的发展,尤其是我们这样的小地方的建筑,早已经失去了传统与继承,没有了章法,失去了规矩,所以造成了大量的不伦不类的建筑。因此当我们今天谈论建筑的时候,不如说就是谈论房子。"

早在三十年前,人们常说的大寺与今天人们常说的大寺已经有了明显的不同了。那个时候的大寺是指的大寺本身,而今天人们所说的大寺其实就是一个胡同名罢了,大寺早已经失去了踪迹,就如同小孩儿喊的第一声爸爸,这只是一个孩子的学语罢了,而后来的爸爸爸爸的叫,是加进了感情的了。也就是说,三十年前的大寺是一个统一体,而今天的大寺只是一个符号、一个早已经被割裂的分裂体。

我的这些想法与小城里的那些老头们的想法是差不多的,他们反复地向我们年轻人描绘着几十年甚至几百年前的小城,在他们的言语中,在小城的文化资料中,是与目前隔世的小城:据县内的文史资料记载,这个小城内曾经有王府、阁老府、府衙、县衙、三台、八阁、十二冲楼、三十六坛庙寺院:王府为明成祖朱棣的次子朱高煦的汉王府,阁老府为清初吏部尚书李之芳的相国第,府衙为武定府衙,县衙为棣州县衙,三台为文台、武台、凤凰台,八阁为九圣阁、大士阁、魁星阁、玉皇阁、三清阁、文昌阁、金星阁、北极阁,十二冲楼为东城门楼冲西城门楼、南城门楼冲北鼓楼、北城门楼冲红楼、城隍庙大殿后的戏楼冲城隍庙的寝楼、城隍庙内的钟楼冲鼓楼、关帝庙内的钟楼冲鼓楼,此外还有文庙、乡贤祠、忠孝祠等,据不完全统计,城中古迹达六十多处,建筑规模在一万平方米以上的有十余处。从中,隐约可见当年建筑之盛。

什么是建筑,各类人的看法

对于建筑的认识,因人而异或因类而异而各有不同的理解。建筑是这个小城的第二要素,正是因为众多的、集中的高层建筑才使得这个小城区别于乡村,才使得作为这个小城的第一要素的人穿行其间时,有了生活在城市里的感觉与优越。

在三十年前的小城某街道的某个老头说,建筑就是盖房子。再向前一点,人们说得具体了一点,说是盖砖瓦房。再向前,则是说王府、阁老府、府衙、县衙、三台八阁了。

而今天人们的说法也各有不同:

小城内的老百姓们站在街头指点着说,建筑就是盖楼,就是今天拆这儿,明天拆那儿,总之,建筑就是败家子们的事情,就是一路飙升的、越来越令人无法承受的房价与房子面积越来越大之间的矛盾。

站在工地上的建筑工头们则是这样认为的:如何最大限度地节工省料,以及如何想方设法地拖欠工人的工资。而这个时候,开发商们早已经完成了空手套白狼的过程(在这个过程中,他们把全部风险转嫁给了建筑工头与建筑工人们),从这个意义上来说,建筑就是开发商的衣食父母,是他们的爹娘。

摆在政府头头脑脑们的桌子上的是小城的总体规划,十年的、五年的,工业区的、行政区的、娱乐区的,补偿问题、安置问题,然后是建造自以为是扮靓这个小城的标志性建筑物,直奔政绩工程也未可知。

但是,我们这个小城,把建筑这个如此重要的问题交给了一些只知道赚钱的开发商,这些人让这个小城立起了哥特式、巴洛克式、仿古式以及叫不上风格的建筑物,建筑就是他们随心所欲、胸无点墨的风格。以前我写过一篇叫做《不谈风格》的小随笔,其中有几句话很能形容这种风格:"开着车在马路上跑,随便看看,无论城市还是乡村,全是新建筑,二层小楼,尖的圆的。问朋友,说时兴欧式风格。我心里一直疑问,这和欧式风格有关吗?我家客厅的墙壁上挂一壁画。画面主体是一二层小楼,纯正欧式。楼前是草坪,很干净。边上是几棵树,很大,遮了阴。有金色的阳光洒在草坪上。看这画,心情舒服极了。在路边见到的那些房子,前面没有草坪,也没有树,倒是堆着货物,摆着摊点。谈不上干净。我想象着把这货物、摊点去掉,补上草坪、栽上大树。照样看不到欧式,什么也不是,只有不伦不类。果如那壁画上,有干净的草坪,有遮阴的大树。这时,房中的主人会走出来,在干净的草坪上、大树的浓荫下放一张桌子、几把椅子。或朋友或家人在优雅地泡茶、吃东西。之后,随手把桌上的脏物扔到对面的马路沟里。这也叫欧式风格?"

雕塑作为建筑的败笔·个人心目中的标志性建筑·雕塑与小城的遥远距离

我还想到了雕塑。十年前的小城里的人们已经看到了一种叫做雕塑的建筑,那是在护城河岸边的十二属相雕塑,不久它就招致了小城里的老百姓的非议而成为小城建筑的败笔,如今,已经荡然无存,不知了去向。

我还是想到了在小城的中心有一处叫做孙子故园的地方立着的一尊孙

武塑像,其凛然、高大之姿令人充满对这一圣贤的仰慕,后来它又被复制。我以为,这是小城内几十年来的一个标志性建筑,是小城几十年来的建筑中的经典之作。而今,这个立着一座经典雕塑的地方已经为小城所冷落,在这个时代、这个小城,有谁会去理会一尊雕塑呢。

这个小城里,有谁知道雕塑是建筑之中的奢侈品、是一个时代的精华这一事实呢?当与小城里的人们说起米隆的《掷铁饼者》、米开朗基罗的《大卫》、亚力山德罗斯的《米洛斯的阿芙洛蒂忒》、菲狄亚斯的《雅典娜神像》、罗丹的《思想者》……这些早已经超越了其材质而灿烂于建筑史、文化史的不朽杰作时,大多数人都面面相觑,而且还有人反驳说,这有什么好说的呢,不就是一堆石头嘛。这个小城与它们还有着太过于遥远的、艰难的距离。我以为,其间,人的文化素养、小城的文化环境尤为重要,早在上个世纪90年代刚开始的时候,一个老头就说过这样一句伤心、泄气的话:还有什么文化呢,大家都轮流着一轮轮地、比赛似的作践着文化。说话的老头心疼极了,就好像是自己的几个不争气的败家子在糟践着自己祖上留下来的好东西,而自己早已是心有余而力不足了。而今,小城里还有一两个这样的老头,他们的境况与上个世纪90年代说那句泄气话的老头已经差不多了。他们也与这个小城的雕塑一样可贵,同样再用不了几年,就会被这个小城彻底遗忘掉了。

四个故事及其意义解析

杨献平

有一个夏天,我和同村一个年纪相同,但辈分相差一代的同学在水井一侧的地边儿打架(忘了因为什么),开始虽然俩人动手互击,但打得不算特别凶。我正在全力以赴,脑袋忽然疼了一下(火星乱冒、鼻口血涌),撇开小嘴就哭。母亲闻声来到,一边把我拉在怀里,一边质问新加入战团的那人。母亲说:俩孩子打架,你大小伙子打俺孩子,算个啥东西? 大致是得了便宜,那人没吭声,拉着和我打架的人——他的弟弟,回到了自己家里。到秋天,我一直头疼,许多年后,母亲还说,你头疼的根儿是某某某在水井边上留下的。我听了,想了好一会儿,才记起以上那幕场景。

要不是母亲提醒,我可能就忘了。在乡村,或者有人的地方,孩子们之间打架像大人们之间因为某种利益吵架甚至使用肢体语言一样经常。从十二岁那年开始,我一直头疼到二十五六岁,每次疼,都想起那次被一个比自己大七八岁的人打中脑袋的情景。疼的时候,我特别恨他,一旦头不疼了,就把他忘在一边。母亲说这叫"没耳性",后来我觉得这更像"好了伤疤忘了疼"。小时候,我和同龄人打过无数的架,但记得的似乎只有这么一桩。随后的年代里,我不仅和打架的那个同龄人成为相对较好的朋友,有几次,落魄得顾头不顾尾的时候,还跟打我头(他哥哥)的那人借过钱。

第一次还了,第二次没还。是十块还是二十块,我早就忘了。现在想起来,仇恨和恩惠在任何时候都是并行的。摩擦是必然的,合作也是必然的。尤其是同在一个地方生存的人,所有的矛盾原本都建立在互助的基础上。第二个故事是:某年冬天,一个人娶回了媳妇儿,另一个人也娶回了媳妇儿。这在乡村,也是正常不过的事情。可半年之后,这俩人却相互对换了媳妇儿。有人说,这个男人原来喜欢的就是那个男人的媳妇儿,那个男人最开始也喜欢着这个男人的媳妇儿,是家人硬生生地把人家分开。

还有人说:换过来就好了,张三的归张三,李四的归李四。这个故事之所以让我记忆至今,一在于新鲜,二在于他们的从容和坦然,三是还有自己的想象和渴望。这在刚刚改革开放的偏僻乡村,至少是一次心灵上的撼动与观念上的变革。几十年过去了,这一故事的当事者都还健在,儿孙成群。可能是年代久远的缘故,对他们年轻时代的惊世骇俗破天荒之举已经无人提及。要是没人用文字记载,再多年后,这个故事就有可能在村庄彻底消失。第三个

99

故事是：某男和某女遵照父母之命结了婚，虽说新婚夫妻亲如蜜，日上三竿不起床，白天吃的一锅饭，晚上枕着一个花枕头，但两口子并不融洽。慢慢地，丈夫暴打妻子，妻子哭闹。如此一段时间，妻子决意要和丈夫离婚。

某一次，妻子遭暴打后返回娘家，娘家人的态度也由先前"凑合着过"转变为"坚决和那个王八羔子离婚"。丈夫听说后，手提菜刀，跑到一河之隔的岳父家，站在门口挥刀喝道：要是某某某和我离婚，我就砍了你们全家！说完，扭头回家。翌日，妻子回到丈夫身边，神情和态度和以前没啥两样。再一年初夏，某日清晨，妻子洗漱完毕，正在台前梳妆，婆婆进门拿东西，忽然大叫一声。众人来看，只见满床鲜血，丈夫的头颅像是一颗大南瓜，横在床头上。

这个故事是三个故事当中距离现在最近的一桩，时间大致是2002年。第四个故事是：某小伙子辍学后，接管了父亲的代销店，由于脑袋灵光，生意做得风生水起，附近乡邻人人夸赞。某有钱权人家父母一合计，将自己女儿许之为妻。由于年龄还小，就先订了下来。两年后，小伙子生意赔本，到处被人逼债。未来岳父母一合计，就与小伙子退掉了这门亲事。一年后，未婚妻嫁与他人，小伙子空门独守。再一年，小伙子花钱买了一个四川籍女子。再一年，已为他人妻的她生了一个孩子。不过几个月，小伙子与四川女子也生了一个孩子。

出人意料的是：小伙子与四川女子的孩子还没满月，就死了，有人说是故意用被子捂死的，有人说是俩人都不给孩子吃东西饿死的。更出人意料的是，小伙子竟然以五千元的价格把和自己同床共枕了一年多的四川籍媳妇儿卖给了邻村一个光棍。村人闻听，背后大骂此男人简直猪狗不如，老了饿死都活该。几乎与此同时，已为人妻的"她"也出了变故，她嫁的男人在煤矿下井时和一个四川籍小姐混在一起，发展到最后，先后多次带回家里，对着妻子，公然宣淫。她忍无可忍，抱着孩子回到娘家。

娘家人力劝小伙子改邪归正，小伙子不听，依然故我。几个月后，俩人离婚。再几个月，她又与一小伙子结婚。剩下的小伙子，现在已近四十岁了，仍孑然一身。有一次回乡，分别遇到俩人几次，女皱纹割面，老态赫然，男依旧留分头，着西服，一派潇洒自然。相对而言，这个故事延续的时间前后恐有十余年。——长期以来，我反复琢磨能够记得的陈年旧事，每一次想起，都觉得别有趣味。也觉得，这四个故事，从某种程度上可以看做是对一方地域文化风俗、价值观念和精神信仰的概括，是人心和人性的形象反映。

第一个故事是我亲身经历——疼痛促使仇恨，也使仇恨得以长久。但恩惠又使人必须感恩。当伤害与帮助同聚一体，报复和感激就成为了当事者的一种艰难抉择。如此引而扩之，那就是乡村传统人情观念中的"恩怨分明"与

"恩是恩，仇是仇"。所庆幸的是，作为当事者，我已经淡薄了往年这一恩仇，而变得坦然，甚至觉得，一个地域的人，最大的利益来自于生存和生活上的互助与合作，而不是睚眦必报、结仇寻恶。第二个故事显然是我出生乃至长大的那块地域上迄今为止最美丽的"人性事件"之一，把相爱的各自珍藏，在适合时机与条件下，用和平的方式还给相爱的，这本身彰显了一个巨大的美德，完全可以成为一个佳话和传奇。

第三个故事可能屡见不鲜，夫妻之间的爱与恨，情与仇，杀戮与拯救，似乎整天都在上演，类似的惨烈也不少见。但根本的问题是，在我们的村庄，暴力仍旧是人们在解决利益与情感矛盾时最常用的武器，似乎只有疼痛和血腥，凶狠的肢体语言，最终杀人取命才能心神畅快。多年以来，我对自己出生并要最终回归的村庄——最大的遗憾和不满就是无所不在的暴力——它几乎贯穿并如此长久地盘踞在乡村人群的各个角落乃至骨髓，它在乡村的上演次数与表现深度可以与权力、金钱等等切身物质利益相提并论。

第四个故事的当事者都是我的同学和好友，只是年龄略长于我。他们订婚，我当面表示诚挚祝福，他们分开，我还劝他们不要轻别离，他们遭遇一系列人生困境与厄难时，我写信或者在内心表示惋惜和同情。但事实上，他们的故事当中，既有乡民们自古以来的"门当户对"婚配传统观念，又有"嫌贫爱富"物质至上的世俗主义，既有选优为己的功利思想，又有一旦不如意就自暴自弃的消极因素。他们最积极的一面，大致是亲身实践了婚姻自由乃至在乡村显得特别新潮又另类的单身主义，但我知道，这些却都不是建立在本人的理想追求与俗世生活标准之上的自觉行为，是时事和具体境遇，迫使他们必须如此，甚至只能如此。

所谓"南太行"

杨献平

以上四个故事,发生在"南太行"某些乡村——其中,"南太行"一词为我个人所创造(也算是一种自我意义上的地理命名),即是指太行山在河北南部、山西东部和黄河以南地区的崇高存在,而太行山其余部分,则可以称做是中太行、北太行等。之所以将它们统称为"南太行",是因这一片地域虽面积广大、居处不一,但却又一衣带水,虽高低不平、形体相隔但却同气连枝。对于我个人来说,"南太行"既是一个泛指,也是一个具体方位,既可以是一方地域,又可以专指某一座村庄。也就是说,我已经把这一片地域统称为自己的故乡。

当然,我所说的这个故乡是微缩了的,人的故乡本来就在大地上,此大地和彼大地都是我们的故乡。将故乡确指于某处,大抵是为了证实自己的生命之根,清晰地亮出自己在大地上的生命谱系与文化信仰。

之所以讲述以上故事(现象)并稍作分析,其实是想验证自己对于南太行乡村人群的整体认知和理解,当然还蕴含了个人某些明晰或隐晦的看法……还有希望与质疑。但不可否认,那些故事并不是南太行乡村的唯一出产物和人群习性标示,大凡有人的地方,这些故事就会呈几何倍数地发生,根本不需要大惊小怪,过分渲染,充其量也不过是南太行乡野间某些具体生命在生存过程中的一些可有可无的标点符号而已。相比于此,在南太行,入史的伟人与将相、事件与史实多不可数。其中,最负盛名与普及性较强的不过五六。其一,当属"女娲",其庙在涉县任人供奉,可能是为示尊敬,当地人称之为"女娲娘娘",每一说起,身心虔诚;其二是赵武灵王,这位大业未成而过早夭逝的雄主,是战国时代唯一可以在嬴政之前横扫六合,统一中国的人,可惜,理想主义及"重然诺"的赵雍,设"二元政治"而最终被困沙丘(今河北隆尧),饥饿而死。他督军修建的赵长城依旧在山岭间蜿蜒,只是业已残毁不堪,以致荒草掩埋,青苔横生。

其三是藏兵于南太行某地某山洞,率尉迟敬德等人在此作战的李世民。其四是牺牲在左权县(旧名辽州)的左权将军;其五是率军击毙日本名将之花阿部规秀的杨成武将军。其六,可能就是前些年发生特大铁矿亡人事故了。除了这些大事之外,南太行似乎就只是蜗行于崇山峻岭之间的乡野平民、贩夫走卒了。唯一可以引人想象的是:《西游记》中被压五行山(太行山别称)下的悟空孙大圣、《愚公移山》等等子虚乌有的寓言和传说。当然,还有不少诗人和大儒——曹操、李隆基、李白、李贺、张九龄、独孤及、白居易、张说、梁启超等,都留下了吟诵太行的佳句。

但在十二岁之前,我对太行山及"南太行"的认识和理解极端狭隘,有时候觉得自己所在的地方就是南太行,此外的其他地方都算不上。有时候以为,南太行就是我们村与山西左权、河北邢台、武安相连的那一部分。十三岁之前,我到的最远地方是十里外的乡政府所在地曲蝉,一是参加统考,一是赶庙会。从地形上,我们的村庄位居高处,向十里外的曲蝉是越走越低。如骑自行车,向下不费吹灰之力,车子在平涉(平山至涉县)公路上如惊马飞奔,返回时,再大力气也得吭哧吭哧哈腰推。沿途还有数座村庄,名字各异,依次排列在南北山坳或河滩边。

同年冬天,我跟着奶奶,去山西左权县某村的老舅老姨家——直线距离可能不过五十公里,可绕着公路走,至少要走三倍以上的冤枉路。那时候我才知道,河北与山西之间,其实就隔了一道山岭。站在山顶上,朝东就是河北,向西就是山西。疆域有名称归属,而植被和石头,以及咩咩羊群,甚至甲虫、蚂蚁和蝎子等横无界限,屁股一扭,脚步一错,就到了对方的地盘。——十六岁那年初夏第一次去石家庄,车在平原上奔跑,太行山横贯南北。同年同次又去了北京,没看到山,却在人为的山中迷失了方向。十八岁时从石家庄而郑州、洛阳、西安、兰州,到河西走廊,连续两次看到黄河。二十三岁才有机会乘火车从京包线穿越八达岭,看到燕山与太行之间的峡谷,壁立千仞的红色高崖鬼斧神工,詹天佑的铁路若隐若现。

至今印象最深的,是太行山南段山岭之下,想象多年的大河只剩下泥浆,一条低洼处的溪流结着白冰。二十五岁,分别去了左权、阳泉、长治、和顺,山岭之间,道路两侧坐落村庄,村庄在山坳里排放黑色烟岚。在左权县城,我萌生了去探根寻祖的想法。小时,爷爷告诉我:我们这脉杨姓人家,是几百年前由山西太谷或洪洞迁徙到今河北所属南太行莲花谷的。我还断续听说:早些年间,山西的宗亲还时不时到我们村去住几天,和熟悉的人扯扯闲话。十多年后,这种联系越来越少,现在基本绝迹。

似乎从这时候,我才觉得了南太行的小,它横亘的存在只是大地一隅,就像我只是亿人中一个,你他之间的我一样。再后来,除了偶尔回到自己的村庄,在南太行一隅,面对熟悉的人和风物,在父母身边,我懒得哪儿都不想去。整天围着家,跟着父母,到村外的山坡与田地,做一些体力活。有几次兴之所至,带着妻子转悠了附近的山峦——大都是新开发的旅游区,站在山西河北交界的摩天岭,看天,云彩横在正中,羊群的臊味随风弥散,看四周的山,无休无止,横绝天下,那些被沟壑和树木遮蔽了的村庄,只有下到山底,才能在山坳和河谷间找到。

这些村庄显然也是南太行的重要组成部分,我出生在其中一座,但无论从地理还是文化上,都与整个南太行——太行山——甚至中国乡村密不可分。现在,我已经三十多岁了,世事在大地上变迁,时间如刀如割,但南太行依旧,而我的亲人和乡亲……有的已经消失了,有的冒出来了。消失的像一场大雨后的山洪,轰隆声过,余下的还是旧年的河滩;新生的如同地里的庄稼,山坡的树和草,眨眼不见,就蹿得比老树还高。每次回去,都要去爷爷奶奶坟前看看,烧些纸钱,叫爷爷奶奶。2008年秋天,父亲罹患癌症,我和妻子一起去祖坟,看着爷爷奶奶坟前的空地,我对妻子说:再多少年,我也会躺在这里的。

九个月后,父亲离我们而去,躺在了爷爷奶奶一侧。头七那天去坟头烧纸,我跪在父亲面前,痛哭是没有用的,一切都变得迟缓、毫无意义甚至做作。当你热爱的人已经不再开口说话,当生命以沉默方式表达出世事已与自己无关的态度……站在原地,长时间地看着父亲前面的空地。——直到现在,我的胸腔里似乎灌满了铁砂,我的情绪当中弥漫了太多沉重的东西。我明确感到,南太行——我出生的具体村庄,我必将回到。——我也觉得,这似乎是一种宿命,对于出生地,对于"南太行",我千般情感与思想最终似乎只有一个结局,那就是,你在这里出生,你必将回到这里。这其实就是"热爱",它并不单纯是一种情感,而且还带有某种自觉和不自觉的强制性。

生存态度或俗世哲学
——以暴发户、一般人家、光棍群体为例

杨献平

我懂事儿的时候,在莲花谷,只有以下这些人,才是头面人物,或者人人"尊敬"的主要对象:一是在政府部门当头儿和干部的,二是在银行及工商税务部门工作的,三是村干部和一些养殖或者搞贩卖木头的,四是做生意得手发财的。到20世纪90年代,除了上述的一、二、三外,更多的是包铁矿、选矿厂、砖厂和修公路的。据说,有的暴发户个人资产达到千万,但在莲花谷,也就那么一两个人。还有些外出承包砖厂、修路及其他工程的,传言资产不过数百万。可在莲花谷,这些人肯定是暴发户,也肯定叫人另眼相看。俗语说:人一有钱胆儿就壮。人还说,有钱就等于有权,有权就等于有钱。权和钱就像手心手背,翻过来是钱,翻过去就是权。

最先盖新房子的大都是这些人,盖起来的楼房虽然是半边,但也是楼房。没盖楼房的人看到了,俩嘴片子吧嗒吧嗒,眼气(羡慕)得鼻子通红,俩眼漏风。不管走到哪,都说某某某有法儿(会赚钱,或头脑灵活,通过各种方式获得钱、权等实利)。有人买了桑塔纳轿车,开着在路上来来去去,人说,看人家多本事!遇到有钱人爹娘,人都说:恁可不闹好了嗳,孩儿们那(nen)么争气,房子盖得那么好,去哪都要小汽车!有钱人的爹娘笑笑,有时候答几句,有时候只嗯嗯。见到自己不喜欢的人,眼皮子像上了弹簧,一会儿弹上去,好半天下不来。

许多父母看了,在家教育自个儿孩子说:看人家某某某,能挣钱,全家人都跟着享福儿!还有的说:有钱就是好,打官司能打赢,当官的也高看,办啥事都容易,到哪儿人都给面子,就是孩子羔儿远远看到都巴结着给人家说话!还有的说,有钱人辈辈儿有钱,打死人能买回来,还能当人大代表、政协委员。这是我在莲花谷最常听到的,可以说是一种比较持久且深刻的耳濡目染。——这是明显的"追富"、"羡富"甚至"抬富"、"颂富",也就是说,在寻常百姓心里,"仇富"心理和现象可能占一定比例,但相对追富和颂富、羡富和抬富,所占比例就相当小了。

例子一:某日,一个小伙子正挑水浇新出的玉米苗。一支扁担俩桶水,晃晃悠悠地向山坡上爬。忽然跳出三个壮年汉,一个冲上来掀翻了扁担和水,另一个一脚把这个小伙子踹倒在地,第三个冲过来,三个人一起,挥脚在摔倒

的小伙子头上身上乱跺。小伙子还不知道怎么反抗，三个人早就扬长而去。家人闻讯赶到，小伙子已经不能动了，抬到医院检查，说轻微脑震荡、肋骨折了一根。派出所接到报案，说：坚决不允许这些坏人横行乡里。几天后，被打的小伙子还躺在医院。

医药费没人出，事情也没人过问。小伙子家里又没有别人。娘看着生气，心疼得整天抹眼泪。等了好几天，派出所没动静。娘不会骑自行车，就步行。从莲花谷村到乡派出所所在地，按公路里程算是二十二公里。娘第一次去，派出所说：这事儿必须严惩。你回去等消息吧。又几天过去了，娘又步行二十二公里到派出所。派出所说，这事儿你儿子也有一定责任，不能全怪某某某一家。娘说：俺儿责任是有，可打人的人责任呢？派出所说：你先回去吧，明儿或后儿定准有消息。娘只好再步行回去。

明儿过了，后儿也过了，派出所还没消息。某一日，娘看到，派出所的人和殴打自己儿子的人一起进了饭店。娘就在饭店外面等，一口水没喝，等到太阳落山。派出所的人和另一家人出来了。一群人你叫我兄弟，我叫你哥。每人腋下夹着一条"××"牌香烟。娘回到家里，对小伙子说，忍了吧，人家有钱维持（意即拍马屁、送礼、请吃喝），咱没有钱请人家吃饭买烟，不忍没法儿。

例子二：某日下午，某妇女还扛着镢头，到自个儿田里刨土豆，第二天一早人们却发现，她赤裸着上身，被人用铁丝勒死在自己门前。闺女儿子放声号啕一场，第三天就下地安葬了。人都诧异，议论纷纷，但没有想去报案。一个人明显被谋杀了，怎么就随便埋葬了呢？人说：那娘儿们的闺女得罪了黑社会，人家趁黑夜来把她娘杀了。还有的说，这肯定是有钱有权的人派杀手干的，报了案，说不定连他们全家都杀掉！

例子三：某人在新成立的乡村信用合作社工作。不过两年时间，不仅盖了楼房、买了私家车，且入股多家铁矿，买了一台卡车拉买矿石和铁粉。人都说：这小子有本事，几年时间，就富得流油。也对自己孩子说：看人家，再看看你，人跟人就是不能比，一比就是天上地下。忽有一天，这个人跑了，到外省亲戚家躲藏，两年不见人影。忽一日，又回到家里。人说，这人被判了八年，只住了一年监狱。人问为啥，说：交了八十万罚款，又补足了贪污的钱就放回来了。

还有人说：哪儿能恁容易啊。有的就答说：听说光送礼就花了二十万。听的人嗯了一声，说：二十万买的不坐牢也好，人在比啥都强！——诸如此类的事情在莲花谷，在南太行，甚至在所有的大地上都层出不穷，但最终的处理方式却大相径庭，人们对这些事情的看法和态度也有天壤之别。但南太行人就是如此这般，他们不去究问为什么，甚至对钱和权无条件崇拜、投降和服从。因而,钱和权,暴发户和手握社会公权的人,一方面对普通人是一种心理震慑,另一方面又是一种毋庸置疑的凌驾。在各个方面享有天然优越感与社会特权的,还有真正的恶者,打人敢取人命,抢人敢动刀械,甚至有着强大社会势力的犯罪分子,都成为了村人膜拜的偶像。向往者追慕并舍身追随,弱小胆小者躲之唯恐不及。

这与不入庙堂就成流寇,不做官就要做乡绅,不成壮士就成暴民,不为暴民就做草民、顺民的原始思维和乡野文明有着直接关系。但所有的地位、尊严、公权及利益的拥有或绝对控制权多少,都必有一些参照。莲花谷一带,多的是平头百姓,说穷还能填饱肚子,起房盖屋,给孩子娶上媳妇,说富也只能靠打工、种地、做点小本生意度日,稍差一些的,是举债而终生悲苦的人、老无所养的孤寡者。剩下的就是一辈子找不到媳妇,没有子孙后代的光棍了。但光棍当中也有明显的等级,家境较好或有权势亲戚的,虽娶不到精明强干,仪态大方的富家女子,但可以寻个同类智障或少有缺陷的女子为媳妇儿。

那些爹娘没能耐,兄弟没本事,姐妹没钱权的男人,一过二十五岁,一辈子光棍的命运就算注定了。但是,这些人当中,并非都是有这样那样障碍或者缺陷的人,相当一部分是智力、身体及家境与其他人无异,由于这样那样的不慎、过错及后天因素而导致人人厌弃,没有人愿意把闺女给他们做媳妇儿。在莲花谷,光棍总数十多人,有的业已老迈,有的也到知天命之年,更多的集中在三十到四十五岁之间。据我所知:其中两人先后收养了一个孩子,出去打工时候交给哥嫂带,闲暇自己带。还有的至今孑然一身,虽有的与某位妇女有夫妻之实,甚至生了孩子,但露水夫妻毕竟不入纲常,属于白种地,不打粮食那种,只能眼睁睁地看着自己的孩子叫别人爹。

我在莲花谷的大致经历及个人影响

杨献平

　　十二岁以前，我们家在村子最下方，三间红石房子，屋梁比锅底还黑，墙角时常挂着飘摇的蛛纹，窗户是木制的，沾着一层马头纸，却时常被我捅出几个小窟窿。对面住着堂伯伯一家，几乎门对门，另一侧是一道石头台阶，不过十多个。台阶对面是麦场，麦场边上是通往大马路的"小公路"。上世纪70年代第三年春天，桃花盛开，春草绿了南太行。农历三月初十早上，我在那座房子的土炕上出生。母亲的娘家，在五里外的石碾子村，姓曹；接生的是大姨妈，是母亲在这个世界上最亲的人之一。

　　小姨妈或者大舅给我起名叫显平，其实她不知道具体是哪些字，因为母亲姊妹三个都不识字。上学后，我自己把名字写成杨现平。一至七岁的事情我基本不大记得，只是知道自己家住在哪儿，爷爷奶奶是谁，父亲母亲是谁，哪些人是亲戚，哪些人对我好，哪些人老欺负我。到八岁，我可能开始懂事了。母亲告诉说，我幼年主要有这么几件事。一是某个春天，她带我去"公社"所在地，给我照了一张黑白相片（戴着一顶瓜皮帽，穿着棉衣棉裤的，脖子上围着一条薄薄的纱巾，左手提着一只白色茶缸，背后是开得正带劲儿的桃花）；二是某年某日，她忙，就把我送到五里外的小姨妈家。

　　那一次，母亲看我睡着了才离开，好像也出去干活了。我醒来，就找娘。小姨妈听到，咋哄我还是扯着嗓子哭。小姨妈想，孩子都那样，哭一会儿没劲了，就不会再号哭了，就又把我放在炕上出去了。等小姨妈出去，我也止住了哭声。可谁也没想到，我一个人竟然出了小姨妈家门，沿着回家的路，哭着回到家里。母亲到现在还说：五里路，谁也没给我说，竟然找回了家。三是有次母亲带我到舅舅家玩。舅舅家住在一面山坡上，院子外面垒着一面一丈多高的石头墙，墙下是猪圈。

　　我一个人摸索着玩（也不知道玩啥咋玩的）。隔了一会儿出来找我，却哪儿也找不到了。探身向墙下一看，我正躺在猪圈里，一口老母猪哼哼着从窝里正往我那儿跑。母亲从一侧小路上奔到猪圈里，赶走母猪，把我抱起来。母亲说，我摔下后，头部一指远有一块三角石头，要是头磕上去……老母猪要是赶到，肯定会咬我一口。四是六岁那年初秋某天，母亲和父亲带着我到后山割草，拿着褥子，把我放在一块大石头上睡觉。第二天，我左手腕肿起老高，一捏就疼。找了附近的几个医生，都看不出来。又到医院拍了片子，也还不知道咋回事。一个月后，手腕肿得比大腿还粗。某一日，母亲带我去大姨家。大姨端着我的手腕看，忽然看到一个黑黑的东西，用针一挑，谁知道，拔出来一根两厘米长的荆棍儿。

五是有个外村会嫁接果树的人，坐在我家院子里说：你这个小子长得俊俏（后来是越长越丑，到现在完全是超级无敌丑男一号了），要是再大几岁，咱就做个亲家吧。六是村里的几家人，不管大人小孩都经常欺负我。还欺负我母亲，他们家人多，妯娌、小姑、兄弟和孩子们加起来有二十来个，时不时骂我母亲，见到我在路上单独走，就趁机拧我或者打我耳光。七是我三岁那年，不用母亲带，一个人就可以穿过好几道街，找到藏在众多房子中间的小姨家门。

以上这些，都是母亲后来告诉我的，还特别强调说：我小时候是挨饿、挨别人的打长大的。七岁那年春天，民办张老师偶尔来我们村，我见人人都喊他张老师，就拧着母亲的衣角，央求她送我去上学。当年秋天，我如愿以偿。那时候，小学在北河沿村里，来回有四里路。学校前边，有两座庙，一边供奉龙王，一边供奉孙大圣。庙门前长着一棵硕大的核桃树，浓阴成片。不管是冬天还是夏天，只要一靠近庙门，就觉得冷森森的，浑身像结了一层冰。

到二年级，小学搬到马路边。老师也是民办的，姓曹。有一次，村里几个同学合起伙儿来打我，往我脸上吐唾沫。我哭，母亲正好路过，见我委屈，就对姓曹的老师说：曹老师，恁管管那些孩子，别介欺负俺孩子了，好不好？姓曹的老师可能当时情绪不好，非但不理，说话特怪。母亲一生气，一把拉住我说：这学校咱不上了，咱回家！我却不愿意走，要上学，母亲哭着说，你愿意上就上吧，娘也是愿意你上学。以后别跟人家（指欺负我的那些孩子们）一起玩，见到就躲得远远的。

四年级那年夏天，我用裤子学会了游泳（把两个裤腿绑起来，再举起，猛地扣在水面，裤腿就鼓了起来，再扎住腰部，往上一趴，胡乱扑腾一阵子，就差不多了）。某一个下午，我刚穿着花裤衩玩过水，下午上第三节课时，老师没在。我正往自己课桌上走，几个男同学忽然冲来，把我摁倒，扒掉我的花裤衩，还把它挂在教室的门鼻子上。

我光着屁股，哇哇大哭，女同学低着脑袋，男同学哈哈笑。直到老师进门，我才捂着私处穿上。五年级，有一个女孩子很喜欢我，她比我大一岁，上课时老用眼睛不知所以地看我。后来，不知道怎么回事，那帮同学都说我和她以后就是两口子。我觉得愤怒但却又很新鲜，心里好像灌了蜜水一样，又好滋味，又胀痛。有一次，他们趁我和那位女孩子不备，硬是把我们推倒，且脸对脸（这种情景似乎在乡村很多见，或许是受大人的影响，孩子们对婚姻等事情开化得比较早，且比书本更具有吸引力和模仿性）。

再一年秋天，我和许多同学扛着杌子，背着空荡荡的书包，走了五里多地，到位于石碾子村的中学报到。石碾子中学在离村二里地，公路左侧的山岭上，一排十七间的房子既有教室、伙房，又有老师的办公室兼宿舍。院外长着四五棵大核桃树，把整个学校都遮住了。初一第二学期，原先和我不错的那女孩子不知啥原因辍学了，我感到郁闷，有几次放学，坐在她家不远处的路墩上，想看到她，问问她为啥不去上学了。可一连几次，都没看到她。有一次正要回家，却看到她背着一些玉米秸秆，从下面的小路上慢慢腾腾地走了上来。我忽然没了勇气，兔子一样往自己家跑去。

初二第一学期，我迷上了金庸、梁羽生、古龙的武侠小说，托一个熟人去市里的时候买了一套《射雕英雄传》，还珍惜地包了书皮。可在课堂上看的时候，被班主任刘老师发现了，没收了我的书。此外，还有一个男同学当时也喜欢看武侠小说，我放了学，就去他家借。他家和我家的方向背道而驰，等我借到，就捧着一边走一边看，到家里，晚饭也不吃，躺在自己的床上看，直看到外面风吹枭鸣，自个儿害怕得浑身打哆嗦，才关了电灯睡觉。——老实说，那时候，我的学习成绩不好，除了语文、思想品德和历史外，生物、地理、代数、几何、物理、化学、英语都一塌糊涂，每次考试都不及格。

有几次逃学，躲在树林里，啃着娘给蒸的干粮，埋头看武侠小说。夏天中午，和一帮同学去水库玩水，站在高高的坝基上，喊着一、二、三，光着身子往下跳。老师明令禁止，但我和几个同样学习不好的同学照去不误，直到水库淹死了一个小孩，才止住勃勃玩兴。玩得累了，上课不由自主地睡觉。英语老师、班主任老师、化学老师都训斥过我，有时候正在睡得香，忽然眉头一疼，同学们都在哄堂大笑，一截粉笔头横在书本上。有一次，不知因为啥，就和邻村的一个男同学打了一架。

我那次可能是真的被激怒了，打得很到位。那同学吃了亏，发誓要取我小命。其他同学还说，那小子是独生子，爹娘和几个姐姐都宠着他，肯定饶不了你。我说，他不饶我我也不饶他，打死谁算谁！这可能是我在初中时期说过的最牛气冲天的一番话。大致是初三第一学期，我在石碾子村路边一个老娘儿们开的店里买了一些东西，累计下来，大致有四十几块钱。后来，我才发现，这四十几块钱我根本没办法搞到，没正当理由，母亲绝对不会给我。欠的时间长了，那老娘儿们有次遇到我母亲，就说了这事儿。母亲生气，打了我一顿，最终还是替我把钱还上了。

初中最后一年，我拼命暗恋一个曹姓女同学（完全地一厢情愿和自作多情），在这个事情上，我主要做了以下几件事。第一，天天上课看她的后脑勺，因为她坐在最前面，也只能看后脑勺。整天神思恍惚。有时候把她想成是白蛇,我是许仙;有时把她看成是为了爱情不顾一切的祝英台,自己是梁山伯。甚至,把她看成是琼瑶笔下那些敢于冲破家庭和世俗束缚的女主人公。第二,某日,我鼓足勇气,把写有"一个人爱上一个人,就像一头牛冲进丰美的草原"(这话至今还记得一字不差,但还有羞愧)的纸条,趁下课夹在她的语文课本里。她发现后,先是大声问,这是谁干的,说出来不告老师,不说,就告!问了几遍,眼睛灯泡一样扫了三五圈,见还没有人站出来,就身子一扭,腾腾几步,出了教室门,把纸条给了班主任。班主任旋即就到,在课堂上问了几次,还说,不好意思的可以到他办公室说。我心怦怦跳着,直到初中毕业,也没向他们坦白交代。

第三,她家距离学校不远,每天上午放学,她头前走,我就站在学校最西边的核桃树下面,看着她像蝴蝶一样消失在村里。第四,那时候开始写诗,都是情诗,学席慕容和汪国真的写法,可是没有一首给她看过。第五,我到市里另所高中上学,她在另一所,某日,我步行了四十公里,去那里看她。可就是不敢露面,在学校大门外蹲了一夜,第二天早上,返回自己家。第六,几年后,我到西北,给她写了上百封信,她始终没回(后来好像是她一封也没看到,都让他人私拆之后,当众朗读,被村人传做笑话了)。第七,1998 年,我如愿以偿到上海空军政治学院上学,还在心里想起她,与一位至今要好的同学说起这起初恋事件。

以上这些,大致是我在南太行莲花谷最主要的经历了。虽然小,但贯穿了我出生到十八岁的全部时光,尽管琐碎,却对我有着顽强甚至致命的影响。幼年的挨打、挨饿,是我至今自卑的由头,还有家境的寒微、地位的卑贱、生活与各种愿望的不如意甚至适得其反。在中学的贪玩、好读课外书乃至本质上的放荡不羁是构成我学业不够成功的外部原因,而内里,却是"好高骛远"和"心比天高,命比纸薄"的天性反映。过早的情窦初开带来的不是世俗层面的荣耀,也不是内心乃至灵魂的享受,而是遭到大面积反对与嘲笑的由头——村人知道后,不仅笑我自不量力、不务正业,还讥诮说"撒泡尿照照自己算鸡巴哪根葱"。此外,还惊动了我的奶奶和母亲,她们劝我说:咱自己是个啥光景自己知道,也不想想,咱能配得上人家吗?

再后来,我还做过一些出格的事情,比如过早地渴望奢侈生活,在熟悉的小卖店赊账买东西,又有一次长达一个多月的出走经历。以致村人都说:献平这个人绝对成不了啥好东西;两个舅舅、大姨妈和小姨妈,还有母亲,都对我的言行咬牙切齿、屡屡劝止。其他人看到我,就皮笑肉不笑,明着暗着都讥诮。——到西北几年后,每次回乡,都不好意思走大路,从很远的地方绕回家里。——更严重的是,曾经有好长时间,幼年与母亲一起经历的暴力事件,使我对村人充满了刻骨仇恨,也对莲花谷有了强烈的鄙夷、恨铁不成钢及背叛心理。我曾经发誓,宁可死也不会再回莲花谷,除了爹娘和亲人,我一个都不爱与怀念。

这种极端思想显然是一种反弹,是我和莲花谷之间不可调和的矛盾。——我拒绝与莲花谷任何人说起自己的一切心事,它和我之间,横着无数条鸿沟。2003年春天,我过了三十岁,知道仔细检点自己了,却蓦然发现,不仅是莲花谷乃至南太行乡村充满着因利益和个人好恶而产生的各种暴力及阴暗"景观",这几乎是全人类的问题,无所不在,而又无所不及。这样想的时候,我就觉得,自己对莲花谷的厌弃乃至对那里某一些人的仇恨其实是子虚乌有的,根本没必要计较。

早恋和我的那些过激言行是莲花谷人传统观念所不能接受的,遭受耻笑和侮辱无可避免,首先是我自己出了问题,而不是他们那一套世俗观和价值观发生了偏移。从另一个角度说,他们有意无意的伤害甚至恶作剧,对我来说是一种反面激励,从得知暗恋对象结婚的那天起,我就下定三个决心,一是这辈子,我绝不娶南太行任何一个女子为妻,除非她回心转意,即使结婚我也毫不在意。二是我一定要做好自己,不仅要在各方面做得和活得比她好,而且要娶到比她更好的妻子(完全的功利主义,与莲花谷几乎所有人的人生观一脉相承)。三是我必须做一个出色的男人,我热爱的,我喜欢的,我必须要去做,并要最终实现(纯粹为了某种世俗荣耀而作出的实际行动)。

曾经有一段时间,我明确表示,这一辈子都不愿再回到南太行乃至莲花谷附近的城市或乡村,甚至觉得,人性当中所有的恶唯独莲花谷所有,我没有必要和那些人再混淆在一起,在外面,两不相见,我就是安静的和幸福的,即使穷苦潦倒,也可心安……这个所谓的志愿在我内心坚持了许多年。——但我没有想到的是,我最终妥协了,而且来得非常自觉和彻底,这时候,我才确信了"叶落归根"这句话的深刻性。2007年,我和妻子一起回到莲花谷,在附近一座城市买了房子。——对于这种转变,我多次冥想,最终的结果出乎个人意料。我发现,这一切还是源自南太行,源自莲花谷,源自那些嘲笑我、殴打我甚至谋算我的人——莲花谷(南太行)对我的影响,一如它连绵不休的峰峦乃至年年枯荣的草木,还有在地面和地下流淌不止的水,从我出生,它们就进入了我的身体和灵魂。

我知道,无论走多远,在哪里,莲花谷及其一切都在我的血肉和灵魂当中,我还是那个被人打来骂去,在课堂上被强迫脱掉花裤衩、看武侠小说、"恬不知耻"暗恋那个女孩子的"我",只不过有些时候看起来不大相像和不甚明显而已。——我厌恶的,可能只是人性当中某些阴暗部分,乃至某一地域文化和世俗观念对某些个性甚至天性，不自觉地限制与挟制惯性，还有对某些美好愿望的误解、曲解和无意识打击行为……而这一切，却不是地域本身的错，迁怒就等于无知，逃离就是背叛。

这些年来，我一次次地回到南太行莲花谷，它几乎原封不动，只是多了一些不认识的人和比以前更好看的房屋，还有新修的道路、校舍。我努力在人群中寻找从前的人，欺负过我的、鄙视和嘲笑过我的……想不到的是，他们有些人再也见不到了，有些人已经皱纹纵横，老态龙钟，有些灰头土脸，有些人一如我当年或者他们父母亲当年。2008 年 8 月中旬，父亲罹患胃癌，我忽然又转变了态度——对南太行，对莲花谷，对那里的人，我觉得了某种亲切，看他们的眼光也出奇柔和。

当父亲在莲花谷某处真正躺下，苍莽山川之下，他耸起的坟堆像一句谶语，又像一面旗帜，像一声叹息，又像一个谜底。我哭着，站在那里，想到了很多。返回西北几个月时间里，几乎天天做梦，梦见父亲。有一次，我梦见自己和父亲躺在祖奶奶的房里，我清楚知道父亲病了，且命不久长，我一直在守着，却睡着了，等我忽然惊醒，父亲果真故去了。我大叫着爹，放声大哭……猛然惊醒，坐在床上，半天回不过神来。还有一次，我梦见父亲在院子里修剪苹果树，光秃秃的树枝上忽然开出一骨朵一骨朵的白花儿，父亲笑了一声，跳下树杈，转眼就穿过村庄，往后山的野地跑去了。有一次打电话给弟弟，让他在农历十月初一那天上午，早点去给父亲烧纸，并要看看，我插在父亲坟上的柳枝成活了没有。

远景与近景

杨献平

1. 海子海子,芦苇芦苇

"我的心渴望着在月光下与人、与物结为姐妹。"出门前,在摊开的书籍里看到这句话,好像是荷尔德林说的。它的出现令我心境明朗。下楼时还特意背诵了几遍,儿子的尖手指在脸颊上划过,轻微的疼显得清晰。院子里阳光泛黄,粗沙晶亮。

马路上人很多,孩子在母亲的怀里或者前面,唧唧喳喳的声音响在两边的楼房墙壁上。向西的大门已经洞开,进出的人满身夕阳,各色的衣衫像是僵直的花朵,摇动、分开,被围墙和树木遮没。

我相信人居的地方空气黏稠,众多的呼吸加重了它的浓度。西门外的菜市场显然人客稀少,蔬菜和动物皮毛、内脏腐烂的味道十分浓郁。向南的村庄绿树环绕,大片的棉花已经开出了暗红色的花朵,再过几天,它们的颜色转白,进而凋落,举起青青的棉桃。

向晚的阳光、一塘芦苇和青草、野鸭在游泳,燕子不飞——安静的人,在水声和其他的生命之间,肯定美好。

去农村的人很多,徒步的人们,三五成群,他们的背影在黑色的柏油路面和路下的红树丛中晃动。稀疏的青色杂草里,爬动着蜥蜴和红色蚂蚁。而向南的土路上,不见人影,巨大的盐碱地犹如大片的积雪,光芒耀眼,对面的村庄沉静、安闲,草滩上的马匹和驴子停止吃草。我和妻子抱了儿子,脚下的碎石子发出相互碰撞的沙沙声。依然成活的小杨树身材修长,单一的树干上绿叶椭圆,啪啪作响。红柳灌木成堆,开过花的马莲成群披散,窄长的叶子相互簇拥,绿意盎然,不动声色。

临近的海子芦苇茂密,白色头颅挺在风中,像是将军的盔缨,身体的绿在巨大的空廓之中,错落有致,犹如兵阵,呼呼生风。我们走在沙滩,溅起白色的细土如雾,在我们身后尾随和消散。儿子想要挣脱,头颅扭动、小手挥舞、两腿乱蹬,他要自己行走。

我们怕他弄脏了衣服,不喜欢他身上有土。我快步跑到海子边缘,在周边的青草之上,把叫嚷的儿子放下,还没有站稳,他就向着澄蓝的水面走去,我们跟随其后,弯腰伸出的手掌在他摇摆的身体左右。我们怕他跌倒,也怕他走进水里。

这里尤其安静,说话的人很远,吵闹的菜市场早已收场。夕阳继续向西下落,向着世界的背面。远处的沙漠一片空蒙,头顶的天空云彩稀少,缓慢和未知的飞行,在我们眼里似乎静止不动。

我们在水边,妻子抱着儿子。水面平静,镜子一样,可以看见内心。三个人的影子,皱纹一样扭曲和荡漾。它不过 10 米的宽度,几只白色的野鸭在对面的水面静止、游弋。它忽略了我们的到来。身子旁边的芦苇身子高挑,节节下垂的长叶刀刀一样倒悬。它们头顶的灰白色绒毛上面有着夕阳的光粒。妻子采下一根长长的、类似儿子手臂的淡红色花棒,它的表面瓷实,手感柔软,像刚刚浴洗了的肌肤一样。我叫不出它的名字。掐住其中一点,轻轻一拉,就是一根长长的白色丝线。妻子说,采一些回家,晒干,放进枕头,冬暖夏凉,开神清脑。说着说着,就采了几朵,儿子也拿了几根,小小的手指不断拉出,断裂的白色丝线落在水面上,一端下沉,一端伸出,中间的部分随水扭动,像是一群游动的婴儿。

直到夕阳不见,村庄隐没,绿叶沉浸成黑。我抱起儿子要走,而他哭了起来,我又放下,在水边,他的脚步很快,向着海子迈进,妻子惊呼一声,把右脚悬在水面的儿子抱住。他哭着,恼怒于我们的阻止。我接过,蹲在水边,把他的身体悬在水面之上,他跑一样的双脚想要落在水里。妻子拿着花棒,一下一下地敲着寂静的水面,儿子呵呵笑了,他的笑声惊扰了前来饮水的燕子,它们听见,落下的身子满是仓皇,翅膀不断张开,随时的逃跑让我觉出了隔阂。

回家的路上,淡黄的月亮从沙漠浮出,清风发凉,路灯连接的街道,人们依然在外,灰色和红色的楼房灯火明亮。回到家里,儿子喝奶,我去洗澡,温热的水在身体之上。我突然想在刚才的海子里面洗澡:向晚的阳光、一边芦苇、花棒和青草,野鸭游泳,燕子不飞。安静的人,在水声和其他的生命之间,肯定美好。

2. 果园果园,苜蓿苜蓿

它在我的四周,我在旁边一座楼宇住过。春天的草、苜蓿和榆树,满树的梨花曾比喻过岑参的雪。那时候,我和妻子刚刚结婚,打开窗户,就看到了阔大的果园,把远处的戈壁沙漠遮住了,曾有一段时间,我们不知道还有戈壁和沙漠。梨花的香味浓郁,众多的黄色蜜蜂在上面飞飞停停,还有白色带有黑点的蝴蝶,不事声张的灰雀穿梭其中,风中的暖意令人欢欣。

我把书桌和电脑重新调换了位置,以便更好地看见果园。尽管梨花谢得很快,洁白花瓣转眼焦枯不堪。而我仍然热爱,只因它们来过,理由似乎就这么简单。而苜蓿、杂草和榆树叶子总在梨花之前,那个时候,戈壁的风仍旧吹得脸疼,夹在其中的灰尘像针。我时常在上下班的路上感觉到疼痛,回家又浑然忘却。偶尔的沙尘暴猛烈,满天满地浊黄,飞行的粗大沙砾箭矢一样,在我们的身体、树木、青草、楼房和玻璃上,发出击打的声响。我们时常在半夜惊醒,在风暴当中,看见外面的果园,摇晃的树木似乎是这个沙漠的最后愤怒。荷尔德林说:"置身于上帝的风暴中是我们的义务……以敞开的生命置身其中。"

早上起来,一地的碎屑:人的垃圾和植物的断肢,它们叫人心疼。到果园一看,满树的梨花不见了,新鲜的梨花,找不到它们的踪迹。花根还在,它们身体颤抖,残存的香味似乎哀悼。地上密密的苜蓿叶子背转,浅浅的白色之间有着很多针尖一样的窟窿。去冬的断草覆盖其上,它们一定为此感到了悲伤。

我很长时间对果园漠不关心,它的出现我不甚明了。我似乎参加过开垦,似乎又没有。我是一个懒惰的人,善于逃避集体的号令和非正常的驱使。它初建时,我肯定缺乏相应的热忱,但我在意了它的长成。这让我感到羞愧。

果园由雇请的人看管,春天了,他们用铁锹松土,生锈的钢铁遭遇到深处的冻土,并不断与混杂其中的石子遭遇,断裂和碰撞的声音就在耳边。温热的中午是他们干活的好时间,而我们要睡眠,我们相互侵犯,又两不相干。一年之后,土地便不需再翻松了,种植的苜蓿年年不断。初春时候,它们长出来,不几天,就铺散开来,嫩黄的头角引来了好多采撷的手指。去年春天的某一个傍晚,怀孕7个月的妻子要我陪她出去转转,在果园里面,梨花正要张开,深藏的叶子也露出了黄色的头脸。

我们看见几个人屁股高抬,俯身采着苜蓿,她们手中的塑料袋已经鼓胀起来。我们走过去,妻子说我们也采一些回去。我说不了,妻子显得不高兴。走到果园与马路的交界处,妻子的嘴唇还向前努着,不说一句话,我拉住她,走进苜蓿地,采了几片,妻子突然说,你采的都老了,嚼不烂。说着,挺着大肚子缓慢蹲下,手指在苜蓿的头尖掠过,余下的苜蓿身体微微摇晃,四散的叶子打着哆嗦。

苜蓿装满了我上衣的两个口袋,妻子摸摸说,够炒一个菜了。我们出了苜蓿地,从马路返回。这时候傍晚天气仍然很冷,北风没有放弃吹动。第二天下班回来,妻子已经做好饭菜,青色的苜蓿就在其中。我说我从来没有吃过苜蓿,妻子用筷子夹了,让我先尝尝。油水里的苜蓿显得异常温顺,平展的叶片滑腻,在牙齿之间节奏明快,有一种咬动的快感。我说好吃好吃,妻子说好吃下午我再去采些回来。

没过几天,梨花开了,苜蓿也老了,三天不见就长高好多。这时候,春风浩荡,整个巴丹吉林变得松动,生机盎然,到处的绿树开始用叶子制造声音,盘踞一冬的乌鸦不知去往哪里。

这一年的夏天,我似乎没去过果园。带妻子去医院生产的时候,在车上我看见果园,众多的青色果实掩映在叶子之间,矮小的苜蓿一丛一丛,抵达了人的膝盖。此后的两个月时间,在妻子和新生的儿子身边,忙碌显然使我忽略了果园最为葱郁和宁静的时间。3个月后,秋风落叶,戈壁深陷,巴丹吉林风中的寒冷夹杂着沙砾。一天正午,单位发了好多的梨、苹果、葡萄和桃子,堆在宿舍里面。我知道它们从果园来,它们还在枝头的时候,就与我见过面。只是我再也认不出了,这么多的果实,它们就在中间。没过几天,它们就在单位众多的嘴巴里面,消失不见。

3. 树木树木,草滩草滩

我清楚记得,那里以前是一片荒滩,挨着马路。车来车往,灰尘升起,路下一片草滩,很多的红柳和杂草,兔子、野鸡出没。那年夏天,我和未婚的妻子在那里有一次约会。林子很密,横生的灌木长满尖刺,但地面上的青草肥厚,夹杂着许多的花朵,走在里面,空气湿润,草木芳香。临近村庄的路口长着三棵老了的沙枣树,它们枝干扭曲,皮肤干裂,但每年都有新鲜的叶子,初春开出黄色的花朵，一粒一粒，尤其芳香。对面的村庄杨树直立，青烟缭绕，进出门洞的面孔大都灰头土脸。

在村庄和单位大院之间，那里确实是一个清净的好去处，树木花草之间有野生的飞禽，它们多么自由，夏天的傍晚，还可以听到它们咯咯的叫声，看到它们飞过戈壁的身影。前年夏天，十里之外的友好村的一个许姓村民，用铲车在那儿破土动工，沉积多年的沙土翻涌上来，断了的甘草和骆驼草根很快干枯，半埋半露在新鲜的沙土上面。三棵沙枣树相继倒下，溅起的尘土一直涌到单位的大门以内十米的地方。摔碎的枯枝断裂一地，车轮翻来覆去，把它们轧成碎屑。大概一个月时间，新的房子崛起，人在吵闹，夏天的傍晚，总是看见他们，男人，女人，戴着草帽，包着头巾，不知所以地忙碌着。

村庄的人们对此熟视无睹，又有一家准备在那儿修建房屋了。又一个月之后，村庄有点沸腾，人人似乎都在打算着把房子修在那里的得失利弊。单位看见了，向当地政府反映，一场官司过后，许姓村民获胜。这一个结果，村人觉得合理，修房子的想法更加茂盛。我总是觉得，大地之上，谁愿意在哪儿修屋居住那是个人的事情，海德格尔说："诗意地栖居。"而诗意在个人心里，各各不同。一座房子起来了，又一座房子相继落成，远处的移民趁机将那片草滩据为己有，锯掉的树木倒在路边，厚厚的青草落在泥土下面。新鲜的泥土腥味扑鼻，众多的人在翻转的草滩上面。第一年种了玉米，秋天时候，成活很少，躯干矮小，玉米穗子像是没有长成的萝卜。我们看到了，觉得还不如留着那些草和树，可以养活野鸡和野兔，心情郁闷和恋爱的时候，还可以到里面走走，坐坐，绿叶下面的寂静，可以让我们想起好多事情，说出动人的话语。

它们消失了，在人的手掌之下变成了荒芜的田地，虽然旧草不死，不断伸出身子，看到零星的庄稼，但人发现一根清除一根，态度坚决且残忍。对面的房子不知何时又多了几间，装修完毕的开始营业：小卖部、饭店、洗浴中心、发廊，一片红色的招牌，在戈壁招展。夜晚时候，我们在大院里面看，那地方竟然也有一种古典的味道：青灯店幡、歌声飘溢、笑语欢天。而对面的村庄一片漆黑，往来的车辆卷起白尘，车轮在尖利的石块上经过。

站在大门前，我们就可以看见，两排房屋（平房和楼房次第相间），只是觉得有点荒芜，虽然人来人往，很多的女子坐在店铺门前，袒露的胸脯和大腿在纷落的瓜子皮中闪现，很多的单身男人去往那里，吃饭，饮酒，做一些自己喜欢的事情。我也时常骑着车子，和妻子儿子一起，到村庄里面转，每次路过，都会看见那些女子，看见已是荒地的草滩，锯掉的沙枣树桩上又长出了绿色枝条，灰色的叶子满是尘土，向下耷拉。妻子说起当年在这里的约会，也有些伤感。我们都认为那次约会已经深植在记忆里面。向北的那棵杨树还在，当年我们在它身边,青草之上,说了很多的话。之后分开,各自回单位或家。而今,杨树长高了许多,全身的枝条斜身向上。紧挨的田地里棉花已经开花,正要炸开的棉桃在风中摇晃。

　　树木和草滩,人让它们消失,它们必然消失。而我总是有些伤感,在沙漠戈壁边缘,它的匮乏构成了我时常的怜悯和愤怒,但无济于事。人在其上建立了自己的家,虽然很多的外来者和占据者,他们以自己的名义,心安理得。当初的草滩和树木再也无法找回,永恒的消失往往使我看到某些更深处的东西,或许它们太过简单和真实了。不像人一样,可以四处挪动,哪怕是荒芜的戈壁沙漠。陀思妥耶夫斯基说:"我愿意宽恕,我愿意拥抱……只要我诚实。"(《卡拉玛佐夫兄弟》)但我诚实吗? 曾经的树木和草滩,我们之间的距离如今多么遥远。

虚构的旅行

杨献平

　　和多琴相遇那天，天气晴好，但很疲惫。上路时，太阳很毒，尘土也多。

　　开始是我一个人，从南边的祁连山脚下进入沙漠之后，便觉得自己的身体也空旷了。天空仍旧是蓝的，雪山在背后的映衬令我背后的景色美轮美奂，有神仙出行的飘逸和洒脱。一旦面对阔大的戈壁，在几蓬骆驼草前站住，沁透衣衫的汗水拉扯着我的肌肉，四周灰黄，细小的风在地面上拖着蛇的影子，从这里到那里，曲折蜿蜒，这时候，我才感到惊慌，尽管还是上午，阳光从正空照射下来，感觉自己就像是一株自幼和永远生长在戈壁上的沙蓬了。

　　这时候，多琴并不在场，但我确实正朝着她的方向进发。正午的戈壁上面，四面空荡，没有遮蔽，别以为我会看得更远，事实是：越是平阔的地方，视线越短。看到一个隆起的沙包，不远，我想一会儿就可以到了。因为目标的诱惑，不由加快脚步。双脚溅起的尘土烟雾一样，围绕身体。遇见几峰骆驼，红色，背上和肚腹光脱，脖颈和尾巴上多而厚，几乎每一根毛发上面都悬挂着尘土，细小的，不走近不会看到。它们在吃草，我路过，这些悠闲的沙漠生灵没吭一声，只是用大大的眼睛看我一眼，然后低头走开或者啃一口干枯的骆驼草。为此，我也感到荣幸，有一种生命同在的感觉，从内心消除了一个人的孤单，逐渐消解的勇气再次涌起。直到走出很远，我还忍不住回头看看它们。我隐隐觉得，在这旅行当中，必然要和沙漠里的一些动物发生联系，这里它们的领地，一个人的到来，应当是一个闯入。

　　先前的沙包似乎还远，而来处已经隐在了苍茫之中。脚印几乎不见，坚硬的戈壁根本不需要一个人在自己身上留下什么痕迹。我看看太阳，它向西坠落了，红色的光亮似是鲜血。我一直这样看待沙漠夕阳，再没有哪个比方比鲜血更加准确和形象了。停了一天的风起来了，说不清具体来自哪个方向。吹在身上，感觉像是一双手的抚摸，但绝对不是粗糙的，而是温软细腻，叫我想起这世上最美的皮肤。在临近的一个小沙包上，我坐下来，酸疼的双腿和腰部似乎扎进了刀子。这是日暮时分，我独自呻吟出声，放下行包，扑倒在沙包上。太阳的温度还在，炕一样的炎热，令我浑身舒坦，索性脱下外衣，几乎赤身，趴在沙包上。其实，这是一个不好的举动，温热的沙包，待疲倦退却，有了异性身体的味道。我无法阻止自己的身体本能。丹田内似乎有一股比沙漠更为热烈的火焰，冲突着上升，让我口渴，让我在无意识当中感觉到生

120

理的强大。好在沙包的温度逐渐下降，就在我辗转不安的时候，沙子已经冰凉。

夜了，我不知道该去哪里栖身。在沙漠旅行，我缺乏必要的常识和准备，只有一顶帐篷、一些水和衣服，当然了，还有最好的两把刀子——蒙古刀和英吉沙小刀，它们都是朋友送的，锋利、直接、绝不弯曲和妥协。夜晚的沙漠风犹如冰刀，层层进入。我打开帐篷，在风中似乎发现另外一个自己，羸弱的身体，像是自己的影子。尘沙起来了，犹如箭矢的沙子，风给予的力量，自己的力量，重合在一起，我感觉到了它们的威力——脸庞生疼，身体极度不安。

帐篷中，沙子犹如雨滴，击打的声音让我感觉到一个人在沙漠之上的轻浮和无助，让我在茫茫黑夜里，像一条蜥蜴一样蜷缩在大地某处。我打开身边的水和干粮，就着风声，在黑暗中吞咽。透明的帐篷顶上，星空朦胧，众多的光亮只是镶嵌，不是照耀；是覆压，不是悬挂。

我想，在自己的身下，一定有一些东西——蜥蜴、蚂蚁、黑色甲虫和马骨。所有生灵的沉浸和埋藏，都会让我感觉到惊悸和温暖。死难者未必不是善良的，动物也一定有温和的一面。传说这一带有苍狼出没，还有黄羊和红狐。我想遇到一个，最好是一匹幼狼或者毛发温暖的黄羊。而帐篷外除了风沙，除了沙漠之夜的狂浪和浩瀚，一切都是沉寂的。驻留的，路过的，消失的，生长的，与我同在。

一夜之后，黎明的阳光把帐篷烤得热烈，身上都是汗水。但我看不到天空，看不到光明，我知道这是上午了，帐篷上覆盖着一层厚厚的沙子——若不是昨晚一直把连续落下的沙子移到别处，在睡梦中，我就会被沙子掩埋掉，与其他的亡灵一样，皮肉消泯，只剩下白色的骨殖。沦为沙漠的又一个飘忽的魂灵。我不知道自己为什么要孤身进入沙漠，这博大的固体海洋。我想到它的纵深地带，到没有人去过的那些地方，看看那里的事物和存在的生命。更重要的是，自我的放逐应当是一种心灵和生命的救赎。

向北，那么广大的沙漠，远处的沙海，堆涌的沙包一波一波，像是众多的乳房——这是世上最饱满、最为巨大和柔韧的乳房，它们丰满而高挺，袒露而不放荡。有时候我也突发奇想：想那些高天的事物，包括上帝和神灵，应当是由沙漠的乳房抚养并维持活下去的。我不怕这个想法会得罪神灵，没有人可以控制我的思想，换句话说，身体是他们的，一个人的心灵，它暴露或者隐藏，激越或者沉静，阴暗或者明亮，都是属于他自己的。而在沙漠，没有道路，处处都是道路，纵横交错，从不勉强，任行者自己选择。每一条路都有一个方向，每一个方向都不明朗，但到达的目标独特而充满你想要的景色和光亮。

这一天的正午，我第一次看见了远处的海市蜃楼，氤氲的，在沙漠的平阔之处,隆起的亭台楼阁——美妙的幻境,乌有的存在,但我无法阻止自己的脚步和内心。一路小跑,向那里冲去,我相信那里有最美的事物,它一定是上帝为了沙漠行者建造了一个心灵栖息地,一个没有任何污尘的精神境界。而到达之后,仍旧是一片虚空,高空的阳光似乎是个嘲笑。我颓然坐下来,滚烫的沙子构成让我极度焦躁。我想张开喉咙大喊几声,对着天空和大地,对着生者和逝者,也对着自己和自己的内心灵魂。周边那么多强大或者微小的事物,它们是独立的、庞大的,根本不会在意我这样的一个人。

到第三天中午,翻过一座沙包,我看到一片胡杨林,在熊熊向上的沙漠气浪中,像是一汪清水的湖泊。我大声喊叫起来,飞快冲下,飞溅的沙子在身后扬成一团云雾,轻微的上升,沉重的下沉。我气喘吁吁,进入胡杨林,就瘫倒在阴凉中。有风吹来,不一会儿,身上沸腾的汗水就消失不见了,接踵而来的是沁入骨头的凉意。我翻身起来,向着胡杨林深处,蹒跚行走,树叶间隙的阳光在有着薄薄植被的空地上形成各种图案。

到下午,我看见炊烟,从不远处的胡杨树背后,云彩一样散漫,绕着树冠,然后集中,袅袅向上。我兴奋起来,加快脚步。大约一公里的路程瞬间走完。转过一棵巨大的胡杨树,面前豁然开朗,除了炊烟之外,还有一顶牢固的帐篷。我大呼一声,再一声,没有人应答。我想一定有人的,不然怎么会有炊烟和帐篷呢?我慢慢走近帐篷,再次大声询问,不一会儿,一个女孩掀开门帘,眼睛怔怔地看着我。我看到的时候,被她的眼神击中了,那种干净的忧郁,美丽的忧郁,从她天使一般的眼睛和印有两朵高原红的脸上透射出来。

我不相信这里只有她一个人,直到天黑,还没有另外一个人到来。她煮了很多羊肉,自制的奶酪虽然有点羊膻味,但对于一个干渴了两天的人来说,就是无上的佳品了。她告诉我,她叫多琴,这里是他们家的冬牧场。我不知道她为什么一个人住在这里。吃完,她走到不远处的沙丘下面,提回一桶清水来。我真的没有想到,在沙漠深处,竟然还有清泉。走出帐篷,星斗满天,沁凉的风穿过肥厚的胡杨叶子,在空中,在帐篷和我的身体上穿行。

夜晚,我重新打开自己的帐篷,在她帐篷的不远处,用绳子固定好,躺下来。也许太累了,我什么也没有想,就睡着了。这一夜真静,到后半夜,竟然没有一丝风,到处都是安静的,只是有些沙漠里的昆虫,释放的鸣声像是婴儿的梦呓。凌晨时醒来,万籁俱寂中,似乎听到多琴均匀的呼吸声。我忽然想到,这样的一个女孩,一个人在这里,远离人群,到底为了什么?我这样一个人突然闯入,她不觉得害怕么?

我又睡着了。朦胧中,听到多琴喊我的声音——婉转,但又有些地方口音,她的汉语说得并不流利。但声音是那种磁性的,西北风沙的味道很重。

早饭是昨天剩下的羊肉和奶茶。我到这时候才发现，凉了的羊肉比热的羊肉更好吃。我取出朋友送的英吉沙小刀，学多琴的样子，将大块的羊肉切下来，喂给自己。多琴还说，要吃就把羊骨头剔干净，不然的话，被吃掉的羊儿会在你梦中用硬角撞你。我笑，将没有剔干净的骨头取回，重新剔了一遍。

白天的胡杨林静谧，有种世外桃源的逍遥。多琴从沙包下推出一辆摩托车来，说是要去镇子上买些东西回来。我急忙跟上去，说一起去。多琴说两个人摩托跑不动。我只好作罢，想再在这里待几天，然后沿来路返回。就在多琴启动摩托的时候，我跑过去，对她说："你不会把我当成坏人，让人来抓走吧？"多琴笑笑，两只眼睛里好像溢出水来，对我说："你要是坏人，昨晚我早就把你劈死了。"我惊愕，不知道怎么回事。多琴下了摩托车，走到帐篷里，从被褥下面抽出一把锃亮的弯刀。

多琴走后，我蓦然觉得空空的，那些胡杨树也显得落寞。繁茂的叶子之间插着几根干枯了的树干，似乎绿叶丛中的一条白色蟒蛇。我走过来走过去，踏着地面上的稀疏青草，走到背后的沙包下，看见一汪清水流溢的泉水。像是大地的眼睛，不动声色地看着我，以及背后树木和头顶的天空。多琴藏车的地方也很奇怪，她居然在浮动的沙子下面掏了一个一人多高的洞，除了摩托车之外，还放着包菜、土豆和豆芽，因为凉爽，蔬菜基本完好，丝毫不见枯蔫。

两个多小时后，多琴回来了，一袭黑色的风衣，在迅即的摩托车上，有一种飘逸的美感。老远我就冲她大呼，站在那里，看着她快速接近。多琴摘下头盔，向我挥舞。她带回了香烟、青稞酒和一些女孩子喜欢吃的零食。我早就为她打好了洗脸的水，放在帐篷前的空地上，毛巾就在帐篷外挂着，白色的毛巾，雪一样的颜色。多琴看到了，愣了一下，脸色微变，很快又恢复了平静。

两个人在胡杨树下，铺两张羊皮，把酒、香烟和肉食放在中间。我打开了青稞酒，多琴将羊肉和小吃放在盘子里。摆放好之后，多琴说："你来了，虽然我们不认识，但酒还是要喝的。"说完，端起一小碗白酒，率先喝下。我阻止都来不及。我看了看她，也端起自己的酒碗，将浓烈的青稞酒倒在喉咙里。

我想，多琴是个女孩子，不能多喝酒。多琴笑笑，说："我们这儿的女孩子都能喝酒，你自己不要喝醉了就好。"这是我没有想到的，一个独自在戈壁深处居住的女孩子，竟然如此款待和信任一个陌生人——我简直不敢相信。酒到酣处，我有些发晕，先前的矜持和难为情随之消淡，对面的多琴脸庞更加红了，似乎两团火焰，眼睛柔和起来，其中有些迷离的光亮，让我怦然心动。多琴说，她们家在镇子东边的一个牧场，父亲和弟弟都在那里，母亲在镇子上开了一家杂货铺，隔三差五来陪多琴住一夜。

　　我不知道多琴为什么对我说这些,而不说自己为何一个人在此单独居住的原因。我问她。她说,小时候跟着父母亲放牧,到哪里都是孤单的,偌大的戈壁除了自己之外,就是骆驼和牛羊了。过惯了一种生活,养成了喜欢一个人在戈壁之中的感觉或者习惯。这里的天和地都是自己的,包括胡杨树乃至地面的沙子和青草,甚至连过往的风都是独自享受的。我想了想,这和我走进沙漠的初衷有些相像。多琴还告诉我,她父亲说,这里曾经住过一些人,名字很怪,叫雅朱者人或者叫做马朱者人——这令我奇怪,我从来没有听说或看到过这样的民族或者族群——或许他们改名了,抑或消失了。这些人经常去抢或者偷他们先祖放牧的羊只,用骆驼坚硬的蹄子做酒具,以胡杨树枝为弓箭,圈养的马匹都是矮个子的,但跑起来比现在的摩托车还快。

　　我听着听着就笑了,大声笑,多琴停下来,用恼怒的眼光看着我,责问我是不是不相信,不相信她就是不相信她的父亲。我急忙收住笑声,看着多琴极其诚恳地说:"我不是那个意思,是觉得这次独自行走,听到这样的传说也是叫自己欣慰的。"多琴这才笑了,随手又端起一碗酒,伸过来,与我的酒碗猛然相撞,飞溅出来的酒水弹跳起来,在透过阳光,闪着晶莹的光亮,悄然落地。这一天,我默然发现:喝酒的女孩子很美,比那些在阁楼里望月拈花、随风寄情的女孩子更美,在西北,最美的风景除了古迹遗址和雪山沙漠之外,就是酒后的女孩子。多琴就是这样的,一个离群索居的女孩子,她在酒中欢乐,面对我这样的一个陌生人,开怀畅饮。在饮酒当中,她还告诉我一个隐藏的秘密:十七岁的时候,多琴爱上了牧区里的一个成年男人,他叫格拉木,马上的汉子,是一位神速的骑手和有着辽阔嗓音的歌手。

天空仍旧是蓝的,雪山在背后的映衬令我背
后的景色美轮美奂,有神仙出行的飘逸和洒脱。

多琴站起来,摇摇晃晃地走到平坦的胡杨树下,一边唱歌一边跳起了舞蹈,她健壮的身体没有一点醉态,轻盈的舞步像是踏在高贵的红地毯上。她的歌声忧郁,嗓音中有着刀子的光亮。歌声在繁密的胡杨叶子之间蝴蝶一样飞翔,这胡杨林里所有的鸟儿都来了,所有的声音都在她的歌声当中暗哑。我惊呆了,坐在那里,感觉到自己真的置身于海市蜃楼了,那些美好的事物,最纯洁的舞蹈,民间的动作,在这片荒凉的沙漠,雨水一样让人心地滋润。跟着她的舞步,笨拙得像个石头,随着她的身体,我也在没有乐曲的舞蹈和歌声中沉沉醉倒。

那一夜,我不知道醒来的具体时间。睁开眼睛,发现自己躺在和多琴喝酒的羊皮上,头顶的胡杨叶子哗哗作响。身上盖着一床散发着女孩子特有芳香的被子。我知道这是多琴的,心里一阵温暖,有一种冲动。我想找到多琴,抱抱她,在她额头上亲一口。

一年后的春天,收到多琴寄来的一封信。她用扭捏的汉字说:"好长时间,总是做一个相同的梦。梦见我自己一个人,一匹马,一群羊,在一个陌生的山岗上走,总是看到对面的山顶上有一个人,石头一样地走,朝着我的方向。"过了很多天,我仍没有复信给她。也就在这一年,从祁连山下到多琴那里的公路修通了,乘坐班车,5个小时就可以到她所在的小镇,步行的话,再有3个小时,再缓慢地行走也会到达那片胡杨林。后来,我在一本叫做《海市蜃楼中的帝国》一书上看到这样一段话:"商人、假冒者、使节、巫师、旅行的人、征服者和幻想家,他们从丝绸之路上出发,前往旅途中最危险的地区。无论圣人还是国君,他们返回时始终与众不同。每个人都携带其游记而归,每个人都想到达其想象中道路的尽头。他们在大地上的行走仅为内心旅行的一种标志。"

红与灰，我的沙漠故事

杨献平

1. 到异地

在此之前，我对生身的那座南太行村庄是厌倦了的，或许是它厌倦了我。在那里，我和它们格格不入。哈耶克或者福柯好像这样说过："反抗的代价往往不在于肉身，而在于内心的尊严和自由。"我早就想逃离了，其中一次，旷课达一周多，暑假期间没向任何人说明，就在那里消失了一个多月。而1992年12月1日这一次，我的离开空前地名正言顺。乘坐着呼啸的列车，在郑州和兰州分别看到黄河，古都西安就像是高坡上的一堆灯火。对于秦岭，我更多地想到刘邦，还有三国。祁连山——河西走廊，间隔很长的城市没有戈壁宽阔，村庄比荒丘要少。近黄昏的祁连山冠盖缟素，落日如血，暗处的积雪比天堂还要圣洁。列车还没有停稳，我从车窗看到，表面漆黑的月台上，竖着一座汉白玉石碑："天若不爱酒，天应无酒星，地若不爱酒，地应无酒泉。"第一次觉得了一种古典的诗意，真觉得自己是跟在李白马后进入酒泉一样。下车，几十个同乡在月台被列队点名，一一应答。干燥的风不知来自哪个方向，带着大把尘土，吹过血肉和骨头。

车站距离市区大约20分钟车程，沿途是堆满白色卵石的戈壁，新栽的柳树枝条尚且干枯。再后来是啤酒厂、糖厂、空河滩和富康家具店。迎面是一座雕塑，三匹白马在碑顶扬蹄奔腾，鬃发飞扬。市区建筑有些灰旧，枯燥的广告牌飘飘摇摇。看到矗立在邮电局和鑫利商城之间的鼓楼，青砖青瓦，四门穿心，每个门顶都写有几个红色的字。再向北的道路满是尘土，朔风中的雪粒在犹如铁幕的旷野上，带着无声的愤怒击打车窗。路边杨树枝干光秃，间距很远的村庄似乎都是由黄土和茅草构成的。接下来的金塔县城也寥落异常，街上几乎没人，只有大风吹起的尘土和垃圾。再一个小时后，更大的戈壁扑面而来，整体看黑苍苍的，近看却是由无数各色卵石铺垫而起。在营门提着行报鱼贯而入，还没站稳，就是震天的锣鼓，被一些头戴领章帽徽的人敲打着，在一片空旷的营门之外，震耳欲聋。再一次列队和点名后，其中的很多人，再次乘上班车，去往我不知道的地方（新兵二连、三连）。

我的新兵生活开始了，还有我在巴丹吉林沙漠迄今为止的所有故事。新兵连就像是一个特点鲜明的码头,在我内心深处被潮水浸漫,多年之后的现在,虽然水痕斑斑,但始终清晰深刻,伫立如山。一夜休息,醒来,感觉一片新奇。黎明还没吹起口哨,班长的吼声已经在楼道轰响了——动员会后,我利用一个小时的空闲,给家里写了一封信,同时还给她(至今在心里不曾暗淡与磨灭的人)写了一封。再后来的训练间隙和节假日,我总是写信,对象始终只有两个。一个还是父母,一个还是她。我的父母都不识字,每封信都是弟弟逐字逐句念给他们听。她识字,我给她写了那么多,但她从来没给我回过一封(或许是她没收到,或许是收到了,不拆开就当废纸了)。弟弟的圆珠笔字像是纸上爬的一群黑蜘蛛,简略至极,但大致能够认清,我也能准确领会父母意思。除夕之夜,看了一会儿央视的联欢晚会,我回到空无一人的宿舍,十几张并在一起的通铺充满各种各样的味道。我长时间站在窗前,看着在灯光中急速旋转的雪花,想母亲,还有父亲,还有奶奶,还有她。

我想到故乡——南太行的大年夜,幼小时对春节那种渴盼——两手冻得红肿,还拿着柴火棍子在冰雪中燃放爆竹,跟在母亲身后,凌晨时分去土地庙烧香。母亲跪在那里念念有词,我站在门口听候"命令",母亲说可以放了,我急不可耐地抓住炮捻子,把一挂鞭炮挑在木棍一头,在连续的爆响中体验那种施放的快感。再后来,我会跟着父亲,带着弟弟,到爷爷奶奶家磕头拜年,然后到所有的长辈家里去磕头——他们都会给我和弟弟糖块,可我们最想要的是鞭炮,尤其是两响(蹲在地上,第一次爆响后,剩下的一截弹起老高,到半空,再一次炸响)。

这是温暖和快乐的。紧接着又想起她——好看的女孩,眼睛很大,皮肤像棉花或者面粉,说起话来,两腮漾着两个小酒窝,放两条金鱼进去,绝不会跳出来……似乎从一开始,我就知道她不会回信的,即使回信,也会像几年前那样,貌似客气但却又十分坚冷地"申明立场"。尽管如此,可我就是想她,是锥心刺骨的,也是骨肉尽销的。春节后,巴丹吉林持续变暖,而我却破天荒地在全连出名——那天晚上,班长不在,战友们都在写信或者谈天说地。同班的河南屈把我拉到走廊一角,借着灯光抓不住的黑,猛然抓住我左手,使劲向后掰。我细长手指发出的疼痛导火线一样迅速,我哎呀一声,顿时有些恼怒,看着河南屈说,你放开不?

河南屈说不放开,谁叫你白天训练那会说俺说话就像挨了打的狗咪?你要是给俺道个歉,俺就放了你!我说,我好像没说啊?河南屈又使了点劲儿,盯着我眼睛说,就是你这雀斑(那时,我脸很白,雀斑也很明显)小子说的!我的疼加深了一下,心中火气更大,也真的生气了,厉声说,河南屈你松手不?河南屈昂头哈哈一笑,又一脸严肃看着我说,俺就是不放,看你能咋俺?我大吼一声，猛地把手指抽出，另一手握拳，一个迅雷不及掩耳，只听得河南屈哎呀一声，捂着鼻子蹲在地上。

里面的战友听到了，先是看。河南屈恼羞成怒，也大吼一声，腾地站起身来，就往我这儿冲。另几个战友看到，一把就把河南屈肥硕的身子抱住了。河南屈使劲向前攒了几下，也没有挣脱，嘴巴里就不干不净起来，一会儿一个靠恁奶奶咪，一会儿靠恁姐咪。我怒目大喝，河南屈你再骂我一句？河南屈又骂了一声，我怒火烧头，像一张弓，迅雷不及掩耳地射了过去，一脚踹在河南屈左边胯骨上。河南屈一声爆嚓，再次发力挣脱。就在这时候，班长回来了，一看这阵仗，站在我俩中间，大吼道：奶奶个熊，你俩想干啥？

这是我在巴丹吉林沙漠与人第一次冲突，从始至终，都是用暴力来完成的。这也是我第一次对着众人做检查，拿着两张信笺，抑扬顿挫地检讨自己的冲动、不冷静，还有无组织无纪律，以及不宽容，处理同志间矛盾方式上的极端不正确。读完后，连长说：妈妈的，这检查还算比较深刻，其他人也要汲取教训，我们连连续七年被上级评为先进，再不允许出现此类的事情！要是再出现，他这个连长就得挨处分。指导员也说，这事情，两个新战士都有过，可部队是讲道理的地方，不是土匪，谁想干啥就干啥，想咋干就咋干那是他娘的日本鬼子国民党军队。我们是中国人民解放军，必须讲政治，有纪律。凡事不能胡来，凡事要依靠组织，凡事要听从命令，服从指挥！

这一次事件，我也觉得后悔，看到河南屈，开始眼睛躲躲闪闪。他也是。半个月后的某一个夜晚，河南屈走到我面前，我开始以为这小子要报一拳一脚之恨，不自主地缩紧全身肌肉，没想到，河南屈嘴巴咬着我的耳朵小声说：俺老家有话儿说，小两口打架不记仇，白天一锅饭，晚上一个花枕头。咱们虽然不是两口子，可是战友啊，打个架算是松松筋骨，别每天见到俺跟个小老虎似的。说完，河南屈呵呵笑了一声，还没等我说话，就扭着肥硕的屁股往宿舍走了。我站在原地，忽然想，这河南屈，看起来是个要脸不要命的主儿，没想到，肚量给屁股一样大。想到这里，自己扑哧笑了一声，嘴巴咧开，也扭着屁股往宿舍去了。

从那天开始，在一二一和踏踏的脚步声中，还有端着五四式步枪在泛着浓厚盐碱的壕沟里瞄准的时候，忽然看到，灰土之中有嫩草长出，头儿或黄或绿。早上跑步时也没有了乌鸦的叫喊。正午时分，教导队院子里的榆树灌木也拱掉了白土，小叶芽跟拇指姑娘一般，翠翠地，叫人心疼。空气中的暖好像是从身体内部升起的，熏得我总是流汗。有些时候，我们坐在操场上休息，围成圆圈，唱歌或者讲故事。更多的时候，我在路边捡撕裂或揉皱的报纸看——上面有诗歌，还有散文，更多的是新闻报道。有几次，一个很好看的小姑娘从旁边的家属楼蹦跳出来,到我们中间来。

有几次,我抱住她,放在膝上。小姑娘声如银铃,小嘴张合之间,说出她爸爸妈妈的名字,还说她老家在山东菏泽或者潍坊。现在,那小女孩肯定长大了(有一次,我发现楼上的女同事似乎在那里见过,顽强以为,她可能就是当年那个小女孩,现在,却是一名女军官了,还有了自己的孩子。忍不住叹息,觉时光之速,人生之快)。再一些时间里,完成手榴弹投掷及射击科目后,春天就真的展开了。下分的前几天,劳动时间多于训练。野草蓬勃的菜地里,到处都是铁锹和泥土对抗的声音,有一些不知从哪飞来的燕子及其他鸟儿,在半枯半绿的草丛中出没。澄碧如洗的空中,时常有犹如闪电的鹰群,用巨大的轰鸣,犁着我们仰望的耳膜。

同乡的安说,他特别想留在教导队,尽管以后就是站岗,或者做饭,或者到菜地种菜养猪。我说我也愿意。他说为啥呢? 我说,这儿熟悉,最重要的是,咱那乡里来这里当兵的就咱俩,待在一起多好,跟亲兄弟一样。安嗯了一声说,这也是一个好想法,可就是不知道能不能实现。问过了安,我又问河南屈,他吧嗒了一下厚嘴唇,像模像样地用右手往后摸了一下头发,说,到哪儿都一样。不过,不管分到哪个单位,咱可得第一时间联系啊。我嗯了一声,说,咱俩是秦琼和单雄信,不打不相识。河南屈说,可不就是,咱不但要不打不相识,还要越来越相亲。

现在想起来,这话有点暧昧,包括前面的,可在那一年,河南屈和我同岁,十八的小伙子,对某些事情说不上是一无所知,但肯定没有现在这么通透。——下分的那一天上午,谁也不知道谁能留在教导队,也不知道自己会去到什么样的单位。大家还在没根由地猜测,就传来了集合的哨声。所有的人,都背上行李,带上来时的箱子,从楼梯如奔马轰踏而下。到操场齐齐站定,就看到,大门外就停了一排车辆。站在那里,我伸着脑袋,又把教导队仔细看了一遍。——灰色的楼体上写着的口号依稀可辨,大门两侧榆树灌木已经青青,学习室的红漆门敞开着,饭堂前面的老杨树绿叶涌动……我忽然想哭,鼻子一阵酸软,泪水就冲过了鼻翼,噗哒一声落在早就戴上领花的衣襟上。

2. 小事件

在这里,还得要说说河南屈或者我在新兵连的故事。——正如前言,河南屈的确长得很胖,脸是圆的,但很黑,两只眼睛细小,说起话来,嘴巴上像是架了一只长而圆的铁桶。训练时站在我后面第六个位置,睡觉时在大通铺的西头,我在东头,中间还有十几"根"战友。1992年元宵节,我和河南屈的紧张关系刚拨云见日,不过一周,某日早操回来。河南屈又像上次一样,用两张厚嘴片子擦着我耳朵说:哎,小子,饭堂天天中午是的米饭,俺老家都吃面,俺也吃面。咱来个集体罢吃,让队领导调换食谱,把中午的大米改成面条中不中?

我嗯了一声,马上意识到,这事情是不能做的,再说,我喜欢吃米饭,一天三顿也不厌。河南屈那样做,其实也违背了我的嘴巴利益,就使劲摇摇脑袋,说,这事情班会时提给班长,班长再给连里反映,连里再给队领导反映解决就是,没必要把芝麻小事整成大馒头。河南屈哼了一声,把厚嘴片子撤回原位,低声说:奶奶个熊,你小子到底是不是北方人啊?北方人不吃面,跟着南蛮子吃米饭,俺看你是忘本儿?我听了,丹田处又是一阵激荡哗然。河南屈见我脸色不好看,笑着说,不打紧,不打紧,多一个少一个也没啥。说完就扭头走了。过了不一会儿,我从水房洗漱,刚一进门,河北定兴老乡许把我拉在一角说:河南那帮子要罢吃,让队领导把中午的米饭改成面条或者馒头炒菜,我们几个都同意了。你呢?

我看了个子高出我半头的定兴许,说,这事儿不好,有要求正常提,闹个那事儿不好。定兴许脸色一拉,看着我说,你到底参加不参加?我一边扭头,一边说,俺喜欢吃米饭!定兴许听了,也端着脸盆,在原地怔了一下,嘟囔说:北方人喜欢吃米饭,他妈的邪了门了!我猛然扭头,眼睛瞪大,看着定兴许说:你他妈的刚才说啥?定兴许见我脸色不对,也有点恼怒,说,就是说你咪,你想咋地?我说你他妈的再说一遍!定兴许说,北方人吃米饭,邪了门了!我说,你再把第一次说的话给老子重复一遍?

说着,我就把脸盆转到右手,意思是定兴许话里要再出现"他妈的",我就把脸盆扣在他脸上。定兴许看我的架势,说了一句,不和你这种人计较。就端着脸盆,往水房那边走去。——因为这件事,后来我得到了表扬(但自己心里老觉得不是滋味,好像亏了河南屈和定兴许啥似的)。——当以河南屈和定兴许为首的河南河北籍战士在教导队饭堂前演出罢吃一幕时,我和大多数战友已经坐在了饭桌上,就着白菜萝卜条炒菜,大口吞吃半生不熟的米饭。过了一会儿,其他班的战友嘴里一边嚼着饭菜,也不顾油脂从下巴流到前襟上,欠着屁股,努着脑袋,通过玻璃朝外面打探。

饭堂外,站着稀拉拉十几个人,河南屈在第二排正中,两边都是空位,定兴许站在第一排,旁边是大个子陕西李。再其他的人,也都是青黄不接,左右不靠。那阵仗,整个就像是一面被子弹打穿多次的标靶,千疮百孔,四面漏风。——十分钟后,先后有人吃完出来了。从饭堂门口一侧,径直往宿舍或者旱厕去了。我出来,看到连长、指导员、副连长和几个班长都在。河南屈和定兴许等人嘴唇紧绷,一脸的"宁饿不吃"。

我没细看,也从饭堂门口一角,小牛窄巷似的挤了过去。当晚,我就听说了当时的情景。连长一干领导见这帮子新战士站在原地,不进饭堂,开始还以为有啥集体冤屈呢?其中,我们五班王班长,也操着一口河南腔说:恁都咋咪,不吃饭想当神仙啊。快给我进去!那帮人听了,眼角一起瞟了一阵子,见零散队伍仍旧坚如磐石,立马又收神定情。见这帮人没动静,王班长脸有点红,咳嗽一声,径直走到屈面前,小声说:恁他奶奶个熊,诚心给老子过不去是不是?屈看了一下王班长冻得跟小辣椒一样的鼻尖,抿了抿厚嘴唇,又使劲咽了一口唾沫。

指导员背着双手,沿着麻花一样的河南战士风方队转了一圈,又回到原地,对连长说:妈妈的,这帮小子们还跟咱拧起来了。然后转身,大声说:大家有想法是可以的,俺们是欢迎大家提建议的,但是呢,要讲究方法,要有程序,不能谁想咋地就咋地,谁想干啥就干啥。然后又大声说:各班班长!10个班长齐声答"有"!指导员又说:吃了饭,你们分头开个班务会,把这个事搞清楚,看看是哪个兔崽子带的头,起这个哄。谁毬搞不清就给谁处分!连长咳嗽一声,感冒的鼻子很响亮地呼哧了一下,快步走到定兴许面前。大声说:许自由!"到"!定兴许答。连长大喊道:跑步一走!早就双手握拳,并提至腰际的定兴许一听,顿时就像个弹簧一样射了起来。跑了几步,想来个向后一转跑,还没等他扭转身子,连长又喊:向着饭堂,不许回头!

其他人一看,立即松了眉脸,身子也比刚才矮了许多。连长又喊:都有!其他人一同收脚,那声音,比平时训练还整齐。连长接着喊:向着饭堂,齐步一走!排在前面的几个,先是甩着胳膊,到饭堂门口,就像鱼一样被吞没了。——这一次"罢吃"事件,队领导高度重视,教导员专门给我们开了一个会,说,咱这儿,距离城市较远,菜贩子一个比一个卖得贵,他们要赚钱,咱们要吃饭。这是一对不可调和的矛盾,所以说,各位同志们要体谅我们,我们呢,也会根据大家的要求,把伙食质量提高,尽可能地满足不同同志们的口味。

临了,队长说,这次事情,就不追究带头人的责任了,大家要引以为戒,不能由着自己性子来。我们哪儿做得不好,做得不对,你们可以向班长反映,班长呢,要及时给连里反映,连队拿出初步意见,再到党支部大会上讨论解决……以后再有此类问题发生的话,就拿你们连长、指导员说事。——随后,指导员又利用晚上时间,带我们学习了一遍《内务条令》。回到宿舍,班长又被叫去开会。我刚洗完脚,就要拉被子睡觉,定兴许过来说,你说得对,不该这么样子做事的。然后冲我笑笑。后来是河南屈,这次没把厚嘴唇搁在我耳朵上,而是看着我说:奶奶个熊,你小子不错,俺以后得听你的。

再一段时间后的某天,河南屈请假出去一趟,买了一本海明威的《老人与海》,在上面写了这样一句话:"战友是缘分,战友是一辈子的。愿我和河北雀斑杨在以后的人生道路上越走越亮堂。您的战友:屈胜利。"郑重其事地送给我。我接了,很激动地握住河南屈的肥手掌,看着他那双比我的还小的眼睛,一连说了五句谢谢。再一天,我也请假到外面去一次,买了一本《平凡的世界》,也在上面写了一句话(到底写了什么话,我现在怎么也想不起来了)。河南屈接的时候,也很激动,说,我不是那意思,送你书是你喜欢看书,你送我书,是不是有点浪费了?我说,可能你不喜欢书,但是,这是我雀斑杨的一片心意。河南屈说,嗯,是的,是心意,俺收下,退伍时带回去,要是没啥变化的话,俺会保留一辈子的。

到这里,我在新兵连最精彩的故事就得戛然而止了,可还有一件事不得不说。某几天,我脚肿疼(冻或者扭了),开始很厉害,班长派了两个战友和我一起去医院。出了教导队大门,仨人眼睛光顾乱瞅,嘴巴嘚嘚乱说了,几个小毛贼一样转悠了几条街道,也没找到医院。好不容易遇到一个一毛二(中尉),敬礼询问,沿着人家手指方向,蹒跚到医院,医生摸了摸,捏了捏,问了问,说,没事了,休息几天就好了,随便给开了几包白药片。吃了药,晚上我就觉得不怎么疼了,第二天早上,痛感完全消失。起床号快响起的时候,我躺在床上,在身边战友各式各样的呼吸声中,想到底去不去参加训练。最终拿定主意:继续装疼。上午,趁着宿舍无人,狂写四封信。

到下午,同乡安回来说,训练休息时,他听见一排长给班长说,你们那个脸上有雀斑的那小子咋没参加训练?班长说,那小子脚肿了,医生让休息。一排长说,现在这帮小子,有时候装病比真病还像。你中午再看看,尽量让他参加训练,别到时候,机关考核不过关,给咱排拉后腿。——我听了,全身一个激灵,第一个想法是下午就随队训练,可又一想,脚肿要是这么快就好了,别人肯定以为是装的。——第二天,一排长就在队前扯着嗓子说:有些新战士怕苦怕冷,一点小疼就装成大病,躲避训练,这是最要不得的。革命军人嘛,就要不怕苦不怕累。各班回去清查一下,看看那几个病号是不是也存在这种现象。

听了同乡安和河南屈大同小异的转述,我想我可不能再装了。当天下午,我就跟着班长列队向操场走。带队的一排长看到我,说,你小子在队列里面笑啥呢?我说我没笑啊。一排长说,我明明看到你小子龇着个大板牙笑你就说没笑?我有点生气,说,我就是没笑。一排长说,嗨,你小子还敢犟嘴!

大叫一声我的名字,叫我出列。我越过正在行走的队伍,走到一边。一排长说,你到底笑没笑?我说就是没笑。一排长摸了摸下巴,看着我说,小子还挺顽固啊,我明明看见你都不承认,真是茅坑里石头,不但又硬又臭,还臭不可闻。我一听,腾起一股怒火,看着一排长说,俺长得就这个样子,要是你看着不顺眼,那也不是俺的错。一排长说,那是谁的错,我想也没想,就说:是你看俺的眼睛出错了!

　　这一次,是我第一次也是最后一次在新兵连和老兵(一排长是上士代职,一年后提干为真正的排长)发生冲突。和一排长类似的情况在随后的训练中还发生过几次,每一次我都寸土不让。因为我确信,自己确实没在队列里笑。我还想,即使真的笑了,那也是因为在队伍中感到自豪甚至想起某些美好的事情,不自觉地在脸上挂出笑意,与我本人没有多大关系(这个理由我坚持至今,作为一个农家子弟,在队伍里是会感到某种快乐甚至美好,尽管这很浅薄,但小伙子本身就是有些浅薄的)。

　　另一个方面,我还需要阐释或强调的是,我确实从小就不喜欢吃面食,米饭是最爱的。在家时,母亲就说我这个毛病怪,生在产面的地方不吃面,没大米的地方要吃大米,难伺候。其他知道的亲戚也说,这个毛病不好,面是咱自己种的,大米还得买,要不用小米或者玉米换。——几个月后,在接下来的单位,和我同宿舍的定兴许竟然在一次争吵中,这么骂我:不吃面吃大米的北方人,你他妈的是不是杂交的啊!我怒极,就要动手时,想起第一次和河南屈的教训,压着怒气收回拳头,也骂他说:光吃面的北方人,是不是娘希匹野种啊!——事实上,这种冲突过后,剩下的就是后悔。几个月后,同乡安告诉我说,分到场站的定兴许调走了。我哦了一声。安又说,那小子有关系,调到保定去了,守着家,退伍以后,还能找个好工作,比咱强。

3. 诗歌的遭遇

　　就要上车了,我放慢脚步,长时间看教导队大门:顶部三个大字是红色的,在日光下,显得更加热烈。两边廊柱上写着激励人心的对联。两边的冬青树刚喷过清水,叶子翠绿得叫人心疼。上车,把行李放好,坐在车上,我看了一眼窗外。路边的果园里花朵姹紫嫣红,香味扑入口鼻。车子沿着我们平素晨跑的道路转了半圈,径直向一座大门轰鸣而去。我低下头,在内心,简单地把在新兵连的生活回顾了一下。一是写信时候那种激越和暗淡。对自己前途咬牙切齿的设想,对那个她总是在做深入心扉的表白,有些词句类似于央求甚至哀求,还有些词语,则像是暗示或者炫耀。

　　二是对班长王的感恩。冬天时候，我的脚冻肿了，他从炊事班拿了盐粒，亲自给我洗脚。还有一次，他故意让我去菜地挖土，从而避免了清理旱厕那种恶心至极的活儿。三是我与河南屈的恩怨，像一场梦，还有点水浒好汉的意味。四是和同乡安在一起三个多月时间（连睡觉都挨着），我渐渐认识到：无论何时，人的一切言行及用心都是从自己这个基点出发的，然后才可能辐射到别人。一个人的热心永远都是单面发光，所有的地方都发光，才能聚合最大的热量。五是我的那些在老家就已经非常明显的叛逆在短暂的安分守己之后，再次露出峥嵘头角。比如，对四班长、一排长的某些死板命令的对抗，对某些活动安排的合理性质疑。

　　这些似乎是我在新兵连最主要的经历或者收获。抬头的瞬间，我忽然明白，在实现从地方青年到一名军人转变之外，我深藏在骨子里的那些最优秀或者最有冲击力的东西也得到了某种校正或锻炼。我再一次坚信，无论何时，除了坚持一种集体意志之外，个人的那些优秀的东西不应当销声匿迹。从窗外，我看到，沙漠的春天竟然不是从地面上蔓延的，而是风吹来的，风就是沙漠的土壤。戈壁那么大，表皮发黑，像撒了一层铁粉。四周都是苍茫的天际，我乘坐的车辆和行走的道路，其实都不过是其中一颗米粒，或者一块石子。近处的路边，骆驼草返青了，高低不一，支棱着满身嫩刺，在掠地的风中左右摇摆。

　　大约一刻钟后，迎面看到铁路。我感到惊奇。带兵的干部说：这是全军唯一的一条铁路，向南，是祁连山下的清水；向西，就是咱中国第一颗人造卫星升起的地方。我听了，从内心觉得神圣（这种神圣显然是不能够被准确定义的，是作为其中一个的拥有和创造的自豪，也有一种基于单位或者个人的荣誉感，及对某些人尽皆知的事物的膜拜与认同心理）。铁道之后，两边是齐整整的白杨树，顶部枝繁叶茂，根部黄沙汹涌。树林外，是隆起的沙丘，在初春的阳光下，有的呈焦白色，有的发红。

　　直到此时，我才明白，那些把沙漠拍得美轮美奂的影像作品是不可靠的。美的东西大家都在捕捉和呈现，可是本真的呢，原来的呢？——树林过后，一片营房赫然出现，左边是平房，右边是楼房。紧接着，车子减速，向着左边转进。这也是一个独立的营区，四幢楼房一律面朝东方，落在一大片空地上。车子停下，我看到许多戴上士、中士、下士及上等兵和列兵肩章的人，站在车子外面，门一打开，就冲来上，帮我和其他十多个战友拿行李。我们谦让着，要自己拿，老兵则笑着说，我来拿。这时候的感觉，是尴尬的，一方面觉得荣耀，另一方面又有点不好意思。毕竟，老兵是什么都懂的人，而我们，除了胡子没有他们长，脸没有他们白之外，几乎一无所长。

我想到在政治学习中不断遇到的"阶级"一词，并且确认，"阶级"是无所不在且处处隐现的。这不是某种人格或待遇上的，而是一种社会属性，与具体人无关。我们的宿舍是 4 个人，因为房间小，只能把床板放在地上。下午，有少校来，连队领导宣布开会。我们还像新兵连那样，迅速集合，在木凳子上挺直腰背。少校说：根据党委工作安排，你们这 20 名新战士，要在雷达连进行为期一个月的无线电知识培训，然后再下发到具体单位和岗位。

　　授课人是连长、副连长、技师和班长，我们整天的工作内容就是啃书本，傍晚时候坐在球场边，看老兵们追着篮球闪跳腾挪，精彩的就呐喊，拍巴掌。其他新战友看得津津有味，我却是一头雾水。原因是，我对篮球比赛规则至今是擀面杖吹火——别说一窍不通，就是十窍也不通。就是看哪个队员投中了，跳得高，抢球抢得准又好之类的。晚自习时候，我大都用来看书，或者躲在文书房间，一张张地看《解放军报》《空军报》《解放军文艺》《昆仑》《中国空军》等报刊。看到一些军旅诗歌，心里特别激越和兴奋。还有一些小说，说的就是兵事，许多地方和自己经历和思想差不多。

　　大约是在某个傍晚，太阳还高，他们都出去玩了。我趴在床铺上，写了几首诗，全部是军旅题材，有写参军路上的风景，还有写在新兵连的生活，还有一首，写到从十七岁开始至今的暗恋或者单相思。写完后，仔细看了一遍，觉得还挺顺畅，心里忽然就跳出一种成就感。第二天傍晚，连长喊文书叫我到他办公室兼宿舍去。我以为，连长这家伙肯定会对我那些"诗歌"感兴趣，准要夸奖我一番。带着笑脸进门，连长拉了一张木凳子，笑着说，坐，坐。我没坐，就是看着连长含笑的脸。连长自己倒了一杯水，说：小子，喜欢写诗？我脸红了一下，"嗯"了一声。连长又说，这个爱好不错，文学吗，也是管人灵魂的。

　　我听了，嘴巴咧开，笑笑，想说啥又没说出来。连长说：尽管有爱好是好事，可要是影响到别人，这爱好就不好了。我一听，心猛然一收，脸上尽是揉皱的惶恐。"厕所内墙上的那些诗句都是你的吧？"连长又说。我低了脑袋，脸烧得跟火炭一样。"现在去把它擦掉好不？以后，把你的诗歌写在纸上就行了。"我应了一声是，转身出门，腾腾下楼，从门背后拉了一只扫帚和一只拖把，在水渠里蘸了点水，就穿过操场，往二十米之外的旱厕奔去。——那些白粉笔写成的诗句布满了旱厕内墙，一句一句，整齐排列，使幽暗的厕所也光亮了几分。

　　好好的诗句，咋就不让写在厕所里呢？他人在方便的时候看看，读一遍，说不定还有神奇功效呢？再说，厕所也需要文化，饭堂能挂这样那样的标语口号，厕所就连三五句诗歌也容不下吗？这是我当时最真实的想法，至今仍旧坚持。但连长的命令又不能不听,我叹息一声,先抢起扫帚,对着自己那些诗句猛搓一通。有些字句模糊了,有的缺胳膊少腿。我一阵心疼,索性把扫帚扔到厕所外,拿起拖把,一行一行抹……就是在那一时刻,我对自己说,一定要给自己的诗歌找个最好的地方发表,而且看到的人比这个雷达连多上万千倍。

擦完的时候,落日正在西沉,余晖如血,把我和大地上的事物都涂上悲壮之色,我的内心也是一片血红,就好像那些诗歌是被自己亲手杀死的一样。路过那丛枝干窈窕的红柳树时,我拉住其中一根,把一片叶子放在鼻子上嗅了嗅,忽然又想写一首诗。快步走到值班室外,文书喊我说:汽车连一个人打电话找你。我立刻想到,那一定是河南屈。他如愿以偿地去了汽车连,学汽车驾驶。他对我说过,他父亲是乡长,对他当兵的最大要求就是要学会开车,再光荣加入党组织。——我急忙回过去,对方说让我稍等一会儿,随后就传来他喊河南屈的声音及走廊当中的回声及各种嘈杂声响。

结果,河南屈没在宿舍,值日员也不知道他在哪里散步或者吹牛聊天。我失望地放下电话,清洗了扫帚和拖把,洗了手脸,回到宿舍——还是我一个人,我打开自己的笔记本,想把刚才迸发的灵感用文字写出来,可咬着圆珠笔屁股搜肠刮肚半天,也找不到一点灵感。第二天中午吃饭回宿舍,看值日员没在,就过去又给河南屈打了一个电话。对方好久也没接。我再打,三声后,电话猛然抓起,一个喘着粗气的声音喂了一声。我说我找屈胜利。他没说话,接着是话筒与桌子的碰撞声,再后来,还是昨晚那种声音。

所幸的是,河南屈来了,气喘吁吁的样子,说是谁啊。我说我是河北杨。河南屈呵呵笑了一声,说,河北杨,你小子把俺忘了,一星期了,奶奶个熊,连个电话也不打,真不够意思啊。我笑着说,俺这不是搞培训吗,昨晚上给你打电话人家喊半天你连个球毛都不见,干啥去了?河南屈压低声音说,俺和几个老乡在后边小树林里喝了点啤酒,扯淡话哝。我嗯了一声,也低了声音说:奶奶个熊,恁都还敢喝啤酒,恁单位领导不管吗?河南屈说:奶奶个熊,喝酒还能让人知道啊,一个人半瓶,跟喝水一样。出点汗,就啥球也没了。

4. 新单位,黑消息

对雷达连,我没有对教导队那般深切。其中原因,不仅仅是因为某种挫折。拿在厕所内墙上写诗那件事来说,连长也有自己的想法,比如,要是有上级领导来检查工作,不内急还好,要是内急,一进旱厕,见墙壁乱七八糟,肯定会说连队在某些方面显得不整洁,胡涂乱抹现象时有发生。我的理由或者想法也许超前一些,但只是一己之想,境界也不够高。更重要的是,我那几首诗,连个好的歌词都算不上,充其量就是稍微文雅点的顺口溜或者五句半而已。要是现在再拿出去张贴,自个儿脸都得放到火箭上去。我想,还是时间短的缘故,相对于教导队的三个月,一个月时间确实有点匆促。更重要的是,我对数字向来不敏感,别人把那些数字背得滚瓜烂熟,我总是磕磕绊绊,对雷达连来说,留下我一点用也没有。

五月初,我带着行李,沿着原先的路,又回到了教导队所在的地方。从东门向西五百米后,在一片楼宇之间下车。一位上尉似乎早就站在了那里,走过来,帮我拿了一个提包。我跟在他后面,进门,上楼,再右转,推开一扇门,是个大房间。正对着门口和电视机的地方,一张床空着。床板上铺着一张棕垫子。三个战士从不同方向站起来,对那位上尉叫主任。上尉说,这是咱们室新分来的小杨,以后和你们住在一起,有啥事,你们多教着他点儿。三人应是。上尉转身对我,指着西头靠墙的一位上士说,这是曹班长;又对着靠东头的一位中士说,这是杨班长;又指着南墙壁下一位下士说,这是朱班长。我一一点头,叫班长,态度如入伍时一般虔诚和善。

一个星期后,我就逐步掌握了这个单位的基本情况。有两个上尉主任,实际上是副主任,接我的那位姓魏,籍贯湖北;另一个姓陈,生在甘肃。两人相同点有二:一是胡子都比较大,二是都是副营职。不同处除了籍贯性格学历等等之外,就是陈姓副主任个子较高,魏姓副主任稍微矮点。除了一些男干部,还有 3 名女干部,算上我,还有 4 名战士。到第二个星期,我发现,曹班长大都负责公差勤务,开会参加,剩下的时间都在奔跑,没事时,就躺在床上看电视,一直看到屏幕给他说再见。杨姓班长总是跟着那帮干部跑,去距此十里外的机房。几乎天天如此。朱姓班长个头一米八五,天天傍晚抱着篮球在操场上闪跃腾挪。

两名女干部同居一室,房门总是紧闭着,半截布帘上绣着牡丹花。有几个年轻的男干部和她们关系特别好。其中一个,是四川的,经常买些小吃回来,送给其中一个小巧玲珑的文姓女干部。另一个女干部姓王,很沉静,极少到别的房间去。有一次,朱姓班长悄悄对我说,四川的刘追文呢,几年来,"战果"不大。咱单位二连连长谢狂追那个王姓女干部,有一次,是冬天,谢在人家门口坐了一夜,王姓女干部也没开门看一眼。现在,人家和司令部一个姓刘的参谋谈上了。有一段时间,文姓女干部老端着茶杯,到我们宿舍看《戏说乾隆》《包青天》。

有一次,正在看郑少秋和赵雅芝在屏幕上卿卿我我,场景极其煽情。我忽然说:"这女人啊,就是丝瓜架上的花,越是挑逗,她就越是往哪里爬。"其他几个战士听了,呵呵笑了起来。文姓女干部用小手往上推了推眼镜,看着我说,怎么这么说话呢? 这么好的爱情场景,都让你给糟蹋了。然后哼了一声,扭着小细腰,端起茶杯,出门,然后是另一道门的爆响声。杨姓班长听了,笑说,你小子,就是口没边儿,乱说。朱姓班长也说,对着女同志咋能说这话呢? 我却不认为错,反驳说,这话又没说她咋的,就是感叹。说完,跳到东芝牌电视机前,换到另一个频道,正在播放《赵尚志》。我说,这电视剧拍的比刚才那个《戏说乾隆》好多了,看这个吧。

那时候,我只是对《赵尚志》、《篱笆·女人·井》(3 部)、《包青天》记忆深刻,还有不断重播的 82 版《射雕》,其他的一概不喜欢。对《赵尚志》,我觉得那个男人身上体现的不仅仅是一种不妥协的战斗精神,还有一种男人特有的那种坚韧甚至是内在的脆弱,还有那种置之死地而凛然决然的悲剧精神。《篱笆·女人·井》系列在表现农村人群生存状态及情感方面,无疑是出色的。我还在老家的时候,就特别喜欢饰演铜锁媳妇的(原为狗剩媳妇)杜宁林,喜欢她担当的那一角色,看起来是强悍乖张的,但她又是豁达的,敢于找寻自己内在美好愿望的人。金超群版《包青天》虽然妖氛了些,可在某种程度上,满足了我对某些事物及往事的想象欲望。

说完这些题外话,一年就过去了。其间,我在这个单位最大的收获,一是在最短时间内学会了中央空调(压缩机)的日常操作及维护工作,且在很短的时间内,就能独立执行任务了。二是在给技术干部誊抄论文的过程中,了解了不少关于现代"武器"方面的知识。其中,誊抄最多的是陈姓副主任撰写的,后来,我发现他们都发表在上级机关主办的一份杂志上。三是我写的诗歌终于发表了,第一首发在《河北文学》1992 年第 12 期上。责编是王洪涛先生(至今没见一面,据说先生已因病逝去)。1993 年 5 月,在兰州军区《西北军事文学》发了诗歌,还有林染先生所在的《阳关》杂志。四是我暗恋的她终于结婚了,爱人不是我。这个消息是我春节回家时候,弟弟告知的。当夜,我站在家背后的山岭上,朝她所在的村庄看了一阵子,在沮丧与愤怒中泪如雨下。

期间,我去了一次武威,见到了陈副主任爱人,她在民政局上班,是一位很贤惠和美丽的嫂子,中午,把家里人都叫来,和我一起吃饭。吃完,她弟弟送我上了开往兰州的班车。到 1994 年第三季度,魏姓副主任转正。陈姓副主任转业。那时候,当年的第 11 期《解放军文艺》发表我一大组诗歌,责编是刘立云先生。还有《绿风》(责编曲近先生)、《诗神》(责编大解)……我记得,那些夜晚和周末,我都是在人去楼空的办公室度过的。一个人看书写诗,从背后楼宇当中的女干部高声尖叫、楼下小吃摊的人声鼎沸,再到蚊虫布满窗纱,从万籁俱寂到夜风飒然。那些年,我的体重不足 50 公斤,三个月不去不过二百米的市场及家属区。有一次,河南屈提着一扎啤酒来,要一起聚聚,我冷着脸拒绝了。

那一次后,河南屈至少两个月没跟我联系。同乡安偶尔打电话来,说一些事情就挂断了。1994年,定兴的康(是我们那年兵里素质最好的一个)、定兴赵、遵化李,在七月的一个周末,带着相机,到机场照相,三个人好奇,打开某型飞机舱盖,不小心触到了弹射装置,三个人被弹起三丈多高,落在硬水泥板上,当场就没了。我听到消息,满脑子嗡嗡响,像站在发动了的飞机跟前一样。那一夜,我的脑子都是康、赵和李平素的模样,他们的猝亡,如同一根钢针,刺在我内心最脆弱的部分。事实上,除了教训以外,我想的更多的是:生命如此简单,果真如诗中所比喻的"易碎的瓷器"。我在给安的电话中说,无论如何,都要小心,安全才是我们最想要的。

河南屈也打来电话,对我说,不要那么拼命了,虽然你们单位领导对你写东西很支持,但身体是咱自己的,咱得给自己重视起来。河北王也说,注意着点,命才是自己的啊哥哥。那一夜,我在诗歌中写道:"亲爱的,逝去的和在的/都是我的兄弟。我们在冬天的路途中一并来到/向着同一个方向。在沙漠,我们是最深的绿/是阳光下最耀眼的石子,每一颗都是黄金/都在这纵横成行的阵列里/扶起柔弱青草,也会像箭矢一样飞/……我们各在东西,但时常在内心想起/偶尔聚会,在谈笑中把心事当成流水。"那一个七月,把我的内心悲伤成黑色的。有一次和河南屈和同乡安一起喝酒,醉得吐血。到十二月,我在司令部无意听到,刚转业回去的陈姓副主任也死了——他乘车去兰州开会,在乌鞘岭撞上石壁,无一人幸免。

我怔在当地,好半天回不过神来。回到自己办公室,那些干部都在说,陈副主任太可惜了,命也太悲惨了。还有一个干部说,陈副主任弟兄三个,都死于车祸,还有一个小侄女,上班的第一天,就被一辆卡车轧死了。我一言未发,站在窗前,看着西边暗淡的落日,想起那个大胡子,时常找我誊抄论文的陈副主任,他的笑声总是很清朗,没有一点杂质。有一次,他还带着我去见宣传科长,说我的诗歌写得特别好,在好多杂志上发表。我想起他美丽的妻子和不过一岁的儿子——叹息一声,内心揪疼。晚饭时,我没有去,等人都离开了,我坐下来,在带孔的打印纸上写道:"我亲爱的兄长,笑声比黄沙纯粹/大胡子像是一根根钢针/我们在一起说话很少,共事很多/我写诗歌,他写我看不懂的论文/我的诗歌就像是刀锋的反光,而他的论文/就是刀刃,就是此刻在空中飞行的利器/鹰隼之爪最尖利的部分,还有这蓝色队列里/最深刻的霹雳,以及手指间引发的闪电、惊马和弩机。"

5. 逃跑的爱情

她真的结婚了,那次悲伤后,我把不好看的牙齿使劲咬住,对自己说:一定要娶一个比她美上千倍的妻子,而且这一生,都会对她好。那一次回家,我只是待了半个月,就仓皇乘车向西。在故乡,我没办法写东西,到处都是琐事,再加上乡村人群之间的利益争夺和舌涛唇浪,更重要的是她的出嫁——我的心乱到了极点。到兰州,我在火车站广场坐了一夜。开始想去住店,可又不想。看着来来去去的人,打工的,做生意的,华贵的和贫贱的,我忽然觉得,人其实是最不相同的生灵了,你和我,我和他,除了身体、本性和欲望,其他都大相迥异。

比如说"她",她选择谁都有自己的理由,也是她自己的权利。她只对自己负责,没必要考虑到我——这种世俗上的东西,其实才是永恒的也最具普适性。我想到,我在激愤状态下咬牙切齿其实毫无必要,也是错误的。幸福是每个人的,定义相同,但方式和途径肯定不同。凌晨时分,我乘上再向西的火车,穿越乌鞘岭时,想起在这座山某处猝亡的陈副主任。心想,他会不会知道我此刻经过呢?到武威,我想下车去看看嫂子,可想到,别人会怎么看?我去何意?到山丹,想起传说中的焉支山——九色鹿、矮壮善跑的骏马,犹如天堂的积雪,还有起伏无际的山地草原。

到酒泉,我想我就要回到单位了,蓦然觉得了一种隔世之感。几乎每次都这样,当我离开一段时间,再回来,就觉得一切陌生了,即使熟悉的,也透射出一种薄纱般的迷离。可事实上,一切如旧,我回来,就像一滴水重回池塘,像一只飞鸟千万里之后再回种群。河南屈知道我回来的消息后,叫了同乡安,在营区外一家连碗边都乌黑的小饭馆里吃了一顿饭——土豆烧牛肉、青椒肉丝和土豆丝,还有一盆鸡蛋汤。三个人喝酒,几杯后,舌头有点发硬。我又说起康、李、赵,还有我们的陈副主任。河南屈说,俺老家人说生死无常,他奶奶的熊,可就是生死无常呗!同乡安说,哎,他那仨死了,可老爹老娘咋办?康的爹来时,哭得昏死几次,娘用头撞墙。

三个人说了一顿,唏嘘了鼻涕眼泪一大把,共同喝了一杯。我对同乡安说,娘希匹的,俺那个她结婚了!河南屈说,他奶奶个熊,算那小妮子没眼光,这么好的男人,她装没看见,真是瞎了鸟眼了!我喝了一杯说,屈胜利,你别骂她,你骂她,俺难受!河南屈说,好!俺骂错了,俺再喝一杯,给你雀斑杨赔礼道歉!——睡了一个晚上,第二天早上起来,还觉得天地都在飘,身子像是女子鬓边的细发。到中午,同乡安打来电话说,咱今年还可以考军校,你考不考？我说我考。安说，那咱就一起复习。还叮嘱我说，要是干部科有熟人，可以打听一下具体情况，我说，没问题，我认识一个干事，就是分管战士考学的。

没多少天，天就转暖了，巴丹吉林沙漠军营为数不多的花儿们争先恐后，可还是没有多少蜜蜂。再几天，沙尘暴也如期而至，一刮就是一周，弄得旗杆上都沾了一层黄色粉尘。每天，吃过中饭和晚饭，我就在办公室，把邮购的复习资料翻得皮开肉绽。同时，还继续写诗。大致是四月吧，全军统考就要开始了，干部部门开始筛选，我报名。预考后的很多天，我才从政治处了解到，我那成绩，简直对不起120块钱买的那套复习资料。这好像在我意料之中。——我数理化从初中开始就是一塌糊涂，要是光考文科，按照河南屈的话说，上个军校，那是步枪打鸟，板上钉钉的事儿。我沮丧了一阵子，还好在诗歌的写作和发表中得到了某种心理补偿。也没预选上的同乡安说，那就转志愿兵吧，干十三年回去，也挺好的。

还是那些夜晚，我把自己关在办公室里，写诗，把政治处订阅的杂志翻得稀里哗啦。发现特别喜欢的作品，就拿到宿舍，放在抽屉里，睡觉前再看一遍。那时候，我读了所有的新时期军旅诗人的诗歌——到现在，还以为那是一个高峰，现在还没有军旅诗人超越。到夏天，楼后的女声吸引了我，她们说话很大（或许是开窗的缘故），也非常的动听——像一群燕子或者黄鹂，再或者，就是从电视里传来的。其中一个，经常对着窗户梳妆，我隔窗看到，她的脸很白，像这面窗户的一朵反光。有时候，我正在写诗，忽然听到楼后一串高跟鞋的响声，从上到下，节奏一致，就像某种编排好的音乐。我起身，看到一个窈窕的身影走出来，像戏曲里的大家闺秀一样，优雅而韵致。

我看着，有点沉醉。消失之后，忽然又伤感，想起多年之前——乡村校园夏天的核桃树庞大如云，放学铃声之后，同学们鱼贯而出。我走到最西角那棵核桃树下，看她像蝴蝶一样飘下小路，又像蝴蝶一样飞入村庄。此刻和那一刻，地点不同，但情景相似，连角度和味道也相差无几。同样是一厢情愿，同样是遥遥无期。我叹息了一声，坐下来，拿笔写道："蝴蝶和我们，从生命长度上没有不同/而心情，迥异得如同我和远处的你/当年的蝴蝶近在眼前，可望不可即/那时我总想成为一根盛开的麦芒，一株艾草/用世上最柔软的刺，狭窄处的宽阔/让你跳舞，让你有足够的时间和快乐/把我的一生占据，还有我骨子里面的爱与忧愁。"

这些诗歌，后来发表在当时热卖的《女友》杂志上，我一直想给她看，可直到现在也没有机会。再后来，我离开了这个技术室，到机关。第一年，我已经做好了去上学的准备，结果名额被他人占了。我到电视台工作，整天扛着摄像机，到各单位去，回来写稿子，编新闻，在电视台播放。其中一个雨天，我到附近单位去,一进门,看到一个女干部,第一眼似曾相识;第二眼,我就确认,她一定是在我楼后的那位,就是我偷看过多次的那个人。当我第二次进去,房间只有她一个,坐在微机前,我询问了一下,正要转身走出的时候,忽听她说:你的眼神为啥那样忧郁哦?我倏然一惊,脚步定住。

我最终没有回头,也没有应答,走出后,在细雨中,我觉得了一种从未有过的激越与安慰,一句话可以贯穿人,一句话也可以温暖一生。我觉得足够了,回到宿舍,我写了一篇小文章,后来发表在《人间方圆》杂志上。至今,我不知道她的名字,就为她起名为小乔。再后来,我写了《巴丹吉林青春往事》散文,发表在《作品》杂志上。我觉得,这种偶然是一生罕见的——距离再近,其中也会有万千高墙。这一年冬天,单位又调来一名姓庞的干部,周末时常出去坐坐。没想到的是,一个外地来的小女孩竟然热烈地爱上了他。我记得,那女孩叫兰兰,东北人。

那是一家东北人开的饭店,在当时,是这里最高档的。兰兰可能刚过20岁,她喜欢庞的原因,在多数人看来,是想找个军官,在这里安家,做随军家属。可我和庞不那么认为,躺在床上,我和他抽着香烟,趁着酒意,对兰兰示爱的原因作了多种猜测。从种种迹象表明,兰兰不是贪图庞什么,而是真的喜欢。原因是,兰兰是在校大学生,暑假期间来她叔叔的酒店玩。有一次,兰兰在路上把我拦住,问我能不能给庞带点东西?我说只要不是毒药或者其他危险品,绝对没问题。不一会儿,兰兰从酒店跑出来,提了一个很大的塑料袋。

庞看了看,里面全是吃的,还有他爱吃的山东卷饼。庞说,拿来了,咱就吃。我也跟着吃。吃完了,庞拿出200块钱,说,你再遇到兰兰,就给她。我眼睛瞪大,不知道庞何意。庞见我不接,叹息一声,坐在床上说:实话告诉你,家里给我订了婚,未婚妻在乡政府上班,对我对俺家人都很好,兰兰再好,我也不能。我听了,哦了一声。再一次遇到兰兰,我一脸歉意,把钱递给她。兰兰说,这是啥钱?我说,上次欠你的。兰兰说,你俩没欠账啊。我没吭声,把钱塞进她手里,转身就走开了。九月份,母亲生病,我回家一个多月,回来后,庞就说,你可回来了,再不回来,就有人急死了!

我诧异,看着庞说,除了你,还会有谁想我回来呢?庞说,我才不想你呢,你不在我一个人住一个房间,舒服得很。我放下行李,拿了特产,给庞吃。然后脱了外衣,只穿个内裤,就拿着脸盆去了旁边的洗澡间。一阵爽快之后,哼着"红尘呀滚滚……"推门而入,看到的却是一个女孩子,屁股靠在我的书桌前,一脸哀怨地看着我。我转头找庞,可除了床铺和电视机,一个人毛也不见。我下意识用脸盆挡住裆部,脸红着说,你……怎么在这?能不能先回避下,让俺穿上衣服。那女孩眼睛刀一样剜了我一眼,踏踏几步,走出门去,我赶紧关上,从里面锁住。

晚上,躺在床上,我对庞说,以后可不能做这事儿了啊!纪律当头,再说,俺还是黄花大小伙子呢。庞笑笑说,你是不是黄花大小伙子我不知道,我就知道,人家那红玉可是替人卖着雪糕苦等你一个月!小子,要知道,贫贱之交不可忘,糟糠之妻不下堂!我又可气又可笑,反问说,哥们儿,说话可要有根据啊,俺哪儿来的贫贱之交,糟糠之妻?庞说,你小子可真是坏人多忘事。大概是九月二十几号吧,我去商店买烟,被在旁边替人卖雪糕的红玉叫住,人家先送我一只3块钱的伊利冰激凌,然后问我你这么长时间不见去哪儿了?我说你姓杨的那小子回家了。人家又问,那姓杨的啥时候回来?我说可能快了。红玉说,能不能把我们房间电话留给她,我看这女孩子不像个坏人,就对她说了。

当晚,红玉来电话说,那次,咱去人家饭店喝酒,你喝多了,说自己喜欢人家。在一个月后,人家不想在这打工了,辞了酒店的服务员,就因为等你,想亲口问你是不是真的喜欢人家,才又替一个家属卖雪糕,为的就是等你回来问个清楚。我说我啥时候对她说过喜欢她啊?没影儿的事儿!庞掐掉手中烟头,说,你小子真是的,你一喝多就乱说,见到狗尾巴草都以为是雪莲花,这么根深蒂固的毛病别人不了解,我老人家还不掌握吗?我哦了一声,仰躺下来,看着白色的天花板,自个儿在脑子里仔细搜寻了几百公里那么长的往事,才想起,确实有几次喝多了,和红玉说过一些不知道天南地北的话。

6. 离别总叫人心碎

兰兰走了,红玉也走了,我的生活安静下来。庞也逐渐心安理得。可没过多久,我就开始独自想:红玉是个好女孩子,要是娶她做媳妇,肯定也不差,至少能配得上我。可我为什么要对她说那些话呢。当时,我穿好衣服,开门,红玉低着头走进来。为了防止别人起疑,我故意把门敞开,对红玉说,咋回事,你咋到这里来了?(这话看起来像是我和红玉真有事儿一样,可当时就是这么说的。)红玉说,你说吧,你那次说的到底是真的还是假的,我就等你一句话!我听了,笑笑,摸了摸下巴。一时间不知道该怎么说。从心里,红玉的确不错,最重要的是,我也有点喜欢。但从根本上说,我还不强烈。更重要的是,我现在不能谈个人私情,自己的命运前途还是个大迷雾,要是再恋爱,就是对人家不负责。

从早已出嫁的她那里,我得到的启示是:爱情不是独立的,必须要有一定的物质基础,才会使你喜欢或者爱的人幸福,起码也要衣食无忧,否则的话,就是害人了。要是我们也像她嫁的那个男人家殷实的话,我早就有了未婚妻了。想到这里,我一脸无奈地看着红玉说,是假的!红玉一直看我的眼睛忽然滚出两颗泪水,飞快地,冲过脸颊,落在屋地上。红玉用脚尖在地上画了一个圆圈,咬着嘴唇,看了看我,猛地扑过来,在我胡子拉碴的嘴角亲了一口,就快步冲了出去。当声音在走廊彻底消失,我颓然坐下,挥起手掌,在自己脸上打了一个耳光。

至于兰兰,庞说去送她了,是某个早晨,他很早起来,骑着自行车,到车站那里看着兰兰上车,车辆消失,才推着车子回来,不足一公里的路,庞抽了十根香烟。那一段时间,没事的时候,我和庞就对着电视打游戏,那种插卡式的游戏,打坦克,一次能打一百多关。两人呵呵笑。有时候故意熬到很晚才睡,睡下谁也不说话。有一次,买了几瓶二锅头,一人一半,喝完就睡。——其间,同乡安来找我几次,谈起留队转改志愿兵的事情,我说,你在哪肯定都没问题,单位少不了你,他们肯定会安排。安说:你说的听起来倒轻松的,现在,要是没个领导说话,还是得滚蛋。

我说,你最熟的是谁?安说,上次俺爹跟俺哥哥来的时候,这事就跟俺单位的领导说了,领导说俺这个小伙子不错,干工作踏实得很。我看了一眼安的大扁嘴,那你猴急个球毛啊!等着就是了。安说,你是准备送学提干的,谁都知道,你倒不用担心,俺是没本事,就会做个饭,咋能不愁?我说我这事儿也是两说着的,去年被人顶了,今年又到年底了还都没影儿,说不定就卷着铺盖打道回府了。安说,那咋能?再几天,河南屈和河北王也来了,河南屈说,俺不留队,俺爹说,早给俺说好了,一退伍,就到林业局给局长开车。河北王说,他想留队,家里人也都希望他这样做,也找好了说话的人。

转眼间,西风一起,树叶就像残兵败将,不过一个星期,就全部由高处下落,由天上转入地面。清晨起来,成片的乌鸦像是光棍开会——嗓门粗,而且还单调。霜花在落叶上凝聚,在阳光下溃散。紧接着,又是几天沙尘暴,刮得黄尘漫天,刮得人心慌意乱,也刮得睡眠和心情七零八落。进入 11 月份,补兵退伍工作就开始了。我心里也没底,不知道让走还是留下来,就打电话给几个上级首长和老师,他们说已经给你们领导说过了,应当没问题。我还是不放心,到首长办公室,说了自己情况。首长说,今年就想送你到军校上学,可是上面又有新的安排,只能等明年了。我嗯嗯着,说谢谢,然后敬礼退出。

11 月 26 日,早上,格外冷,连手指都是僵硬的。我吃了点东西,就往礼堂走。《送战友》的歌声老远就传了过来,一遍一遍,唱得乌鸦都不见了踪影。我站在一边,有干事和战士在布置会场。不一会儿,胸前戴着大红花的人从各个路口步行或乘车而来,后面是锵锵的锣鼓,是噼里啪啦的鞭炮声。在队伍中,我找到河南屈,上前抱住。河南屈流着眼泪说,俺走了,你在这好好干,等俺娃长大了,再到这里来当兵!我也哭了,一手提着摄像机,一手抱着河南屈的大粗腰,哽咽说,哥们儿,回去好好混,你小子义气,心好,一定会有天大出息的。

擦干泪水,在寒风中光着手掌与河南屈再次紧握后,我又四处看了看,发现好多同年兵或者同班同连战友,一个个上去说话。他们都哭了,鼻涕眼泪都搅和到一块儿了。其中的定兴曹说,开始不想留队,可真的要走了,却后悔得想撞棉花,真想留下来……还是部队好。江西白说,要不是家里只我一个儿子,我就留下来了,部队真好,还有咱那同班的,跟兄弟一个样儿。定兴吕说,走了我再回来。我说,你在酒泉的对象咋办?吕说,她跟我一起走。我说,她家人同意吗?定兴吕说,同意了,到咱那儿就结婚。我掏出一百块钱,说,哥们儿,这是贺礼,祝福你们。定兴吕看了看,笑着说,那我就谢谢了。我拍了拍他肩膀,他抱我一下。

关于定兴吕,或者他和酒泉小嫚的爱情,同乡的人都知道。有一次,美丽的小嫚还给我们做过一次拉条子(一种西北人喜食的面食)。几个人围坐一起,吃了拉条子,然后吃肉喝酒。——他们的爱情好像发生在附近的鼎新镇,小嫚那时在那儿开了一家不大的理发店。定兴吕,没得说是个爱美的小伙子,经常去,就有了爱情故事。两个生地远隔千里的人,就这么冒出了妖艳火花。当我得知,两人早就热烈得给夏天戈壁滩上的气浪一样了,把手放上去,准能烧出两个大燎泡。我和同乡安羡慕得不行,私下说:这定兴吕,泡妞的本事真是高,高得咱俩摞起来都够不着。

定兴吕说,小嫚的爹娘是个体户,在酒泉最大的商城有一层楼,开始自己干,后来分柜台承包给别人,一年收租金起码也得上百万。那时候的一百万,比现在的一千万还要动人心肺。我想,就不提干,要是能有几十万块钱,俺也就没有那么多的顾虑和哀愁了。我的父母亲人,还有朋友,都会因此而得到我的照顾,再不用土里刨食,披星戴月了。安也说,以后得入股铁矿,俺哥哥说,一万块钱股金到年底起码也能分两万,咱那儿好多人快赚死了,就一个白塔镇,一年就呼啦啦地整出四五十个百万、千万富翁,街上的车最次的也是广本。同乡安这么一说,我也是一阵不着边际的心旌摇荡,如席卷的沙尘暴。可返身回来,我们还是空空如也,必须要靠自己。

到了这一天,我们当年一起来的那些战友,大部分要走了。那时候五年兵,待的时间越长,感情就越深。整个广场上,人都成堆,搂的抱的哭的笑的喊的叫的,好像是一幕嘈杂的拍戏现场。半个小时后,各单位退伍兵都已聚齐,《送战友》戛然而止。领导齐齐站在台上,值班员整队报告,参谋长对着话筒致欢送词。台下无声,接着是掌声,再后来是鞭炮齐鸣,如雷炸开。再后来是一辆一辆的大卡车,老战士也像新兵一样分连,一一爬上车厢,送行的人在车下仰望,伸出手掌与上面的相握。

哭声和眼泪至此达到高潮,有的老战士,穿着没了领花帽徽的军装,迎着风,撇开嘴巴放声哭,有的集体大喊:大沙漠,我爱你!×××部队,我爱死你了!还有的说:我们一定还要回来的……送行的人也哭了,站在路边,不住挥手。其中,一些家属也两腮通红,哭得全身发颤。我坐上另一台车,跟着他们去火车站,用摄像机,拍下同年战友在巴丹吉林沙漠最后的身影。列车开动的时候,我拉了拉河南屈、定兴吕的手,说,兄弟们,我们还会相见的。等列车走远,河南屈和定兴吕还把脑袋探出窗边,冲我挥手,我忽然一阵激动,大喊道:他妈的屈胜利和吕先国,一路保重啊!那声音在人群逐渐散去的月台上,像是一声空旷原野中的狼嗥,沿着铁轨,向着定兴吕和河南屈快速追去。

回到宿舍,把摄像机放下,我就在稿纸上写道:"这是最后的美,在巴丹吉林/我们的眼泪是被泪花染红的,我们的心/被离别击碎,被远离的乌鸦/以及鹰羽、枪刺,还有爱和不舍/划出明亮之痕。紧握的手掌里藏着火焰/拥抱的身体内鼓跳如雷,有一种横越千里的风声/把渐行渐远的你,此刻还在的我,连接成刀锋和玫瑰/亲爱的战友,我像爱我自己和未婚妻一样爱着你们。"当晚,我就在原先做好的专题片基础上,加入了许多镜头,并把自己的诗句,用字幕方式显示出来。到第十五天,河南屈、定兴吕就来电话说,收到了我寄的录像片。河南屈笑着说,回家一帮子同学挨着个儿请吃饭,林业局那边说好了,过几天就上班。定兴吕的话音比较沉闷,不知是吸着鼻涕,还是伤风感冒,语气听起来极度沮丧。我再三追问,他才说,小嫚没来,可能以后也不会来了。

7. 去上海

老兵一走,剩下的,是广场上很快就消失的一片狼藉。再一天后,一切如常。我在想,来和去之间,实际上没有多大联系。这些人走了,另一些人来了,一如我们当年,也如他们当年,这种方式总是被比做血液更新,或者营盘流水……都贴切,也不贴切。在我看来,这种形式,其实和一代代的人相互代替一样,是推陈出新,所差的,只不过是时间的长度。我和安,还有定兴王,就像是一种遗留。下午时候,刚放下安的电话,定兴王的电话也来了。都约我出去坐坐,我满心高兴,还没到约定时间,我就到了兰兰以前的酒店门口。

从去年起,这家饭店换了主人,兰兰走后的第二年,她叔叔把酒店盘卖给一个甘肃人。这甘肃人也会经营,整天食客爆满,得提前一天订餐才行。饭店对面,是刷得比雪还白的医院后墙,后面是服务社(现在是超市)、理发店还有小餐馆。定兴王和同乡安几乎同时来到,见到我,咧嘴哈哈笑了笑。王到服务社买了一瓶孔府家酒,还有两包红塔山香烟。三个人进门,到包厢,正在说着某些事情,一个服务员拿着菜单进来。我一看,竟然是红玉。我止住话头,眼睛放大,盯着红玉的脸,一时不知道该说点啥。

　　红玉看了看我,张嘴说,咋了,没见过。定兴王和同乡安一听,齐声笑说,嗨,这两人,有故事。然后相对点点头,满脸都是暧昧的笑。我急忙说,你两人,咋总是张着嘴巴不吐人话咪?可别乱说啊!两人看了看红玉,又看了看我,又说,咋了,谈对象爱女子是好事,还怕人知道吗?说完,又是一阵哄笑。红玉站在旁边,见我们三个说笑,始终抿着嘴唇。过一会儿,见我们光顾乱说,不点菜,语气冷冷地说,你们点不点菜?同乡安扭过脸,看着红玉说,呵呵,脾气还挺大!又看着我说,以后可得把尾巴夹得牢牢的!定兴王也笑,这会儿就这么厉害,要是结了婚,那还不把人吃了啊。

　　红玉的脸由白变红,呼吸也急促起来,胸脯起伏。我赶紧对安和王说,这是公众场合,可别胡乱说啊。两人见我脸色沉肃,止了说笑。拿过菜谱,点了几个菜。红玉出去以后,我对两人说,这话不能乱说,咱爷们儿没事儿,人家是小姑娘。可要注意。两人不住点头。喝了一杯酒,又开始了新话题。说到各自留队情况。安说,那头很义气,没怎么说就办事了。王说,就是买了几瓶酒去人家家里坐了一会儿,事儿就办了。我说,我那事还是没影儿,说完,叹息了一声。这时候,红玉又推门进来,给我们送菜。随便把酒杯给满上。出门的时候,我想喊一声红玉的名字,话到舌尖上,就要蹦出来了,红玉回头关门的时候,我看到一双凌厉的眼睛,刀子一样刺我。

　　再后来,我不愿意去红玉所在的酒店吃饭。再后来是夏天,某一日,电话铃响起,我想不是领导找我就是那几个同乡。拿起话筒,喂了一声,对方却不说话。我说谁啊,说话好不好?对方还是没说话。我说不说话我就放下了啊。对方还是不出声。我放下电话,正在想到底是谁,电话铃又响起。我抓起,只听到一阵粗重的呼吸。我说是谁啊?对方呼吸越来越重。我说有话说话,没话就别打电话,再不说话,我就挂了!这时候,话筒里传来红玉的声音。我一惊,收了心神,轻声叫了一下红玉的名字。红玉说,你别叫我名字!我说好好好,不叫。我又说,你在哪。红玉说,你别管。我哦了一声。正要开口再说,红玉却大声喊道:别以为自己了不起!随后,重重撂下电话。

　　到秋天,我的通知书到了。其实,在干部部门还没接到的时候,上级的一个吴姓干事就在电话里给我说,批了,通知这几天就到你们单位。到此,我悬了两年的心终于落地了,心情特别高兴。给家里写了一封信,又给同乡安、定兴王分别打了电话。临走的前一天晚上,我请客,开始叫的老乡里面只有安和王。来了后,安又带了一个老乡,说距离咱乡不远,姓阎,新兵时候在外场二连,现在服务中心工作。四个人喝了两瓶白酒,说了好多话,回去睡了一觉。第二天一大早,安、王、阎都来送我,帮我把行李放在班车上,然后像离别一样,逐一拥抱。

坐在车上,我觉得遗憾,也觉得很对不起人。红玉看起来是真的喜欢我的,就单从替人卖冷饮等我的那一点,也就足够了。我离开到上海读书三年,应当告诉她的。而自己一走了之,连个话儿都没有,确实不像个男人!……越是这样想,心里就越难受。到酒泉市区下车后,就站在尘土飞扬的路边,打通了那饭店的电话。对方说,红玉出去了,现在没在。我不情愿地放下电话,走了不过五百米,见到一个报刊亭,买了一本新出的《人民文学》《飞天》(从1994年起,何来先生就把我的一些诗歌分期发在这本杂志上)。付钱的时候,我说我一会儿再打。

红玉找到了,她的声音很脆,也很甜。我喂了一声,说,我是……红玉听了,哦了一声,话音很冷。我说,我走了,你多保重,也谢谢你。红玉一听,喊道:你不在你们单位吗?我说,我在酒泉,下午的火车,到上海空军政治学院上学,三年。红玉听了,说,你简直不是个男人,离开三年,连个话儿都不敢说,算什么?我听了,一阵脸红。红玉放低了声音,叹了一口气说,其实,我也不怪你,我配不上你,你也没必要对我有啥过意不去。不过,你走之前,该对我说一声的,不谈恋爱做朋友也行啊。我听了,脸更红,一时不知道怎么回答,只是连声说是。

上了火车,躺在自己的铺位上,耳边还响着红玉的声音。看着窗外飞速倒退的祁连山和戈壁滩,偶尔的羊群还有公路上稀拉的车辆,我怎么也高兴不起来。想到在巴丹吉林沙漠军营的人和事,从王班长到河南屈、定兴许、吕、王,还有同乡安,以及其中夹杂的那些人和事,自己的经历和内心深处的某些根深蒂固甚至出格的想法……天黑了,我躺在晃动的列车上,忽然想写诗,就从随身的包里取出纸笔,就着不怎么明亮的灯光,趴在铺位上写道:"这一别肯定多年,巴丹吉林/我和兄弟们在戈壁边缘,白杨树一样成长/有时候按部就班,在设备与灶台,枪刺与飞机的轰鸣声中/日复一日。看到飞鹰就想到杀伐的战争/看到露水和绿叶,就趴在红沙上写诗/看到袅婷而过的女子,想到最美的爱情/我们是大沙漠当中渴望游泳的鱼/是芦苇丛中,最悲情的一棵/我们在暗夜以泪洗面,在日光下把怀中的钢枪握出灵魂的号角//这一刻我正在向东车上,我远行,我还要回来/这一生我注定要在沙漠中临风站立/注定要在那瓦蓝的钢铁与利剑出击中/完成一个战士的使命,还有一个人的一生。"

对于上海,我也是第一次来,从西到东,几乎横穿整个中国。从高原到沿海,我觉得陌生和慌乱。下车,领包裹的时候,我用河北味儿的普通话说了几次,一个中年女性工作人员才应声。我拿到自己包裹后,冲她说谢谢。她好像没理我,还说了一句什么。从脸色判断,好像是说我土老冒或者其他什么。我一下子对上海的印象坏到极点,到外面打车直奔四平路。沿途,我看到复旦、同济等大学牌子,我想到,几年前,我还在南太行乡村的时候,就梦想着到这样的大学来读书。那时候,这些大学对我来说,就像是空中楼阁或者海市蜃楼,遥远得一生都无法企及。

现在,我还是和这些名牌大学无缘,但位于同济旁边的空军政治学院——这是对我最大的安慰。我没像他们在乡村对我说的那样,一辈子都不可能上大学。这种浅薄心理似乎有报复的嫌疑,也有点促狭。门岗验明正身,让我进去,我找到三系十三队,被一名学员带着,到一座老式楼房里。那学员告诉我说,这楼房年代很久了,好像以前还做过日本鬼子司令部。我听了,有点不高兴,想学院怎么把我们安排到鬼子用过住过的地方呢?到楼上,每扇门上都写着名字,一个房间四个人。在中间部位,我找到了自己最熟悉的那个名字。

房间里到处都是灰尘,潮湿成团的灰尘。表面斑驳的木桌抽屉上也有我的名字,临近的床头上也有。同室早到的那个人走了进来,问我名字,我说叫杨献平。他呵呵笑,说自己叫徐超刚。接下来,我们开始打扫房间卫生,他拿了扫把,我要去洗抹布,但不知道水房在哪儿,徐站在门口指说:左边的走廊出去,再转一个走廊,就到了。那楼房的地板和走廊都是木质的,走起来,嗵嗵响。洗了抹布,再回来,我脱了外衣,开始擦拭:床全身、木桌、窗户、门板。期间,先后洗了 10 次抹布,倒了 5 盆黑水,房间才显得干净起来,然后拆开麻袋,抓住被子的时候,我感到了潮湿,水沾满手指。铺好之后,看着白色的床单,突然很困,什么也没有想,就把身体扔在了上面。

8. 七片段

片段 1:他们都来了,一个接着一个。先我来到的,除徐之外,还有两个。安静了一晚的楼道开始喧哗,到处都是脚步声和人声,打扫卫生,相互询问,方言此起彼伏。我们宿舍,因了我和徐早来一天,后到的唐和张省了不少气力,进门就直接打开行包,整理好床铺,就坐下来抽烟了。

到第三天,还有人来,但没有一个在这个楼层的任何一个房间安顿下来,而是扭着腰肢,咯噔咯噔地从我们门前走过,香水的味道铺天盖地,惊醒了各个房间的男同学,一个个探身子或者脑袋,看她们艳丽的正面或者婀娜妖娆的背影。我们同室四人,我和唐同属一个大单位,他在机关(上面),我在基层(下面)。地域的相近导致了心理的亲近。徐在牡丹江,张在北京。正胡侃之间,有人来通知吃饭和上课时间,还有人抱来了制式皮包和大部头的课本,还有成摞的脸盆、牙缸和毛巾。晚上,我们四个和对面房间的四个人成为一个班,又加了三个女生,分别是:李楠、秦霖和一个现在实在想不起名字的江西女生。

对门的韦年龄大一些,在我们还没来到之前,就已被内定为分队长。会间,韦倡议全班弟兄姐妹自我介绍。他先介绍了自己:江苏,盐城,曾任某某长;然后是徐超刚。再后来轮到我,我脸红,清了清嗓子说:俺叫杨献平,老家河北沙河,从西北巴丹吉林沙漠来——他们鼓掌,我清楚记得,当时,长在唐身上的那两只厚巴掌拍得最为响亮——参差不齐的掌声在小小的房间里回荡,又很快消失。

片段2:宿舍楼后有5米或者6米的空当儿,外面是房屋,各式各样的门面。它们背朝我们,向着四平路大街兜揽生意,高高的墙壁上有几眼小小的窗户。没过多久,我们当中就有人发现,其中两个小窗户也向我们开放。一个是小饭馆,一个是小卖部。抽烟的人没有烟了,跑下去,敲木板小窗户,呜呜两声,有时听不到,要多敲几下。不一会儿,就会在灯光中闪出一张男人的脸,收钱给货,表情冷硬。

周末起床迟了,要饭菜或者酒,就敲另外一个小窗户,看到的是一张中年妇女的脸,交钱,就可以拿到啤酒和盒饭——当然还有白酒,大都是三两装的孔府家酒,我们叫它小炸弹。每次喝,我们的规定是:男同胞不论高低贵贱胖瘦高矮,一个人每次不低于两瓶,多则不限,但不能超过十五瓶。

教室在宿舍右边,墙体和楼顶的瓦片也都是黑的,木板门框上分别贴着一串阿拉伯数字。这是我们的主教室,有时候也去对面的新教学楼某个教室上市场经济、军事战略、武器装备等课。教师的面孔不一,这个去了,另一个来。上课最多的是教思想政治的——前顶发稀,两鬓发长,讲得激动,使劲一甩,就露出一片粉白色的头皮,还没停留一秒钟,就又侧头一甩,用一边的长发掩住白头皮。

第二个是教美学的女教师,姓乌,丈夫做船员,常年在海上漂泊。同学们都说她美得穿透了骨头。教室后面,十多棵枇杷树时常会用舌头一样的枝叶探到窗户上来，下雨的时候，可以清晰听到雨滴击打叶子和水珠砸地的响声。课间休息，抽烟的同学转到后面，几个人，对着浓密的枇杷树叶大放烟雾。或者打闹追逐一顿，脸色通红，气喘吁吁跑回教室。期末考试那些日子，我和同学唐的大部分时光就是在那里度过的——两个人，在堆积的旧年灰尘、纸屑和墙根的断瓦上，捧着课本或者笔记本，走过来再走过去，嘴里念念有词，背要考试的内容。

周四和周六晚上没课。唐、秦、徐、张、王就向我提议说大家聚聚。方法是：男生每人 30 元，女生除外，由提议者具体操办。酒吧在宿舍对面的文体馆一层。每次，我们都是集体出动，8 个男人，雄赳赳，气昂昂，带着 3 个小女生，那架势不像英雄而像土匪。

酒吧灯光不亮，吧台的两位小姐总是一身红衣，在蓝色和红色的光晕中眉目流转，但肢体僵硬。桌子小，人多，我们把两张或者三张桌子放在一起，先要 16 瓶的"孔府家酒"，双份的花生米、牛肉干和凤爪；征求女生意见之后，再要啤酒、柠檬茶或者果汁。我们抓起一瓶一瓶的酒，喝着说着，暗色灯光下的脸庞逐渐涨红，远远看起来，就像几个熟透了的大茄子，在薄暮之中摇摆。

有几次喝多了，但没有人醉。我们还要喝，前去买酒的王回来说：吧台的小姐说没酒了，我明明看到那儿还放着那么多！还没说完，就气呼呼地把空瓶子抓起来，倒转往嘴里倒，但只有一滴白色的酒液银子一样滑出来。我提议秦去，秦的嘴巴犹如水枪，能把正在盛开的花朵说得瞬间败落——果不其然，不一会儿，就又拿回来 8 瓶"小炸弹"。

片段 3：图书馆是最好的去处——每周二和周四下午开放。从学校大门出来，横穿四平路，进入一道小巷，路边到处都是枇杷树和棕榈树。秋天，叶子微微发黄，棕榈老让我想起小时候夏夜里摇动的蒲扇。有时去早了，就在面前的小亭里坐下来；看一边路上的行人，男的少看一眼，女的则目送她们的身影被转弯处的冬青灌木或者枇杷树完全遮掩了才罢休。

第一个要去的是报刊资料室。在上海的第一个秋天和冬天，我在里面一直翻看这么几家杂志：《天涯》、《十月》、《当代》、《读书》、《西南军事文学》、《随笔》、《上海文学》、《解放军文艺》。第二个是图书室：先后借阅了《存在论》、《蒙古秘史》、《命运之书》和《中国的唐古特——西藏边区和中央蒙古》、《正义论》等。第三个是一楼右侧的流动书店，常有上海的书店来这里卖书；我先后买了《瓦尔登湖》、《昆虫记》、《天龙八部》、《射雕英雄传》、《论法的精神》、《本草纲目》；为唐推荐买了《中国人史纲》、《诗经（文白对照）》、《宋词赏析》；为徐推荐买了《忏悔录》（卢梭）、《历史哲学》、《十日谈》和《白鹿原》（修订本）。

图书馆窗户经常不开，到处都是书籍散发的霉烂气息，书页当中似乎有水,常常粘住手指。高高的书架随时都有倾倒的危险,一本一本的书拥挤在一起,睁着汉字的眼睛看我,粗细不一、密密麻麻的字迹令人晕眩。累了,悄声叫唐一起出去。两个人坐在门前的水泥台上,看见上海的天空,偶尔的广告气球在高处飘摇,难得的白色云彩在蓝色空中缓慢移动。

路上的枇杷黄了。我第一次吃,酸甜,还有一点涩。开始不敢摘,总是顺手牵羊,吃一颗,还想吃一颗。有人看到了,但没制止,觉得胆壮了,公然跑到一座日式房屋后面,摘了半书包。拿回宿舍,和他们三个一起吃了好几天。

晚上自习的时候,也去图书馆,路上随手买201电话卡。有时拐弯,趁夜色去往五角场。晚上,那里繁华,很多的人,货物琳琅满目,我们在其中穿梭,看到好看的衣服、盗版的图书和光碟。入冬后的第三天,张、唐和徐,叫我一起又去了一次,每人买回一条劣质的毛毯,老是掉毛。但覆在被子上面,感觉暖和了许多。

片段4:有几次,我和唐,两个人,沿着四平路,向南走。大同路那边有一座8路或者52路公共汽车站,可以直达外滩。我们从四平路的左侧,一直走,像两只来自乡村的羊,在上海的街道上,看到肥嫩的青草和树叶,但不能够吃。数条小巷子里面的发廊和洗脚屋,暧昧的玻璃门被暧昧的红帘子遮住,偶尔有个影子,是胸脯,然后是脸,她们的眼睛像是来回拉动的两只小钢球,有规则地转上几圈后,又迅速和头颅一同收回去。

有一段时间这段路面施工——车辆绕道行驶,我们看见穿黄色衣服的筑路工,细碎的尘屑飞起来,甩在他们脸上和身上。到外滩,看到黄浦江上的白色泡沫、易拉罐和废弃的纸张,但很少。扶着铁栏杆往下看,连串的深漩涡不断搅动的泥沙清晰(粒粒可数)可见。左边高耸的烈士纪念碑——镏金大字反射阳光。隔江望见的体育馆和东方明珠、金茂大厦似乎镶嵌在油画里,来往的船只汽笛声声、引擎的轰鸣远了近了。正面的和平饭店、花旗银行,一色的欧式建筑,暗色的大理石花纹明显。

我们注意到:和平饭店一侧的暗角里,有几家性用品商店(徐和唐拉我进去几次),它们躲在饭店一角,深而幽暗。接着是南京路、步行街、人民广场。感觉我们几个真的像羊,在人群的广场转来转去,迎面看到的人,后面跟来的人,衣饰都是华丽的,偶尔有几个也像我们一样,从神情和衣饰一看就知道是外地来的。两边的楼宇很高——只能说高,挂满宣传标语和广告。路过很多专卖店。我先后去过鳄鱼的和金利来,不看质量,只看标价。盘算身上的钱,竟然没有一件可以让我拿走的。我脸红了,感到沮丧,出门时,反复喃喃说:空空如也,真的是空空如也。

还没逛到中午,我们就饿了,但没人说吃饭——从华联商场、八佰伴出来后,迈着趔趄的脚步向回走——依稀的来路,像是一座迷宫,两三个人,在里面晕眩,东张西望。看见包子店、四川菜馆、湘菜宫、天津狗不理包子、兰州拉面。我说吃包子吧,他们相互看看对方,点头,进去,坐下。24个包子,3碗馄饨。其中有一次是我结的账:总共不到50元。

在药店,老大的药店,那么多的药,让我身体发虚——我看中昂立1号(标价300多块,母亲身体不好,据说那药可以排除体内垃圾)和三鞭酒(标价500多块)。我想春节放假时候,就带昂立1号给母亲。

回到学校,发誓再不去外滩,不去南京路和人民广场。但却忍不住,两个周末后,春节临近,就要放假了,又去,在华联商场4楼,看中了一件适合老年妇女穿的灰白色风衣,牢牢记下。临放假的前一天,跑过来买了。如果要综合一下:那一年,我在外滩,南京路。大致买了这么一些东西:一件灰白色风衣、一顶绵织帽子及围巾(给母亲)。算上吃饭、饮料、照相和车费,不过1000元。

后来去过几次浦东,路过青年森林公园;在保税区,漫无目的地转。有人买了冒牌的劳力士表,其中一个买了3块,说回去送人。我看上的很多,但一件东西也没买。来回坐轮渡,一次一人5元或者10元钱。在江上,轮船是晃动的,人也是晃动的,整个大地和天空都不稳定。我们站起来,诗人一样四下张望,姿态昂扬,而心里却堆满贫穷的孤独和苍凉。

片段5:没有谁可以真的了却我的心病——真的,在上海,在夜里,在酒后,我感到了那种痛苦,而谁可以进入,并且用温情的刀子割掉另外一个人内心的病恙呢?冬天,我生病了,感冒,发热,不知道医院在哪儿。也不想对谁说,上课时,虚弱地趴在课桌上,眼神迷离地听老师讲课。四肢关节的酸疼让我心情焦躁,在深夜频繁发出呻吟和叫喊。我疼,没有人可以替代,我痛恨自己的身体,一次次拧着胳膊的某一个部分责问自己为什么生病。

他们知道了,唐和徐带着我,出大门,穿过四平路,再走过图书馆,出另外一道大门,对面的院子幽深,众多的绿叶遮住了低矮的日式瓦房,地面的泥泞和霉烂的苔藓上布满自行车的痕迹。学校医院很小,白色的建筑安静得叫我觉得它也像一个病人。打针后,回到宿舍,她们来看我——孙和秦,两个娴静的女孩子,坐在对面的床沿上,眼睛里面堆满关切和怜悯。

她们走出时候,背影很慢,但很妖娆,也很亲切。我突然感动了,在上海,我第一次流下的眼泪没有一点声音,甚至还没有溢出眼眶,就被手掌擦掉了。那时候,窗外的细雨溅在玻璃上。我蓦然发现,眼泪和雨水的区别就在于温度——冷和热,竟然是两个截然不同的境界。

病好了。每个中午,我去附近的电话亭打电话,给母亲。有时候人多,就等，坐在烟味弥漫的长木凳上，像个可怜的孩子。有人打完了，急忙进去。但想好的话瞬间忘却，对着话筒，突然忘记了要说什么。我感觉到脑袋像口袋一样空空如也，夜晚不眠中想好的，那些痛彻心肺的话蓦然消失。很多时候，对着话筒，是长时间的沉默。

几乎每天中午，都要到五角场邮局买几份报纸回来看（那时候好像有朱镕基总理访美和科索沃战争），主要是《参考消息》，关注国际国内大事的兴致异常高涨。遇到喜欢的杂志，也买来看。还有几次，下第一节课后，就偷偷溜回宿舍——看书或者想心事。我喜欢一个人的时光，站在窗前，听外面的车声和人声，看窗外叶子上面的虫子和阳光，透彻的灰尘在房间的碎阳光中飞舞。有时候写几首诗，就着一张一张的白纸，写下只属于我一个人的痛楚和忧伤。

也就在这一年，家里和邻居因为宅基地纠纷，母亲被对方殴打了，还有小我五岁的弟弟。听到消息，我愤怒了，站在电话厅里，脑袋里血液激荡，似乎有万千慌乱的蛇虫，它们要挤破我血脉的牢笼。趟着积水，到宿舍楼后，那里没人，适合一个人放声大哭。

这种滋味是疼痛的——我受够了，但它们不依不饶地袭击我。我要请假，但不被允许，无奈之际，我甚至做好了偷跑回家的准备。但被同学唐和胡拦住了，他们口口声声劝我说，要忍。忍。忍。忍。我忍，我知道，那是一个病，心里的病、世界的病和人的病。直到现在，我的胃常常疼痛，不敢回想往事。

关于这些事情，除了唐和胡，我没再和谁说起。有一种疼痛连自己都无法阻止，还有谁可以？有一天，一个人走到杨浦大桥，高高的桥，我站在上面，看十里烟波浩瀚，船舶缓慢，微小的车辆、人和几乎不作流动的水，表面的运动和内心的激流，我想一跃而下。那时候，桥上除了偶尔几个步行来去的老人，绝对没有人会阻止我。

回来后，又是一夜没睡。我想睡，但眼睛就是闭不上。他们的呼吸就在耳边，街灯映照的房顶一片模糊。车声渐渐少了，临近的夜总会歌声缥缈。黑夜的上海，我听到它在凌晨时候的安静，有一些钢铁的心跳，在树木、花朵乃至看不到的尘埃中蓬勃而又落寞。

片段6：很早我就知道，他在上海。刚到学校的时候去参观宝钢，看到黄海，浑浊的波涛上面船只很少；空无一人的车间钢花飞溅，沿途的厂房和楼宇都是安静的，大片的法国梧桐和木棉树，还有一些我记不住名字的树和花草，偌大的宝钢不见一丝喧嚣。我们看，看，看，耗费了一个上午。

我想起了他，一个堂兄，早些年就在宝钢下属的一个打桩队工作，全国各地跑。我给老家打电话的时候，总要问问他到底在哪儿？上海那么大，大得叫我找不到自己，更找不到他。

有一天，他突然打来电话，让我去。坐了好长时间的公共汽车，我询问一个老人，他说，还远着呢。且没有公交，只有打车。转悠了1个多小时，终于找到了他所在的地方。那时候，他正和一些人打牌，见到我，很是亲热。中午在楼下的一个四川菜馆，要了3个菜，两瓶黄酒，坐在那儿吃喝。

我们说话，说家乡话，卷着舌头的声音在空荡荡的饭馆里回响。还没有真的开口，故乡浮现了——那个太行山南麓的村庄，一些人，一些草木，在日光或者阴雨当中，呈现的大致轮廓如在眼前，清晰、深刻、粗糙而又迷离。我说到了父母、弟弟和过往的事情，细微的疼像刀割一样，一点点切割，然后慢慢撕开——不知何时，又下起了小雨，到处都是水，淅沥的雨珠似乎像贫穷和苦难的眼泪，哗哗不停。

此后，有好长时间没和堂兄联系，直到第二年春天的一天，他来了，在四平路外，打电话给我，我出去。我们两个一起，又到外滩，站在隔江的东方明珠和金茂大厦前面，照了两张相片。又去南京路和人民广场转悠了一圈，没做什么，更没买什么，就是张着眼睛看，说话，傍晚回到五角场，我做东，在一个小饭馆里请他吃饭，喝白酒，不多的菜肴中有一个叫"上海青"，素的，很爽口，我特别喜欢吃。

片段7：从四月份开始，连绵的雨似乎就没停过，日夜下，疯了一样地下，从灰色的高空，连成珠串，下得满地都是，水流越积越多，水泥板上都是汪汪洋洋的一片。我们走来走去，一双鞋子湿透了，再换一双，所有的鞋子都穿过了，晾在阳台上的第一双鞋子还湿漉漉的。那段时间，我们当中很多人在雨中洗脚——东方电视台的新闻说，有的地方遭水灾了，领导前去嘘寒问暖，送给灾民不少钱款和粮食。

一连三个月，都在雨中。临近放假，就要考试了，昔日烟火沸腾的摔打扑克牌的声音瞬间销声匿迹，大多数人安静在课桌上面，任凭窗外的雨珠连绵而落。对于我个人来说——越是紧张的时候我越是觉得清闲，在众多人的朗读和默记声中，我坐在床上，就着雨珠，把从五角场买来的盗版《笑傲江湖》一页不落看完，又插空和唐讨论了对令狐冲这小子的种种看法之后，才拿了书本和笔记，加入备考致胜为自己的行列。

复习是一个紧张而愉快的过程，但不停不歇的雨声却一直是个打搅，叫我焦躁。与此同时，回家的欲望也持续高涨——那些需要死记硬背的考试内容，在我脑海里，就像乱飞的苍蝇一样，嗡嗡嘤嘤地，搅得我心慌意乱。几乎同一时间，我们都想起了中学时考试作弊的情景，它是个启发，更是个耻辱。

但当时还没醒悟过来,大家小心裁了纸张,收起往日的龙飞凤舞,工整地将难记的内容正反面抄写之后,掖在袖口试了试,竟然滴水不漏。

考完试,我的成绩全部及格。还要几天才放假,可我等不及,急着要回家——那天雨特别大,冒雨在学校对面的火车票代办点排队,买到了次日的车票。攥在手里往回走的时候,飞驰的车辆溅起的污水犹如大风掀起的惊涛骇浪。我小心躲避着,飞快跑过熟悉的四平路。第二天中午,我要走了,他们送我,站在雨中,胡、徐和唐竟然哭了,但看不到眼泪,只有男人的哭声,在我跨上的出租车门口的时候,雷声一样响亮。

9. 莫名之疼

在上海的第一个学期,我觉得是我迄今为止最美好的生命片段之一,那里有关心我的同学,还有朦胧的爱情,更重要的是,我在那里听到了最喜欢的课,务实而前沿,宏观而又细微。记得一次,一位教授在礼堂对着全上海驻军干部分析国际战略形势,赢得了潮水般的掌声。从中,我看到了知识和才略的力量,觉得了一种担当的勇气与责任。当然,那时候,我也最疼,一个是弟弟在乡下的遭遇,一个是一个人在庞大都市中的那种自卑、贫穷和不安。当然,激越时刻也最多,尤其是朱镕基访美、驻南使馆被炸,那些天,若是没课,谁也不出去,不打牌,不说笑话,都围着电视机看。那种痛切、愤怒和羞耻,让我第一次觉得了作为一名公民和军人最本真的东西,那就是,其实我们都有一种与生俱来的品质,爱身边的每一个人,爱祖国,爱这大地上一株草,当耻辱袭来,每个人的心都是澎湃的疼痛,都是深嵌于骨头和灵魂的愤怒与警醒。

这些话说得可能直白一些,但那时候,我确实觉得了祖国与个人之间的近,血浓于水又在举手投足之间。可是,弟弟的遭遇让我感到另外一种疼,那是来自自己的刀子和箭矢。而后,基层公权部门的那种……让我觉得了失望。躺在上海的夜里,我就是想不通,为什么会是这样,为什么一些基本的东西得不到贯彻和保障?那一次回故乡,我是咬着牙齿一步步到家的。南太行的乡村如旧,一切都像昨日,我也是。满山的植被绿得汹涌起伏,绕着山岭的公路上行驶着满载矿石的卡车。石头的村庄被庞大树冠掩埋,从前的流水河谷只剩下一片片干瘪的绿藻。

听完母亲讲述,我感到无能为力,当一切都成定局,或说当一种力量成为习惯甚至一种无休止的惯性,一个人,尤其是身无半张官符的人,无疑是弱不禁风的。在家一个月,我时常站在房后的山岭上,在强烈或者逐渐暗淡的阳光下看这一座村庄,看那些在自家田里和院里忙乱的人——我的乡亲们,从出生到十八岁,我们都在一起,十里八村的谁谁谁都清楚,就是后背长着痣点,甚至胸前大腿上有个疤痕,可能都了如指掌。可是,在一些鸡毛蒜皮的小事上,长年累月地你争我吵,起因不是我损了你的几株庄稼,就是他偷砍我三棵树;不是你占了我一尺地,就是我不小心把你家小孩撞了个趔趄。

吵架是小事,打架就要看人多人少,老婆汉儿们爹啊娘啊兄弟姐妹儿子孙子重孙子齐上阵,人少要是有权有钱倒不用怕,要是啥都没有,就只能挨着受着。有一次,我站在月光下,清风吹得满山发出青草的碰撞声,夜虫的鸣声铺天盖地。远山之上,是星辰稀少的天空。我想,人都在这一片地域生存,互助才是第一位的,为什么要为一点小事而互相伤害?这是天性吗?最终,我想到,还是贫穷之祸,但富裕真的可以使人变得文明和有操守吗?即使把整个山挖倒,把矿石全部变成钱财,就可以遏止吗?这不是形而上学的理论可以解决的问题,可能是与生俱来并会长此以往的一个社会学、人类学和生物学问题。

等我再次离开,父母和弟弟把我送出老远,其他人我一个也没告诉。那一次,我又想到一个持续多年的问题——我不想回到这里,要不是父母在,我谁也不想再看一眼。再次到上海,每周都要给家里打个电话。时常有这样那样的事情发生,都和利益有关。我感到愤怒和无奈。等我再次回到巴丹吉林沙漠,这类事情还在发生。它几乎成为我至今对乡村最大的疼痛,成为我灵魂当中最深切的爱与恨。再后来,我在酒泉认识了小月,她比我小几岁,是"80后"。记得第一次看到,我的第一感觉就是,这个女孩子,一定会是一个好妻子。至今,我仍然觉得,爱情这东西太过奇妙,是一种来自身体的气息和灵魂的味道,使人在乍然之间就被迷醉。

小月苗条,匀称,曲线之美,比我见到的那些做广告的明星还要美不胜收。当天晚上,我就给她打电话,第一句话就说,我喜欢你!小月说你是谁啊?我说,是白天在书店给你说话那个人啊,你还把电话留给我了。小月哦了一声,说,原来是你啊。我说是。小月说,你怎么一开始就说这种话,你知道我会喜欢你吗?我说,你要不喜欢我,就不会留电话给我了。小月"切"了一声,说,我给好多人留了电话,不光是你。我说,那我不管,我就喜欢你!小月说,啊,虽然我不了解你这个人,但是很喜欢你这种开门见山的方式和勇气。我说,这不是勇气,这是你叫我,还有我叫我自己这样做的。

小月说,你这个人挺有意思的。我说我就是有意思,你也是有意思,咱们俩都有意思。小月说,哎呀,你这个人,不但有意思而且还色胆包天,不跟你说了。说完就挂掉了电话。我拿着话筒,听了一顿嘟嘟声。又打了过去,小月一听还是我。说你这个人烦不烦啊。我说不烦,你听我说句话。小月说,好吧,你快说,说慢了我就挂了。我说小月我真的喜欢你。小月听了,咯咯笑了,说,这个你刚才说了。我说你再给我一个地址,好不好?小月听了,严肃了一会儿,说你先告诉我说你是干啥的。我说,我是在离这不远的地方当兵的。小月"啊"了一声,说,按道理你可能不是坏人,可我还是信不过,如果有缘分,再见到的话再说吧。

这一次,或者说对一面之缘的小月,我第一次说出那么多话。要是平时,嘴巴可能没这么顺溜。几个月后,我和小月正式恋爱后。她还说我这个人挺会勾人的,肯定是个花心大萝卜。我说男人不坏女人不爱,但不代表坏的男人都喜欢勾别人。因为小月,有几次,在酒泉吃饭或者在街道上溜达的时候,我想起定兴吕,还有他的小嫒。又好几年过去了,不知道他们是不是真的分了。说不定,在某个拐角处,或者人群中,就会遇到他们。其中一次,看到一个女子长得特像小嫒。因为小月在,就看了个背影。再后来,我和小月回了一趟老家。母亲不同意我在外地找媳妇,她最大的愿望是希望我能像村里那些有权势者那样,在本地找个同样有钱有势的女子结婚。

母亲的想法,一是觉得外地女子不可靠,二是想在村里与有钱有势的人联姻,形成一种牢固的利益共同体。——不唯独母亲,几乎农村的每个人家都这样想,甚至以为只有这样才是最理想的婚姻。在家里,我和母亲闹得很不愉快,很难受。有一次,母亲还联合大姨妈小姨妈一起劝我,我气得哭了,拿着烟头,使劲按在自己手心。直到我和小月再次回到酒泉——巴丹吉林沙漠,手心的烫伤还没好。这时候,我是宣传科干事,以前做电视新闻,现在是在办公室撰写各种公文,有一段时间,科里就剩下我一个干事,一加班就是几个通宵。

可是我觉得了某种满足,还有一些荣耀,对自己命运前途的担忧也都随之而消失了。很多时候,到机场去,看到那些腾冲而起的战鹰,和在空中划出优美弧线的导弹。我以为,这是我在巴丹吉林沙漠当中个人境界的第二次跃升。第一次作为新战士,在这个集体,是融入,这一次,作为一名军官,在这支部队,是嵌进。人生的方向也逐渐开阔、清晰起来。对乡村,我的看法是:所有的现象都是根深蒂固的,美好的或许更短暂,且只是体现在自然上,而人总是复杂的,他们的一切作为,都是为了更好地生存,尽管有天性中的恶与掠夺性,但从本质上说,每一个人都是需要尊重的,也最终会对自己所做的一切负责。

更重要的是,我有了小月,她知道了我家里的状况,尽管我母亲多次对她采取冷漠的态度,但小月始终在我身边,也在我心里。我们结婚的时候,父母亲和弟弟来了,在这里住了几个月,然后回去了。我送母亲到酒泉站,她还在叹息。我说,娘,不要这样想了好不好?小月是很好的,事实会证明。母亲说,好不好是你的。我叹息一声,看着渐去渐远的火车,呜呜哭了。在刻有李白诗句的石碑前,我站了好久,眼睛沿着祁连山漆黑的根部,爬山越岭,一直看到白雪堆积的峰顶。向南或者向西的列车携着寒气,刀锋一样逼人身体。回到单位,某日小聚,同乡安说,这事儿谁也不能怪,也没有必要生气,咱那儿的老人们都有这样思想观念,没办法,再过几年,伯母就想通了。定兴王和同乡阎也说,这不算个啥啊,重要的是,小月确实很聪明,也有工作,更重要的是对你好,知冷知热,别的还图啥呢?

10. 一个和三个

在巴丹吉林沙漠,因为成为尉,身份转变,还因为有了小月,以及深刻在生命甚至灵魂当中那些过程、细节、疼痛与欢愉,我觉得了自己从里到外都在发生着转变。在身体上,年龄就是一把锋利的水果刀,一圈一圈,不动声色地剥削人。爱情是一种配方,是从不失传但又个个不同的神奇药剂,抵达的是内心,以及灵魂当中最不确定但最强悍的那根弦。对往事和人,离开的、逝去的、健在的,其实都是一种安慰,不管从前怎样,在生命之间,人都是相互取暖或者说相互因各种各样的故事而使得他人念想的。大致是和小月婚后第一年的秋天,我又在酒泉专署街遇到了红玉。

那时候,红玉的穿着打扮像是贵妇人,手里牵着一个大致三岁的小男孩。我轻哦了一声,不知道迎着走还是转头。低头走过之后,满以为红玉不会发现。再向前走了几十米,回头却看到红玉拉着孩子,用一种非常复杂的表情朝我和小月看。这时候,同乡安也结婚了,但不是先前的白梅(白梅是附近一个镇子里的姑娘,安很喜欢,我还陪着他去过一次白梅家里,目的是尽量撮合他们的好事)。安说,家里人在老家给他找了一个对象,女方家在那村里还是一个大户人家,转为士官那年冬天,他就回去完婚了。同乡阎也结婚了,妻子是经一位老乡介绍认识的,他们的婚事是在部队操办的。

定兴王也结婚了,妻子是当年和他一起当兵的退伍女兵李。先前的庞早就结婚了,妻子不是兰兰,而是在他老家乡政府上班的那位。第三年,庞跨兵种和军区调回了老家部队。剩下的时光,上班是军人,回家是丈夫。其间,我和妻子小月每周往老家打一次电话,问问父母身体好不好,有没有烦心事。母亲总说没事,可经不起我和小月的诱诈,有啥事都不自觉地说出来。还是那些邻里之间的鸡毛蒜皮,有时候搞得还非常激烈,有时候气得人肺疼。除此之外,我照样在课余时间写诗歌,后来写散文,还有小说和文学批评。而我对沙漠及军旅生活的最深感觉是：在这里，每一天都像机翼一样明亮，每一个细节都像在静默中等待爆发的枪支，喑哑而富有爆发力，但也时常感伤，愤怒，觉得了个人的某种卑微与弱小。

有年夏天，我和妻子或者同事、朋友，深入到巴丹吉林沙漠当中，去黄沙围困的古日乃，参加了土尔扈特蒙古族人举办的首届马背文化节。还有一个闲暇，我和高工装，在一个叫苇杭泉的地方，跟随牧民那斯腾，放了一天的骆驼，听了一天的故事，也被沙漠风彻底吹了一次。此外，我还先后三次在10月去了额济纳，那里的天空蓝得让人想飞。金黄色的叶子铺天盖地，每一颗都是一块轻盈的金子，抑或一串飞翔的火焰。走在上面，好像行走在彪悍匈奴的黄金帐内，天地辉煌，白沙松软，我觉得了一种灵魂的安详，还有一种雍容的王者心态。金色树叶，阳光斑驳，脚迹杂乱；仰望的高天流云漂浮。我想，世上恐怕再没有如此美丽的景色了，人生于此，是丰腴的仁慈，苍凉的温暖和灭亡之前的幸福与快感。

在中蒙交界的策克口岸，空阔戈壁上矗立的建筑，充满钢铁质感，形状犹如蒙古族的金冠。在口岸的界碑前，我觉得了神圣，祖国于个人的强大的感觉……猎猎长风如雷奔行，从黑色的戈壁和每一个游客的身上，犹如灵魂之马。回返时，走在坚硬的柏油路面上，我觉得格外踏实，每一步都有力量。在北居延海——王维、胡曾等人纵马写诗的地方，霍去病直取河西的疆场，李陵率五千军士挺进匈奴单于庭的决绝与刚勇……美丽天鹅拔蓝水而起，苍茫芦苇与木船同在。站在岸边，我想到"居延城外猎天骄"和"大漠孤烟直，长河落日圆"等诗句。

拜谒西夏及元代遗址黑城（哈拉浩特）时，站在摇摇欲坠的城墙上，当年的民居及军营只留下一些浅显的痕迹，碎了的瓦片满地都是。完整的只是西边城墙上依次耸立的五座佛塔，在落日之中，姿态一如当年，虔诚自在，金碧辉煌。从黑城回来的第一个夜晚，竟然梦见自己是盔甲明亮的将军，率领着犹如苍狼的勇猛军队……在黑夜里，我忽然想到：从军人和军旅角度来看，巴丹吉林沙漠更像是一个巨大的、可以容纳百万军阵厮杀鏖战的疆场，它面积的大和地形的复杂，自然的神奇和历史的雄厚；都是作为战场的基本要素。

再两年后，我们的儿子出生了。抱着他，或者另一个自己，我忽然想到，在巴丹吉林这么多年来，不论是外在的，还是内在的，我都在持续壮大，从一个到三个。这里本是冲天利器呼啸奔腾的铁血疆场，是利刃和战甲，呼啸和摧毁、模拟和抵达的前沿。我个人的生活，却到处都是盛开的花朵，参天的树木，妻儿的笑声在戈壁之上如翠鸟鸣唱。可是，当年同来的战友一个个离开了，还有一个刚认识不久，和安一样留在这里的同乡战友，在某次公差中牺牲了。我震惊不已，低着脑袋，去参加追悼会，看着他的遗像，忽然觉得生命的脆弱，还有某些事物本身对人形成的某种致命影响。在很多时候，我总是想起在巴丹吉林沙漠军营的那些往事，想到在新兵连和我打架并和好、再而离别、断续联系、到现在不知所向的河南屈，还有定兴许、吕，以及近些年来陆续离开的定兴王、同乡安和阎。

第二年，环绕营区的果树花开花落，沙尘暴像是讨伐的军团；再一年，热烈的阳光在沙漠当中建造起美丽的亭台楼阁，高空的飞鹰投下闪电的阴影；再一年，春天的流水围着白杨树漫过蒿草，我们的儿子上学了，在幼儿园，有时候像我小时候一样孤僻，不与人交流，劝导一段时间，他就开始活泼了，在学校，学会了他喜欢的，也学会了打架，啸聚小区。我越来越觉得，这种生活可能是我最想要的，有铁血味道，还有九曲柔肠，有别离悲痛，也有幸福愉悦。

有些时候，躺在床上，月光在窗帘背后偷窥，风在玻璃上写着没有痕迹的诗句。我总是在睡前阅读，把书籍摆得满床都是。关灯后，有时睡不着，盯着天花板，总是会想到很多事情，比如一个问题，一个书上的故事，还有个人在某些时候的奇想。工作忙了，总是要把明年要做的公事理出次序，才能够心安理得地入梦。周末，总是很晚才睡，有时候出去吃饭，跟同乡同事上级下级，我觉得一种大家都在的美好。有些时候，家里也还有很多的事情，比如乡村的田地、林坡，矿石资产的争夺，因利益的火拼，我想，在这里，这些事情是不会发生的，即使个人之间有什么隔阂，也有人过问甚至帮助化解。

可是在乡村，我实在想不出好的办法，因此而沮丧莫名。和妻儿回老家后，和村人说起话来，我试图给他们灌输一种和谐的理念，但收效甚微，当面说这是一个好道理，可一旦遇到事情，就复如原来，甚至有过之而无不及。最终，我发现，我是一个在故乡和沙漠之间的人，哪一边都牵着我的骨头。在巴丹吉林沙漠，我已经是压进弹夹的一颗子弹了，抑或是在血液中隐藏了某种兵器的人。这是一种从柔软到钢铁的攀升，也是一种不断拆卸、组装、教化、节制和伸展生命、灵魂和精神的过程。

而对于故乡——乡村，爱与恨是平行的，此消彼长的。她安静纯朴，我就爱得浑身都疼，她暴躁丑陋了，我就沮丧叹息，甚至想用刀子或者激光武器，割断和她之间的那种联系。但根本的问题是，我什么都做不到，我只是一个沙漠中的人，一个胞衣埋在故乡梧桐树下的人。我想分成两个我，一个在乡村，一个在沙漠军营。我可以身体力行地去做一些事情，让那些利益争斗、伤害和杀鸡取卵式的个人财富获取手段从某种程度上减轻，乡邻之间是互助和合作，和谐和快乐的。也想在沙漠军营，把自己一切都真正嵌进去，哪怕像机身的一颗螺钉，武器身上的一片漆，都是我需要去做的事情。

到今年,我在巴丹吉林沙漠已经生活 18 年了,与军旅之初想法不同的是:闲暇时候,我更喜欢到沙漠深处游荡,在书籍中寻找和证实。在贺兰山以西的沙漠戈壁上,我最渴望遇见苍狼和骏马,古代将士的盔甲、羽箭和饰品,乃至美轮美奂、出其不意的海市蜃楼,隐身于黄沙的马兰花、随处可见的马骨和咩咩而鸣的羔羊。……在内心,我的梦想还有很多,我想我这个人已经不再是单独的一个人了,我背后、前面、左右,都是我热爱的和必须努力去热爱的。可内心总是有些焦灼和冲撞,像在暗夜弹铗而歌的落魄猛士,也像是伫立高岗大风劲吹的天涯孤客。

11. 流沙中的弱水河

这片名叫巴丹吉林的沙漠,蒙语中的绿色深渊,古称"流沙"。《山海经·海内西经》云:"国在流沙外者,大夏、竖沙,居月支之国。"《高僧传》卷三载,晋时法显等人赴天竺等地时说:"发自长安,西渡流沙。"《神仙传》载彭祖终老于此,老子驾鹤西游"没入流沙";周穆公乘八骏驰骋千里,"执白圭玄璧以见西王母"。

在史前甚至不远的 17 世纪,这里草场茂密,风吹草低,牧人鞭梢儿撩起云彩。但是诗意的名字并不可以阻挡沙漠的进攻。疯狂的沙漠风云怒卷,摧枯拉朽,聚起黄沙和硬石,日日推进,沙漠强大的攻势使巴丹吉林所包含的绿洲逐渐缩小。绿洲千百年来的顽强坚守和无奈溃退让我感到了时间的强悍和傲慢,嗅到了与自然对抗的弥天血腥。

但是,巴丹吉林沙漠深处的额济纳绿洲和北部边缘的鼎新绿洲并没有真正消退,被流沙掩埋,成为浩瀚沙漠之下的沉沉亡灵和腐烂尸骨。弱水河自始至终都在它的身体之内发出嘹亮的歌声,以清洁的水质营养并支撑着巴丹吉林沙漠和它体内体外的两片绿洲。《淮南子·地形训》说:"弱水河发源于穷石山,流到合黎,弱水的余波流入流沙。"所谓的穷石山,大概就是今天的祁连山莺落峡了。我不敢想象,如果没有弱水河,今天的巴丹吉林沙漠会将是一副黄沙汹涌的样子,它的苍黄颜色、美丽陷阱、浩瀚凶猛的多重性格将都不会被我看见和识破。

我甚至想,弱水河对巴丹吉林沙漠的光顾、滋润和穿越更像是上帝的安排。我始终坚信,每一个生命都有着自己与生俱来的生存能力和适宜环境,哪怕是一株毫不起眼的青草、藤萝和水藻。因此,我总觉得巴丹吉林沙漠是幸运的,它的幸运当然就是弱水河了。

其实,我早就应该想到,在干燥的沙漠,如果没有水,没有河流,我们的生命怎么会如此葱茏浓郁呢？而我们总是有意无意忽视，当今天的生活平安而优裕，我们就不会为明天表示忧虑。长期的安适直接造成的后果是，我们不知不觉地丧失了应有的天性和本能。

我后来知道的弱水河就在身边。可是我最初爬上围墙，也并没有发现它的踪迹，只是隐隐地感觉到，在近处或远处的苍茫之中，总有什么在沉默，在隐藏，在呼吸和奔走。但也正是我所忽视了的弱水河，它不事声张，自知自己的意义和方向。

当地人习惯将它称作黑河。两者比较，我倾向于前者，古典，精美，悠远并张力四射——黑河太俗了，坦白得让人掀不起一丝想象的波澜；轻率、功利、直奔主题、剥离意义，省略过程，简单得只剩下目的的生命和梦想，我一直极其憎恨这种单调而可鄙的面孔。

在巴丹吉林沙漠边缘生活，长期伏案和没完没了的"任务"让我感到自己不再是一个完整的人，而是一部坏了多处的机器。是的，当一个人的生命只剩下了无意识的按部就班，当个人的锋芒被锋利的镰刀削成整齐的点头分子，那么，我们的个人生命当中就少却了青草的茂绿和阳光的直射。

夏天的一个傍晚，我走了出来。骑着单车，行在满是粗大石粒的乡间公路上。夕阳在祁连雪山的头颅上耀着碎金，细微的东风带着细微的黄尘，蛇一般急速游走。它们擦过了我的身体，进入到我的肠胃，但长久的沙漠生活，已使我逐渐习惯了尘土满面和呼吸憋闷的感觉。公路两旁的白杨紧密相挨，一棵接着一棵，它们的枝桠相互挽着，形成了一个强有力的整体——在沙漠当中，任何集体里的一个或是多个人的独立都有可能导致一个整体的衰败和崩溃。

那些树们似乎比人更清楚这一道理，它们对生存环境的了解和参悟令人敬佩。再庞大的树林也是一棵一棵的树组合起来的，每一棵树的生长就是树林的生长，一棵树的死亡也是一个生命的死亡。不但人类需要尊重，树还有我们身边更多的事物，我相信它们都有自己的个性、生命和尊严。

村庄的炊烟像蛇，扭动着向更高处的云彩靠拢。炊烟的呛人气息令我咳嗽几声。农人们仍在村庄附近的田地里忙碌着，他们的夕阳下的背影诗意盎然，挎篮走动，挥动铁锨，或是埋身庄稼，他们的身子和头颅与庄稼一起晃动，仿佛在说着什么。田地边儿的水渠里浊水涌动，咕咕的声音很是好听。河水原本是干净的，它的浑浊其实是携带了沿途的太多的浮尘。

这渠水的响声其实也就是祁连山雪花融化和弱水河的响声。

我们都在水和泥土、空气中活着，河流存在，我们就存在，河流支撑并运载着我们的一切。在鼎新绿洲，弱水河的流动舒展着人的生命，也舒展着树木、花草和鸟们的生命。

村庄的远处是泛着雪一样盐碱的草滩,数匹马儿、驴子和黄牛在上面脚步缓慢,它们落在夕阳下面,低头吃着弱水河赐给它们的青草。如果舍却作为背景的村庄,落日余晖照耀的草滩就隐现出了中世纪牧场的恬静景象。再往远处,就是戈壁滩了,稀疏的骆驼草摇着绿色,它们带刺的身体似乎是为了更好地保护自己身体内那些来之不易的水分。它们比人更懂得珍守自己。

戈壁是干燥的,它满身的沙砾像是巴丹吉林松动的皮肤,一波一波的流沙犹如大地的皱纹,朝向天空张开巨大的喉咙,它在春秋季节连绵的风暴仿佛一声声震天动地的嘶吼。上帝和我们都看见了,可是上帝睡着了,无动于衷。我们只能看着、听着并忍受着,我们的力量小得出奇。

再往远处,就是黄沙涌动的沙漠了,一色金黄的沙漠仿佛不确定的陷阱,一阵狂风就又是一副模样,一阵风后,一座沙丘堆在这里,张开眼睛,却就不会再是原来的那座沙丘了。沙漠的变化比人脸的变化更为迅速和隐秘。当年的彭加木从这里走过,唐僧、法显、张骞、李广、班超和苏武从这里走过,声声悲歌会不会被黄沙沉埋?还有作为后来者的我们,当沙漠战胜河流,风暴袭击到了我们的身体和灵魂,我们究竟会不会像河流那样默默地伸出自己的肉体,随着无力的河流走进死亡和朽腐的冷清殿堂?

至少,现在是不会的,弱水河就在我们的左侧,它的影子在巴丹吉林的每一寸肌肤上缭绕,河流的影响其实就是生命的影响。河流和它运载的水滴,构成了巴丹吉林沙漠和两片绿洲的血液和骨髓,生生不息,活跃在巴丹吉林沙漠的每一寸肌肤。它让我们心存感激!

12. 绿洲环绕的村庄

我所说的村庄被绿洲包含着,它坐落在巴丹吉林沙漠西部边缘,方圆不过百里,村庄20多座,人口不过2万。河流造就了绿洲,绿洲又滋养了河流和村庄。凡是河流流经的地方,总是被人占据。树木和草们大概是与生俱来的,与河流的联系比人和村庄更为自然和紧密。人的到来对河流和草木来说,似乎有强加和入侵的性质。河流和草木尽管会提出抗议,但是它们的抗议是无力的,类似于民众对独裁者的建议和要求,总是会遭到训斥和镇压,河流和草木实际上和平凡民众有着同样的悲哀和不幸。

对于我这个外来者来说,河流是早就存在了的,它的历史久远得让人丧失方向感。黑漆漆的时光通道里面,到底都有着些什么样的曲折和磨难?我来时,它们已经在这里流了数千年,甚至几十万年了。相比河流,村庄总是要晚些,但也不会比河流晚多少年。逐水草而居,寻找适合自己生存的环境,我们的先祖从西到东,由高原而低地,由边疆到内陆,整个人类生存的过程,其实就是不断迁徙的过程。不管迁徙是被逼的还是自愿的,迁徙的歌谣和鲜血总是在路上流着。

村庄在河流的两旁坐落,从河的左岸看右岸,或是右岸看左岸,村庄的姿势简直就是在乞讨。青青的杨树一处一处,说不上茂密,也谈不上稀疏,在田间和村庄周围耸立,摇头晃脑或是哗哗地鼓掌。一座座低矮的黄泥夯就的房屋散落在杨树下面,或者干脆就暴露在阳光和风沙下面。太阳晒就晒吧,大风吹就吹吧,反正也不会晒着屁股,吹着脸。

村庄是沉静的,没有多少人愿意坐在门外,像个黄土堆一般抽旱烟,扯闲谎。即使在炎热的夏天,各家的院门都紧紧关着,浅蓝色或是紫红色的门上挂一把永远都不会生锈的铁锁。锁子通常的状态是,有人的时候就那样歪着嘴巴若无其事地吊着,没人的时候便是万夫莫开的威武模样。不管你怎么看,锁子都自以为是,对人来说,再没有什么比它忠实可靠的了。尽管它有时被主人撬了或被别人撬了。

从村子这头看那头,房屋极其相像,仿佛一个模子套出来的一般,小一点的村子看起来一目了然,没有什么不同。如果陌生人要找人,总是需要问来问去,人家指给你第几家,到了第几家你还问到底是哪家。有的来过数次,也还经常找不对门。

稍微大一点的村子,就有点曲里拐弯了,但房屋仍旧是雷同的,即使有出格的,也不过高一点、宽一点,最多新一点罢了。房屋仍旧是整齐的,一排一排,一家家,一座座挨着过来,这家和那家的房子之间留有一般宽的过道,过道后面是园子,园子里生长着苹果树、桃树、杏树、梨树。别看这里水少,种的西瓜连同上述的水果都水分饱满,吃起来甚是香甜。

春天,因为沙尘暴频繁,村庄经常是黄沙滚滚,连续的狂风夹着沙子,一个劲儿地向东或是向南吹着,满天满地的黄尘飘飘扬扬,高升然后下落,稠密得像暴雨。沙尘暴猛烈的时候,对面 3 米之内都难以看清对方,有奔跑的慌张的孩童,迎面撞个仰面朝天是不足为怪的。

通常,遇到这样的天气,村人一般都不出门,把门和窗户关严了,躺在烧得滚烫的炕上睡大觉。做饭时候,就会有人冒沙奔将出来,头上裹一面头巾,或是顶一件破旧衣服,箭矢一样扎在风沙中,熟练打开房屋对面的牲畜圈门,到堆柴禾的地方,胡乱踩上几脚,急忙收拢了,抱在怀里快速返回。进了院门,反手死死扣了插销。奔到厨房,开始刷锅洗碗,和面切菜,三两口人一起,忙活着生火做饭。

这里盛产小麦,面食是村庄人们百吃不厌的主食。拉条子、揪面片、白皮面、甜面条、搓鱼子、蒸面条等等,名字虽多,但本质还是面。吃起来滋味应当是差不多的,但村里的人们喜欢变着花样吃。一棵树可以长出很多样儿的叶子,吃当然也可以一面多食。一年四季,日日年年,村人吃大米、小米粥甚是有限,吃惯了面食,就以面食为尊了。其他的粮食就都成了副食,甚至就成了不顶饿的"水饭"了。一方水土一方人,一方水土不但决定了一方人的性格和传统,也决定了一方人的喜怒哀乐和饮食偏好。

夏天来到,村子周围田地边儿上的杨树是茂密的,叶子青油油,树干上的嫩枝条子呼呼地长,一天不见,一根主干上就多了几根新枝。田里的棉花摇摇晃晃,阔大的叶子闪着光。小麦收割之后,夹种的玉米就迅速翻过劲儿来,浇上一遍水,再撒上一些化肥,玉米苗儿见风就长,不几天,就有争强好胜者的腰肢上冒出一掐就流水的鲜玉米。豌豆秧子匍匐一地,青辣椒打着秋千。甚至连渠边的茅草,都摇头晃脑,一副得意洋洋的快乐姿态。

各家屋后的园子里青果挂了起来,杏子熟得早些,麦子刚刚割完,杏子一不小心砸在头上,空气中总是弥漫着酸酸的甜甜的味道,让人鼻子发痒。门前的葡萄藤也挂满了清亮的葡萄。每一颗葡萄都像是一颗钻石和水晶,青青的表皮里装着几颗淘气的葡萄籽儿。有好吃的小孩偷偷地摘上一颗,立刻就酸得口水涟涟。有种西瓜的人家,头茬西瓜快熟的时候,才在地边搭一个棚子,说是晚上要看,但也只是说说而已,晚上看不看大都是没准的事儿。

相比春秋,夏天是漫长的,炽热的阳光轮番照耀,干裂的土地需要河水一次又一次淹没。夏天是鼎新绿洲乃至整个巴丹吉林最美的时光。瓜菜水果接连丰收。令人最感惬意的是,夏天没有沙尘暴,春天时候经常出来骚扰的沙尘暴被沙漠沉埋了,连一丝响动都没有。而一到九月,秋天就开始降临了。开始一年中最忙最辛苦劳动的村人们总是起得很早,刚刚能看见人影儿,他们就穿好衣服,找来几个编织袋和麻袋,往架子车一扔,推起来就下地了。早晨的寒露贴在成熟了的玉米、棉花叶子和陆续盛开的棉桃上。人往地里一走,冰冷的水珠就沾湿了衣裤。有时候穿的衣服少了,就冻得瑟瑟发抖。在他们看来,人活着就是挣着、干着、辛苦着的,沙尘暴再多再猛,也吹不来金子和粮食。而有些人,却不要辛苦,只需要一句话,一个字,一枚公章,就可以得到农人一年甚至一辈子辛苦赚来的金钱。

对于这些,他们当然知道。他们是痛恨的,又是无奈的;既是仇视的,又是向往的。他们的矛盾其实也是我的矛盾。只是,他们只是表现一种情绪,我却是为了让更多的人知道。

棉花被粗糙的、让棉枝划得出血的手掌一一摘下之后,还未及卖到收购点,冬天就到了。去冬的衣服又被翻了出来,重新落在人们的身上。一年中清闲的时光缓缓开场,农人们捡个好一点的天气,将房顶上晾晒干了的玉米取下来,到黄土铺就的场上打了,扬掉土尘,再用架子车拉回家中,给圈里过冬吃草的羊、驴子和牛补给营养。没事的时候,就看看电视,到亲戚家走几趟,说些事情,扯些闲谎,喝几口烧酒,看几台老戏。任凭时光从自己的鼻子尖儿上缕缕飞过,不发出任何声响。

13. 对面的牲畜

牲畜和人比邻而居。这体现了村人对牲畜们的尊重。通常,人一打开门,就看见了对面的牲畜。牲畜的房屋和人居住的房屋面积基本相当,只是稍微简陋一些。一个阔大的院子,几间黄泥小土房子,上面覆着秋天的玉米秸秆、棉花秆子和干了但还青绿的豌豆秧子。这些都是牲畜们最爱吃的东西。

牲畜们是悠闲的,它们经常待在自己的房屋和院门里。早上起来,人方便后,第一件事大概就是给牲畜们喂草。人爬上牲畜们的房顶,拿着树枝做成的叉子,或是干脆什么都不带,从房顶上挑一些秸秆下来。轻飘飘的秸秆噗的一声落在地上,砸起一片灰尘。身上挂满灰尘的羊们奔出来,你一口我一口地吃起来。有个头高、力气大的家伙,还要耍耍威风,低下头来,用自己的硬角,冷不丁地给这只或那只顶一下。有年幼体弱的,一不小心就被抵得仰面朝天,翻身起来,抖抖身体,就自觉到离人家远点的地方吃草了。若是个头旗鼓相当,则要抵打一番,谁也不输,谁也不赢,双方就都悻悻然,各自分开;分了输赢,赢者就露出骄蛮模样,在羊群中胡乱冲撞,那神态,那气势,就好像皇帝一样。

羊的本性温驯,即使刀子插进脖颈,也只是挣扎几下,叫唤几声。羊的善良是懦弱的,羊通常让我们看到无助者的疼痛和悲哀。上帝赞美羊,给羊以美誉,上帝当然知道羊是软弱的。但上帝有自己的想法要求民众像羊一样温驯。可是上帝忘了,羊们的温驯并不能代表世界和人的本质与天性。羊们和人类一样,在争夺生存、生命权利上也都是寸步不让。

往往,太阳升起来,光芒首先照在牲畜们的身上,人则是因了房屋的遮挡,稍微迟一些和太阳谋面。羊们吃饱或者半吃饱之后,就开始喝水,它们将嘴巴伸进人为它们准备的破瓷缸里,嘴巴使劲吸着,飘满草芥和灰尘的水就一股股地进入到它们的肠胃。喝足后,羊甩甩脑袋,像个悠闲的绅士一般,慢条斯理地踱到老墙根,卧下来,把胃里的食物倒出来,再咀嚼和品尝一次。

　　人见羊们吃得差不多了，从屋里出来，进了圈门，随便找个枝条，吆喝着将羊赶进圈里。关上门，羊的家不像人的房屋，随便找个木棍插在门吊子上，羊们使再大的气力，也不会破门而出了。羊隔壁的驴子叫了一个早上，嘶嘶哑哑的声音总是在提醒着人，它饿了，它要吃草。在羊们没吃饱之前，人是不会听从驴子意见的，驴子就很急的样子，当人从它的门前经过，就张开喉咙叫上几声，再聪明一点的，就用蹄子踢自己的木板门，咖咖地响。

　　插好羊的门，人就走到驴子的门口，抽出木棍。这时候，驴子早就等得够呛，没等人推开门，就急着往外面冲去。驴子冲出来，首先打上几个响亮的喷嚏，四只蹄子前后一拉，很像回事地抖抖全身，类似于人早上起床前伸懒腰。如果人在放出驴子前，就为它准备好了草料，驴子就一路小跑过来，嘴巴往草上一扎，就开始吃将起来。若是四处瞅瞅，没有草料，驴子伸完懒腰之后，就撒开蹄子，沿着还算宽敞的院子跑上几圈儿，算是活动筋骨。

　　属于驴子的活计也极少。初春拉肥也用它不着。比它劲儿大百千倍的拖拉机突突几个来回，人攒了一年的肥就被送到了地里。而在没有拖拉机这玩意儿前，驴子的用处、好处自不待言。运肥、拉粮食、到乡上赶集，人就将驴子拉出来，套在架子车上，从杨树上折根枝条，吆喝着来来往往。有调皮的驴子，故意和人闹别扭，套套儿的时候，一个劲儿向前或是向后退，让人套来套去总是套不周正。若是人不发怒，驴子就愈加得意和嚣张；一旦人被它惹怒了，大喝几声，找来木棍在它屁股上打上几下，它就老实了，乖乖地站在那里，人叫向前它就向前，向后它就退后。这时，人就会骂，这驴真是贱脾气。驴子似乎听懂了。忽闪着老大的黑眼睛，一副受委屈的样子。驴子大概也知道自己的名声不太好听，但没有机会辩驳，驴子知道，自己所有的坏名声都是人赋予的，人是自己的衣食父母，愿意怎么说就怎么说吧。吃人的嘴短，拿人的手短，既然上帝安排驴子寄身人的屋檐下，低头也就成为必然。

　　当人吃了早饭，驴子的早餐也就宣告结束。但羊和驴子似乎永远都没吃够的时候，就是扔再多的草料，驴子和羊也吃得津津有味。而人认为它们吃饱了，即使没有吃饱，它们也不会再表示出怎样的不满。牲畜们似乎知道，自己的意志向来由人主导的，它们自己的权利等于虚无，包括生与死。

　　太阳已经升得老高，热烈或是惨淡的阳光照在它们身上，总有一种暖融融的感觉。饮了水，驴子找个地方卧下来，开始倒嚼。尽管身下都是细微的黄土，粘在身上很不雅观，驴子也并不在乎。驴子比人更明白，自己是靠泥土活着的，躺在泥土上天经地义。人有时候还嫌泥土脏。当然，驴子有驴子的理由，人有人的说法。

　　人不出来的时候，驴子很是悠闲，一旦人走进它的门口，即使卧着也要站起来,快步走过来,驴子想,人来就会给一些吃的。但大多时候,驴子的希望总会落空。除非夏天时候,人将一个劲儿向上疯长的棉花头掐了,带回来给它一顿丰盛的美餐。

当然,有驴子的一份就有羊们的一份。食物多了的时候,人就会让羊们和驴子一块进餐,人是为两者不冲突考虑的。而驴子和羊却不这么认为,尤其是驴子,仗着自己身高体大,看羊们也来和自己争食,气不打一处来,就尥起后蹄,在院子里横冲直撞,把身体矮小的羊们搞得惊慌失措,四处躲避。但当驴子低头猛吃的时候,羊们就又聚拢过来,以最快的速度,往自己的肚子里猛塞食物。在同等的生活水平上,面对同一样的生存资源,怜悯、退让就等于失败和死亡。

和人一样,驴子和羊的长大和衰老都是危险和不幸的。相比羊们,驴子算是幸运的了,如果没有太大的毛病,没有突如其来的灾难和疾病,驴子的生活还是自由自在的,人一般不会随便将驴子杀了吃肉。人养驴子的目的,只是为了让它为自己作些活计,而这些活计,都是人需要付出比驴子更大气力的重活,像从地里往家里拉玉米棒、豌豆秧子、麦子等等。羊们就不一样了,羊们的活着就是最终把自己的肉体贡献出来给人吃。羊们的一天天长大,就是一次次向死亡靠近。不知道羊们是不是意识到了,但羊们总装作一副浑然不觉的样子,有吃的绝不放过。任凭自己一天天长大,一天天地向着人的肠胃行进。羊们的活着其实只是人的一种附属。我不知道羊们是否为此感到悲哀。而人绝对不会这样想的,人觉得这些都是再正常不过的,其实更大的悲哀是人的悲哀,一个鲜活的生命,为什么要被另一种生命所吞噬呢?

我想我应该为羊流些眼泪。作为人,面对强大的生存,蓬勃的欲望,我们时常哑口无言。

14. 它　们

戈壁浩大无边。经常一出门,就可以看见戈壁,伏在我们的视野中。春天,沙尘就从那里翻涌而起,掀起滔天浊浪,弥漫了我们的军营,以及军营之外的绿洲和村庄。在夏天,它则一副处女的样子,恬静得让人心生怜悯。火一般的太阳扎在它的皮肤上,燃烧着它的骨头和油脂。而冬天一到,它就变做了哲人的样子,沉浸在巨大的寒冷当中,以沉默的姿势,向着不安分的我们,显现自己的博大智慧。

因为工作的缘故,进出戈壁是经常的事情。去年初春,我又从先前的单位调往戈壁深处的基层团站。在那里一如既往地做干事。我的工作单调而又充满意义。这里的意义是我能够在工作当中,很自然和直接地获取到在戈壁的生存体验。戈壁就在我们身边,经年累月打击并安慰着我们的日常生活和个人思想。

若按照严格的地理概念,我们单位所在的地方为典型的流沙地带。戈壁不过是沙漠的一个假象。骆驼刺很多,但相比乡村边缘,数量和形状要少和小得多。从部队机关驻地到我现在供职的单位,实际上就是从戈壁渐次进入沙漠纵深的过程。大概是因了部队在沿途建了数座小点,有点人气的缘故,心理上也不会产生太大的反差。

数千棵杨树,几座低矮的营房,灰尘游弋的狭窄马路,构成了我们的生活环境。夏天的傍晚,吃过晚饭,没事做的时候,我们就三三两两,说着这样那样的事情,在马路上溜达。夕阳在缓慢下落,我们缓慢在走,当太阳真的跳进地平线之后,轻浮的夜色就像黑雾一般逐渐降临。我们就折回头来,向着营区,向着自己睡眠的房屋一步步地走回来。

经常,我们可以看到鹰,这些来自祁连山的猛禽,中午时分,冷不丁地落在房顶上,或是不远处的戈壁滩中,它们成群结队,像我们开会一般围在一起,不停地扭动着头颅,尖利的嘴唇看起来更像刀子,巨大的翅膀垂在地上,一会儿扑闪几下,像要飞走的样子。它们长满羽毛的眼眶中游动着蝌蚪一样的眼球,它们时刻警惕着,不放过一丝风吹草动。有的时候,我们会开车到它们身边。奇怪的是,它们对汽车,这比自己强大和迅猛百倍的家伙毫不在意,汽车的到来并没有打扰它们的固有姿态,顶多瞥上一眼,就又像什么都没看到一般,继续它们的议题。

戈壁中有很多沙鸡和少量的野兔,是老鹰的主要食物。它们是弱小的沙漠生物,戈壁的忠实臣民和坚守者。它们的生命异常顽强,再大的风暴也无法扼杀。风暴来临的时候,沙鸡就钻进沙蓬和骆驼刺下面的巢穴,任由流沙奔涌掩埋。风暴过后,它们就会从厚厚的流沙中钻出来,抖抖羽毛,饿了就找些细土和草籽充饥;天气晴朗的时候,它们就聚在一起,咕咕叫着,贴着戈壁扑啦啦地飞。

而野兔因为数量少,没有扎堆生活的习惯,相比沙鸡,它们就少见和寂寞得多。野兔的巢穴很是隐秘,一只野兔往往要建造几个甚至十几个巢穴,这儿住几天,那儿住几天,让抓捕它们的狐狸和人无法确定它们的行踪。

飞在高天上的鹰则不管这些,只要你出来,只要你在戈壁上胡乱蹿着,或许就在野兔和沙鸡低头吃食的时候,黑色的闪电迅速降临,沙鸡和野兔还没有弄清怎么回事,就已经被鹰的利爪摄取了肉体和生命。我有几次看见鹰在天空飞翔的样子,自由的精灵,它们几乎不动一下翅膀,身体的左右摆动就使庞大的身躯像蛇一样灵活。看到猎物的时候，鹰则渐渐降落，等到了适宜的高度，再猛然一击，大部分的猎物就在劫难逃了。

戈壁中最神秘的就是狐狸了。巴丹吉林沙漠中有红狐、白狐和花狐，都很稀少和名贵。早年有经验丰富的农人，闲暇时捕猎狐狸，一张皮可卖数千元。这导致狐狸的数量越来越少，到我在这里生活的时候，几乎只剩下传说了。刺猬倒还很多，开车的战士经常可以看到，黄昏时候，它们不知怎么着就跑到马路上来了，扭动着肥壮、长满硬刺的身体，笨拙地穿路而过，如果车速快些，它们就有可能丧命轮下。

最有趣的应当就是小跳鼠了，长长的尾巴，短短的前肢，一身洁白的羽毛，样子像微缩的袋鼠。它们一般与人同居，戈壁滩上很少见到。在空闲的房间或是仓库里，小跳鼠悠然自在，没有人刻意打搅它们的生活。我初到戈壁深处的工作单位时候，第二天晚上就看到了这听说已久的可爱家伙。我住的房间空闲了一些时日，小跳鼠大概还没有觉察到我的到来。我刚躺在床上，它就一蹦一跳出现在房间地上，我没有惊扰它，只是看着它悄无声息地经过，然后消逝在桌子下面的某个洞穴。

我向来是不喜欢鼠的，尽管美国的迪士尼公司拍了好多褒扬老鼠的动画卡通片。鼠们的形象也极乖巧、聪明和讨人喜欢。但鼠毕竟是鼠，寄生在阴暗角落，像暗杀者一般躲躲藏藏，不敢接受阳光的照耀。这一次，我是例外了。小小的跳鼠，在寂寞的戈壁，想来它们的生存也是极为艰难的。我对它的宽容乃至喜爱，大概是出于内心的那种同在戈壁生活的同病相怜的感觉吧。再说，鼠再狡诈和可恶，它们的脾性都是我们所了解和掌握的，人就不一样了，人的整人招术要比鼠高明和凶猛百倍。

再往远点，距营区数公里的戈壁滩中，经常可以看见骆驼的身影，这些荒原中骄傲的贵族，在极其贫瘠的土地上一代又一代地延续着生命。它们肥大的身体与戈壁沙漠浑然一色，如果它们静止不动，或是安静地卧在那里，再明亮的眼睛也不会轻易发现它们。更为奇怪的是，骆驼们经常游走的枯燥荒滩中，竟然还有一眼亮汪汪的水泉，无论天气如何干旱，即使数年不下一滴雨，泉水也照样汩汩流淌。在泉眼的旁边，还有一间用石头砌起来的小屋，每年初冬时候，不知来自哪里的牧驼人就住在这里。在荒无人烟的戈壁深处，和几十上百峰骆驼一起，度过北风迅猛的寒冷冬季。

15. 叫人心疼的雪

星期天早上总是起得很晚，这几乎成为我们的一种约定俗成的习惯。雪下来的时候,我们还在早睡。而雪——巴丹吉林的雪,简直就像一场温柔的爱情,不知不觉间席卷了我们的梦境。我根本没有想到,常年干旱少雨的巴丹吉林沙漠,竟然在这个初冬的早晨,把一些来自天堂的精灵挥洒下来,轻盈得犹如我时常在梦中看到的唱着歌谣的白色蜜蜂,不声不响地,给干燥得满身伤痕的巴丹吉林沙漠带来了那么多令人心碎的美。

我起身打开窗户的时候,看到了她们。我一阵惊愕,怔怔站在窗前。我怎么也没有想到,在内心企盼已久的雪会在这样一个极为平常的早晨,从遥远的高空飞跃而下,来和我们这些和沙漠一样干燥的生命相见。

雪花仍在继续,一片接着一片,一片挨着一片,前前后后,纷纷扬扬,满天飞舞,曾经堆满石砾和黄沙的地面已被她们掩埋了。雪密密艾艾,将我们的视线铺排成一片白色的海洋。我急忙叫醒妻子,她欢呼着,从床上蹦起来,像个小孩子一样,一下子就扑在窗玻璃上,冲着外面的雪大声呼喊。她的表情揭示了她内心的兴奋,她倚在我的肩头,一个劲儿地跳着叫着。她的兴奋深深感染了我,我知道,对于雪,所有在这里生存的人,都怀有一种极其美妙的情愫。我敢说,在我们——在同在这一片沙漠生存的每一个人心目中,怀念雪,喜欢雪,绝不仅仅只是一种外在的享受,而是一种深入内心的灵魂渴望和精神沐浴。

雪从来就是一种象征,一种超越了时空、地域和种族的神圣的美。我在巴丹吉林沙漠生活了十年时光,这一场雪是个人记忆中的第二次心灵盛宴。我还记得三年前的那一场雪,当我看见她的时候,竟然一个人跑到营区外的戈壁滩上,静静地站在空旷的天幕下,任雪花飘落,在我的身体之上安身成家。我在那里一个人站了近一个小时,在那种静谧的氛围中,我仿佛听见了自己血液逐渐减缓的流动声,听见了自己骨骼轻微的脆响。很快地,自己竟然和白茫茫的大地融为一色,在那时的感觉中,感觉自己纯洁得就好像一朵雪花似的,整个身体获得了一种从未有过的宁静和轻松。

而今,大批的雪又一次莅临巴丹吉林沙漠,对我来讲,就像一位阔别千年的朋友,或是一位梦寐以求的美丽姑娘。她的来到,使我本来很忧郁的心情突然开朗起来,在打开窗户的那一刹那,我的脑海里到处都是洋洋洒洒的雪花,除此之外,什么都不见了踪影。三年前的那种纯洁感觉再一次袭击了我的灵魂。可是,一个人不可能长时间地被一种事物吸引而陶醉。生活是真实的,在我的思想中,总认为真实的生活就是雪花掩埋下的石砾和黄沙,一颗颗、一粒粒,坚硬而又永不确定。我也知道,雪花的覆盖是暂时的,真正美的东西总是容易消逝。这是人类的共同的悲哀,是上帝或者冥冥之神对我们的一种善意嘲弄。

我也看见一些人，在用扫把使劲扫着堆满路面的雪花，他们吃力而虔诚。我知道，他们是一种好意，是怕那些老人和小孩不小心滑倒。可在我看来，雪花也是一种自然行为，她们爱落在哪里就落在哪里，什么东西都不可干涉。其实，扫雪本身也是对自然的一种不尊重。

妻子已经穿好了衣服，拉着我的手，要到雪地上去。我们锁好房门，像飞一样，从楼梯上跳下。看见院子中央的雪地依然完好，平得像块地毯。我们站在那里，只是看着，不忍践踏那片纯洁的雪地，这难逢的美好世界，哪怕人的力量和科技再伟大先进，也不可能一下子就造出这样一片雪地。我们的双脚一旦踩上去，这一片雪地就会变得面目全非，就像美丽姑娘脸上的疤痕一样。这对于唯美的人来说，是很残酷的。

我和妻子走出院子，脚下的雪发出骨头断裂的声音，脆脆的，我对妻子说：这是雪在叫喊，是对咱们的一种抗议和谴责。妻子笑笑说：是不是鞋底太脏了？我不知道该怎样回答，什么样的回答都是多余的，雪已经被我们踩在脚下，即使是过错，我们也没有挽救的机会了。当事实出现，所有的辩解都等于谎言。

出来踏雪的人们三三两两，他们拿着相机，在雪地上照着，他们想把这一场雪留存在自己的生命轨迹中，更想雪花把自己衬托得更为伟岸或是靓丽一些。这是我们的共同心情，雪是不会在意的。但有雪的衬托人就会更干净和美丽吗？把雪留在生命轨迹中就等于自己拥有了雪吗？人有时显得很可笑，尽管可笑，每个人还总会这样想。

我们走到戈壁边沿，厚厚的雪地上昭示着两行清晰的脚印。戈壁的硬风迎面吹来，刀子一样让我们的脸庞疼痛。妻子说，咱们堆一个雪人吧。我们的双手伸向雪花，一把把地捧起来，使劲儿把她们捏在一块儿，雪花的冷深入到了我们的骨髓，我们感到一种淋漓的疼痛。很快地，一个小小的雪人堆起来了，鼻子、眼睛、头发和肥肥的身躯，像个幼稚可爱的孩子，冲着我们甜甜地笑着。可雪花总要消逝的，这是我们共同的宿命。当我们渐渐走远，那个幼稚可爱的雪人，就和远处的雪地融在了一起，就像我们渐渐融进来来往往的人群一样，美、生活和梦境并不属于同一个世界。

花朵上的沙尘暴

杨献平

1

1994年春天,我赖以收藏和安顿自己身体和灵魂的单位宿舍,在巴丹吉林沙漠靠近鼎新绿洲的地方,楼房背后有一座果园,梨花大规模盛开的时候,黑夜都像白昼。我喜欢一个人站或坐在梨树下面,看满天闪耀的星斗。野草暗中蓬勃,飞蛾蜂拥灯火,人工湖畔总有一些蹦来跳去的青蛙,亮着清脆嗓子,与跳出水面的鱼儿们一起,将巴丹吉林沙漠西部边缘的春夜叫喊得静谧而嘹亮。

如果再有一轮明月,与梨花相互辉映,这个人就是世上最有福的了。从这时候起,晚上睡觉不需再加被子,即使身体大面积露在外面——睡眠成为真正的养精蓄锐乃至肉身和精神层面的享受。早上,空气干燥,清风拂面,但也心胸澄明,仿佛整个世界都是干净的。

上午的天空幽深如井,几丝白云犹如棉花。站在梨花丛中,蜜蜂从额头飞过,花香在风中散播;流动的渠水从缺口逃逸,在葱绿色的苜蓿和去冬的干草之下,无声渗漏。轮番开放的花朵,虽不能遮蔽一寸的戈壁,但它们的姿势和芳香无可匹敌,对于久居沙漠的我,似乎是一场视觉和嗅觉、精神和肉体的盛宴。

回宿舍路上,路过办公楼前的花坛,盛满了黄色的水,我觉得这是一种内向的力量。不由驻足遐想,正要开放的花蕾枝干细长,颜色青翠。忽然刮过来一阵风,掠过水面,惊起一股浓重的水腥味儿。回到宿舍,房间闷热不堪,皮肤燥热,像是燃了一层文火。

开窗,躺下来,嗅着持续灌入的风和花香,不一会儿就睡着了。不知什么时候,一阵狂乱的声响将我吵醒。睁眼,房间铁板一样的黑,好像只有在梦中才可以抵达的某个世界。窗玻璃接连发出被锐物击打的响声,持续的大风如同滚雷。

天地一片浊黄,飞行的沙子发出锐啸,从树梢掠向楼顶,又从楼顶奔向旷野。不远处的工地上尘土飞扬,狼藉不堪,简易工棚上的油毡不见了,露出白花花的木板。倾倒在远处戈壁的垃圾又飞了回来,在巴丹吉林沙漠西部边缘的鼎新绿洲上空，像破碎的旗帜一样。我点亮100瓦的灯泡，屋里还是一团漆黑，呛人的尘土从窗缝蜂拥而入。

隔壁房门紧闭，走廊上飞腾的灰尘，像一堵雾墙。整个楼宇寂静得好似午夜。到水房，墙角蹲着十多个民工，头发和脸上的灰尘悬悬欲掉，脸色就是尘土色。我拧开水龙头，"嗤"的一声，先是喷出一股金黄色的水（黄河一样的水），落在白瓷的水槽内，发出类似重物落地的声音。

三小时后，风过天晴，阳光骤然扑下，让人猝不及防而又欣喜若狂。站在操场上，感觉像是一场梦魇。大风吹送的尘土厚厚的，有层次地铺展；工地上的木板、油毡、枯枝、瓦片和砖头散落一地。更早来的同事说：1967年，这里就刮过一场1949年以来罕见的沙尘暴，吹倒了一座高逾30米的水塔、数十座村庄房屋倒塌，数百只绵羊不知去向，还掀翻了12台正在行驶的"解放牌"卡车。

楼后的果园梨花不见了，满地"雪花"，淹没在浊黄尘沙之中，柔软的身子在持续的风中羸弱得让人心疼。刚刚冒出土壤的苜蓿和野草满头白灰——蒙难的绿芽，就像无助的孩子。曾经的蝴蝶和蜜蜂不知躲在了什么样的地方，天气放晴，它们就飞舞起来，弥漫整个巴丹吉林的天空，寻找瞬间消失的花朵。

没过多久，阳光和万物就把时间带到夏天，到处都是火焰，杨树、柳树、槐树叶子打卷——没有风，大地纹丝不动。坐在车上，时常可以嗅到轮胎烧灼的橡胶味道。远处的沙漠戈壁之上，腾着连绵不断的熊熊热浪。没有人愿意站在阳光下暴晒，就连灰色的鸟雀，也都超低空飞行，从一个树荫飞到另一个树荫，或者干脆就在扭曲了的沙枣、红柳和榆树灌木中跳来跳去。

2

巴丹吉林沙漠常年不见一滴雨，倒淌的弱水河横穿巴丹吉林沙漠，泱泱而流，注入居延海（苏泊淖尔），而在亘古的荒芜之中，它只是上帝的一滴眼泪，对于位列世界第四大沙漠，总面积4.7万平方公里的巴丹吉林沙漠来说，无疑是杯水车薪。沙漠仍旧干燥，伸出一根手指，就可搅起一片灰尘。所有事物都很焦躁，像是一群猛兽。有人说，放几只鸡蛋在戈壁，不用十分钟就晒熟了。1995年8月，我在临近沙漠的营房值班，中午的水泥板烧焦鞋底，到下午8点多，落日西下，才会有微风吹来，打卷的树叶舒展，在黑夜展现它们丰裕的光泽。

我们经常到戈壁去挖土，正挖之间，蓦然看到一条蜷缩在沙土之中的四脚蛇——栗色的皮肤,头顶两只尖角,看人的眼神很是凶猛。当地人说,这种蛇很厉害,爬上人的影子就会中毒。我倒觉得没有那么可怕,轻轻地用铁锹将它端起,放在另一面沙坡上。

当地人说,用四脚蛇来泡酒,再加上苁蓉、枸杞和大枣等,有明显的壮阳补肾功能。夏天,见到最多的动物就是蜥蜴,恐龙的后裔,巨大和微小,这两个极端形

居延海是弱水河的尽头。唐代,这里到处都是水,蒿草蔓延,天鹅和野鸭在胡杨树下栖息和游弋。

成一种张力。有很多次,我在正午的沙丘上看到奔跑迅速的腹背苍灰、下腹洁白的蜥蜴,从一株骆驼草到另一株骆驼草,捕捉黑色的甲虫或者落地的飞蛾。

蜥蜴的身体极其灵活,在沙漠奔行,犹如在水中,让我觉得了微小之物的强大存在和天性意义上的灵魂奔跑——它们小小的身子就像奇怪的鱼——沙漠就是另一种形式的海洋,唯有它们可以游刃有余,忽忽而来又忽忽而没。

176

有一次，我和同乡的安去附近的沙山玩，看到一只蜥蜴骄傲地站在最高的沙尖上，神情专注，迎风眺望，抒情得像是诗人，也像是站在冷僻的高处端详人世的先哲。

蚂蚁是隐秘的，与人比邻而居，有时就在脚下我们熟视无睹的地方。那红色的蚂蚁，我开始怀疑它们有毒，几次看到，不敢用手触摸，只是蹲着看。小小的动物，总是很忙碌，推动比自己身体庞大的事物，穿梭在无迹可寻的路上。

瑞典探险家斯文·赫定在其《戈壁沙漠之谜》一书中记载："小虫子和蚊子令人讨厌，帐篷内外，有毒的大蜘蛛会突然袭击人。这些蜘蛛被捉住后，放入装有蝎子和其他爬行动物的烈酒罐子内。最糟糕的是在最热天气里入侵营地的毒蛇，钱默满曾在他的帐篷中杀死三条蛇。它们也在作为厨房的帐篷里大批滋生，土尔扈特和中国人都很害怕它们，每晚上床睡觉之前都习惯在帐篷的周围巡视一番，杀死所有爬进和飞进帐篷的害虫。"

鼎新镇的人说：很多年前，一个小伙子去附近的合黎山中挖沙葱，忽然狂风大作，烟尘弥天，不一会儿，就被狂沙掩埋了，等他再醒来的时候，发现自己躺在一面红色的岩石上，不远处站着一只红色的狐狸，一直盯着他看。另一个传说：一个小伙子，一夜之间做了新郎，谁也不知道新娘从哪里来。早上开门一看，原来家徒四壁的小伙子眨眼之间张灯结彩，喜气洋洋，新郎与漂亮宜人的新娘款款而出。

3

秋风是一瞬间的事情——黄叶似乎是大地的烟灰，片片归仓，它们下落的姿势优雅而伤心。风是最好的牧者，它的长鞭总是携带尘土，从这一片戈壁到另一片戈壁，它们的迁徙徒劳但却兴致盎然。不消半个月，灰尘、沙土、风暴又回到了我们和它们的生活当中。这似乎是一种命运，贯穿了沙漠乃至其周边万物的整个生命历程——"风吹不固，瞬即隆灭"，透彻的话语，说出了现象，也抵达了本质。

十月底开始，停止了一个夏天的沙尘暴卷土重来，全天候运行，就像善于偷袭的敌人，用细小而又强大的灰尘，围困生命，覆盖天空，销魂噬骨。有资料说：巴丹吉林沙漠的大风天气每年最高达 41 天，风暴过后为静风，大气中的悬浮颗粒物和可吸入颗粒物高达每立方米 35.7 毫克和每立方米 31.87 毫克。

饭菜总不洁净，偷袭的沙子经常在口腔与牙齿展开巷战，一阵"枪声"之后,是浓重的土腥;每天晚上,上床之前,都要清扫一遍床铺——看不见的灰尘与布匹混淆,在我躺倒的时候,毫不犹豫地沾上肉身。我每天清洗它们,用来自祁连山的雪水,拧开的水龙头就像瀑布。我感到快乐,轻松和愉悦,但不要两天,就又觉得全身皮肤发痒,倍感沉重。

还没有腐烂的叶子被清扫后,埋在树下,或者运送到远处的戈壁滩上,冬天的渠水围绕光秃秃的树木,风暴把灰尘放在水、玻璃和墙上。我觉得这种丢弃或者遮盖是有意味的:水总会渗下泥土的,灰尘的覆盖不过是一种预兆。窗户再也不敢敞开了,午夜,大风在大地上怒吼,一个人躺在床上,总像躺在汪洋水波之上,一切都在晃动、倾覆和翻倒,在高空折断,迅速落地的枯枝声音很是清脆,似乎一把持续碎裂的骨头。

早上醒来,被子上都是灰尘——自己也被掩埋了,桌面上也是,连挂着的衣服也未能幸免,穿的时候,总要使劲抖抖,沙子落在地面上,还像乒乓球那样弹跳几下;鞋子也需要翻过来倒倒。总是要用清水洗头,擦拭胸脯、后背乃至全身——洁白的床单两天一洗,被罩三天一换。不用半天,饭盒里就是一层沙土。我们是吃着沙子在巴丹吉林度过青春的,从十八岁到三十多岁,每年都要吃进上百克的沙子。

4

冬天的巴丹吉林是乌鸦的天堂。黑色的使者,在杨树叶子还没落尽的时候,它们就从遥远的西伯利亚迁徙而来,聚集在日渐干枯的杨树树巅,呱呱的叫声单调而枯燥。这里的人们和内地人的观念一致,以为乌鸦是不祥的,在人居前后的聚集,充满了沮丧的暗示性质。

此外,除了偶尔从祁连山飞过来的鹰隼、乌鸦和土著的麻雀之外,冷峭深邃的天空之中,就只有日光流云了。但乌鸦不筑巢的习惯实在不好,惨烈的朔风吹疼大地,寒鸦瑟缩树枝,有一些抵抗不住寒冷的,身体失去温度。每天清晨,我都可以看到几只成年乌鸦或者它们幼雏的尸体,硬硬地躺在枯草丛中。

稀少的杨树树干挺直而光洁,天长日久,树枝结满灰尘,粘合力极强,蹭在衣服上,很难擦掉。弯曲探下的沙枣和红柳树枝上也是,像敷了一层面膜,又像是虫子们的越冬巢穴。戈壁滩上的骆驼草茎上的灰尘也呈灰白色,似乎一群死去的白色蚂蚁。红色的骆驼在远处像是红色的化石,几乎听不到鸣叫声。我时常在靠近额济纳旗古日乃苏木(乡)的戈壁上遇到死去的羊和骆驼(羔)尸骨,腐烂得只剩下骨头和皮毛。

酷冷的天气,让人"束手待毙",甚至彻底绝望。1997年腊月,我到鼎新镇,傍晚,站在马路边等车,冻彻骨头的风不知来自哪个方向,从荒芜的田地边、树丛和茅草之间,像是一群居心叵测的冰冷刀子,携带着粘结力极强的灰尘,打着看不到的美丽的旋儿,从领口、袖口找到突破,进入身体。

我的肌肉疼痛,骨头就像冰凌。当地的人都裹着厚厚的羊皮大衣,头顶我们戴的那种大头帽,不管男人女人,嘴巴上都有一面厚厚的白口罩——即使夏天也是这样,哪怕天气热得让人发疯,也都头裹一顶花头巾,蹲在田里干活。有人说,他们是怕强烈的紫外线灼伤皮肤。

有人说,是怕无孔不入的灰尘。此外,还有一个传说:当年唐僧师徒西去取经至此,猪八戒好色的老毛病又犯了,四处抢掠妇女。妇女们没有办法,便以薄布掩盖容颜。但事实是:她们更害怕无所不在无孔不入的灰尘。

灰尘是一种笼罩,有时候,灰蒙蒙的天空忽然放晴,无精打采的太阳持续炎热几天,风经常吹,紧接着就是沙尘暴。大致是地域的缘故,巴丹吉林沙漠、腾格里沙漠乃至新疆塔克拉玛干沙漠地区的人会患一种奇怪的病——尘肺病,其发病症状是胸闷气短。有的人咳嗽,一口气没喘上来,就昏倒或者死去。

1996年秋天,我去附近的东胜村买苹果、梨、大枣和葡萄,亲眼目睹了一位胡须霜白的老人猝然死亡——他坐在阳光下面,正对着牲口圈棚,头顶的天空湛蓝深邃。他一直在咳嗽,很夸张,也很用力,似乎嗓子里有一个什么坚硬的东西——就要离开的时候,我听到了大片的惊叫和哭喊。

5

每年的三月到五月是沙尘暴高发期,占全年73％;其次是十一月到二月之间。古老的额济纳在日复一日的风暴中深陷,被横行的沙子不断抬高。从我所在的地方到额济纳旗大约300公里的路程,中途有一片梭梭树林——直立、倒伏的和腐烂的梭梭,蛰伏于白沙之中,构成了巴丹吉林沙漠严酷环境中最为壮观的生命景象。

穿过梭梭林,30公里之后,进入牧区,有一些干涸了的水塘,不多的芦苇争先恐后,根部深深扎进湿润的污泥,头部蜂拥,四散开来。在夏天的正午和傍晚,可以看到成群的蚊子,围成一个巨大的循环的圆圈。牧人巴图就住在这里,他的几十峰骆驼散布在周围的草滩上——其实没有多少草,骆驼一步步走远,羊群游荡一天,返回后仍旧咩咩叫唤。

巴图的房屋是一个不规则的四合院,黄土结构,大门处堆着大批的形体

达来库布镇很小，走在里面，有一种空旷的感觉，有时走完一条街道碰不到一个人。

浑圆的沙子，表面光洁，形似馒头。他们的窗户一直关闭着，窗台上落着一层明显的灰尘，房间里充斥着浓重的土腥味道。只有在他做医生的二女儿格娜房间，才可以嗅到一股淡淡的苏打水和药的味道。

额济纳旗府所在地达来库布镇很小，走在里面，有一种空旷的感觉——几乎没有行人，没有大的商店，有时走完一条街道碰不到一个人。在城郊居住的人们门前都用红柳枝围起一道篱笆，成群的沙子像是偷窥的敌人，一点点升高，一点点向内渗漏。汉族居民白志良说：不要十天，总要清理一次沙子，用芨芨草编织的篮子提到远处的沙梁上。

沙梁背后，是阔大的沙枣林，枯了的胡杨树傲立其间，野兔和蜥蜴神出鬼没。当年的居延海，现在的苏泊淖尔，再也看不到飞鸟掠水、水草映月的沙漠胜景了。大片的胡杨树围绕在二道桥周围的沙土之上，正在与曾经繁华显赫一时的王爷府一起成为遗迹。2000年深秋，我在额济纳旗看到，大片美丽的胡杨叶子还没落在地面，就被骆驼和羊只卷进喉舌。

有一次，强风吹起大量尘沙，水平能见度小于1公里。我懵了，原地站着，一动不动，任凭沙暴如狼洗劫，浊黄色的沙暴速度极快像是奔窜的巨蟒。我摔倒了，身体就像一枚树叶，轻得自己都不敢相信，倒在地上，才觉得了疼痛。同行的一位小女孩嫩白脸颊上溢出了几颗黄豆一般大小的血珠，别说她的父母和男友了，连我这个朋友都觉得了心疼。

6

沙尘悬在比人更高的地方,像是紧紧围绕的雾气,无论走到哪个部位,都能被找到。沙尘暴来临之前,我的心情总是出奇烦躁,无名的火焰在身体内奔逃,情绪波动,如浪如涛。不消一个小时,铺天盖地的沙尘暴——焦黄色的风暴的舌头舔着灰色的玻璃,似乎一群可怕的奔跑的史前动物。以往可以看到更远的戈壁浓缩了,黑黢黢的,黄风在上面似乎站立的巨龙——连续的沙子箭石一样飞来,噼噼啪啪的声音让人胆战心惊。

我担心正在行驶的车辆会被忽然掀翻,突然有一些人在沙尘暴中就此不见。从内心说,我并不害怕灰尘,以及多次打破我脸颊的沙子,但我害怕这些沙子飞得更远,灰尘遮蔽了我日日仰望的天空。还有那些没有开完就败落的花朵,它们是无辜的,而人总比它们坚韧和庞大一些。

傍晚的风暴来临,黑夜遮盖了黄沙,风使大地变得焦躁不安,使内心有一种被掩埋的恐惧。尽管它是喧哗的,可以让人在巨大的风声当中感觉到个体与自然的强大存在。但我知道,风暴是灾难,是杀戮,是吞噬和灭绝。为了让风暴距离远些,每年三月,单位都要买回一些树苗——柳树、杨树和槐树,抛开干燥的白土,放水浸润,栽下的树苗在五月返青,新鲜的枝叶衬托深蓝天空,迎风摇曳的姿势比花朵更为婀娜。

在沙漠,种活一棵树是一件伟大的事情,比所有的梦想都要高贵,但是每年都有一些树死去——胡杨、沙枣、红柳、杨树、柳树,在我身边,或者远处,它们的死是倔强和悲壮的,总是让我心疼。我还想:全国有那么多人,大家都来沙漠撒一泡尿,沙漠会不会变成绿洲呢,那些骆驼草和树木是不是就不会枯死了呢?63岁牧民巴图说,他年轻时,古日乃草场上的芨芨草高得漫过了骆驼头,羊群走在里面根本就看不见,随处可以看到成群结队的野黄羊。

鼎新绿洲的汉族农民雒文革也说,早些时候,靠近巴丹吉林的地方长着大片的沙枣树,还有成片的海子。现在这些都没有了,草场都沙化了,跑个兔子都能看见,羊也没有办法养。到处是成堆的沙子,把祖坟都淹没了。每次沙尘暴过后,村庄就像从土里抛出来的一样,尘土灌满了口鼻和皱纹,头发像是打了一层白蜡。门前的葡萄叶子沉甸甸的,没有一点太阳的光泽。

7

从1992到2006年,在巴丹吉林沙漠15年的时间像是一个短暂的梦。

我逐渐掌握了沙尘暴的脾性：天气持续温和或炎热两天，路过水塘，或者饮水时，总有一种扑鼻的鱼腥味；站在不怎么热烈的阳光下，汗液充沛，浑身发粘，呼吸不畅。要不了几个小时，站在楼顶上，朝北边的沙漠中心——内蒙古额济纳旗张望，就会看到金黄或者黝黑的沙漠戈壁之上，涌起一大片黑色的云彩，携带着巨大的黑色沙团——极易让人联想到古代庞大凶猛的匈奴军团、决堤的洪水和狂奔的庞大兽群。

但与多年前相比，处在沙尘暴之中，我镇静了许多，不再恐慌，不再夜半被狂浪的风声惊醒过来，坐在黑暗的床上想到可怕的事情。2006 年春天，我先后在报纸和 Internet 看到这样几则消息："4 月 10 日，河西五市及白银、兰州市出现大范围沙尘天气，最低能见度 100 米，瞬间最大风速每秒 32 米。"（《兰州晨报》）4 月 12 日，被困乌鲁木齐"百里风区"与沙尘暴殊死搏斗 33 个小时后，伤痕累累的 T70 次列车终于蹒跚到达北京西站（《三联生活周刊》）。"4 月 18 日，不久前因沙尘暴导致失踪的 6 名民工已全部找到，其中 2 人遇难。"（新华网）

报道这些消息的人一定不知道，我就在沙尘暴的发源地（核心），风暴最先着陆的是我的身体和我们的营房，还有附近村庄和牧区的房屋帐篷——我们是最初的经受者和目击者，我不知道这是幸运还是悲哀，但可以肯定的是，沙尘暴是浩劫也是洗涤，是打击也是塑造。

到五月中旬，崭新的柳树、杨树和沙枣树叶子翠绿耀眼，与骤然放晴的天空互为映衬。我离开巴丹吉林，到位居大地高处的青海祁连县漫游了几天，看到了白雪和青草，乌云和牦牛，在海拔 4100 米的地方，飞翔的苍鹰让我觉得了人世间的另一种高贵。带着高地激越与纯净的心，再次回到单位，掀开窗帘，看到一层足有一寸厚的沙土。

大批的白沙围困窗棂，随着窗扇的打开，它们也簌簌而落，有的向里，有的向外。我知道，在我离开的时间内，巴丹吉林又刮了几场沙尘暴，这样的情境不止一次了，在巴丹吉林沙漠这么多年，几乎每个春天都是如此：连续的沙尘暴如同看不到的时间，汹涌连绵，不舍昼夜。

很多时候，对沙尘暴，我总是一个人在经历，尤其正午和深夜，在风暴中的感觉，除了肉身的不适之外，还有内在的忧郁和惊惶。即使睡着了，我还在想：沙尘暴什么时候结束呢？就像现在，我还没有完全适应过来，五月十二日、十三日、十七日和十九日，凶猛的风暴先后来袭。这些天，我经常用透明胶带，把窗户的所有缝隙封得严严实实，不透一丝风。但外面的风声铺天盖地、排山倒海，犹如不间歇的雷霆。灰尘让人呼吸困难，感觉整个人的身体和心脏都在持续加重。

两天后,沙尘暴无影无踪,蓝天之中的白云像是天使们的翅膀,站在营区外,还可以清晰地看到冠盖洁白的祁连雪山。沙尘暴还会来的,也会慢慢减少,夏天是它的终止者,繁华的树木是最大的屏障。在巴丹吉林沙漠,我可以什么都不热爱,但不能不热爱那些稀少的植物,还有栽种和养护它们的人。从本质上,我喜欢一种干净的生活。我似乎成为巴丹吉林沙漠的一份子,而且是沙子当中最为庞大的那一颗。

8

在巴丹吉林沙漠,任何事物的生命状态都像是一粒飞行的沙子或者沉潜的岩石,碎裂和风化是必然的历程。而承载的沙漠,是最大的受益者,它容忍了我们乃至更多的动植物在其身上的任何行为,但最终都会被其收藏。

直到今天,我,以及身边更多的人,土著和外来者,仍旧在巴丹吉林沙漠前仆后继,以个体的生命,奔跑于庞大沙漠之上……现在是 2006 年 5 月 26 日,巴丹吉林沙漠全天晴朗,天空深蓝,白云恬静,沙漠横卧千里,沙丘如锥。我所在的营区沉浸其中,像一个懵懂的孩子,在沙漠——庞大坚韧的巨兽一侧,路边的杨树已然茂盛,蒿草匍匐在被水浸润过的树沟一边。

为数不多的杨槐花开了,在老旧的营房前,成串的洁白花朵,喷出一股股令人心醉的蜜香,不多的蜜蜂趴在上面贪婪挖掘。还有一些白色蝴蝶,在草坪上翩翩起舞。松树掉了一层松针,又换上一层,新鲜的柳树垂下万千枝条。单位菜地边缘的野菊花也开了,还有不起眼的刺玫,简单、寂寞的花朵,让我觉得了美。

早上,阳光新鲜,看到一个浇水老人,很老了,他在用手轻轻掰掉新栽柳树上滋生的枝条——姿态很笨拙,但我觉得了美。傍晚,落日镕金,在宿舍内,微微觉得了燥热。到午夜,风声由远而近,先是隐隐的雷声,继而是狂乱的马蹄。沙子连续击打着窗玻璃,啪啪的声音像是稠密的枪声。我很久睡不着,在沙尘暴当中,感觉自己就像是一粒飞行的沙子,从沙漠腹地到沙漠边缘,从低处到高处,从完整到破碎。

早上,天空仍旧湛蓝如洗,没有风。老营房前的杨槐花不见了,落在地面上,有的被沙土掩埋了,有的落在灰尘满面的黑土上,神情惋伤,但没有幽怨。我隐隐觉得,2006 年的沙尘暴似乎比 2005 年多了好多,但是每次都很凶猛。

我时常一个人坐在树荫下面,随手捉住一枝绿色的垂柳,端详好久,喉头哽动,但什么也没说。5 月 27 日凌晨,我又听到了巨大的沙尘暴,仿佛午夜的神灵,在巴丹吉林进行的战争。

　　躺在床上,我像往常一样睡不着,不断有沙子落在我黑夜的眼睛,有风从窗缝和门缝蜂拥而至,我感到孤独,忍不住胡思乱想。未来一如风暴巨大和渺茫。早上,穿过沙尘暴,跑到办公室,剪开新到的杂志和信件⋯⋯风声贯耳,窗外的杨树在集体折腰,灰尘如火如荼,沙子奔流如箭矢——我叹了一口气,内心无奈而忧伤,还有一种介于恍惚和真实之间的迷茫。

唇齿之间的痕迹

杨献平

2008 年夏天，我在额济纳消磨时光。天气稍微凉爽时，在这里生活多年的诗人江布时常开车四处溜达，其中一次，江布把我带进了一座陌生偏僻的村庄——地处巴丹吉林沙漠西边，鼎新绿洲以南，在那里，曾经有过乌孙人与月氏人、匈奴帝国与汉帝国之间的多次战争；最近，有人在那里发现了冰川纪的地质遗迹。土尔扈特人称之为海森楚鲁，江布他们叫做石头城。江布带我进入的村庄，距离海森楚鲁不过一个小时车程。这个村子名叫芨芨，与沙漠戈壁当中生长的一种草本植物的名字相同。

村庄内外是一丛丛的芨芨草，茎秆柔韧可做绳索，在蓖麻的种子还没有从中亚被张骞、堂邑父、甘英等人带回的时候，生活在这里的羌人、乌孙、月氏和匈奴人，就用这种草拧成的绳子捆绑敌人和犯人，可能还用来拉动木车甚至用做马缰。

芨芨村人口不多，房屋是一色的黄泥建筑，房顶也是，若是雨下得稍微大些，屋里肯定也会细雨连绵。

踩着细尘铺满的道路，走进村子，蓦然觉得了一种安静，身后的城市及人间的喧嚣都遥远如梦，唯有自己的脚步，不间断的阳光，持续的细风，在身体四周，从各个方向，把肉体照亮。

江布说，这个村子每家人都有一个新鲜的来历或充满传奇色彩的秘史。说着，手指了一下东面山坡三棵杨树下的韩家人，据说先祖是西汉孝武皇帝时期的韩延年，做过酒泉副校尉，顶头上司是飞将军李广之孙，时任酒泉骑都尉的李陵，后随李陵出战匈奴（公元前 99 年），在竣稽山（今阿尔泰山中段）与匈奴主力激战七昼夜，韩延年阵亡，李陵投降，终老西北。

敲开大门，一个胡子雪白的老人探出脑袋，皱纹密布的眼睛盯着我和江布看了好一会儿，才开口问道："你们……"江布说："老大爷，我们走路渴了，想讨碗水喝。"我也把眼睛投向老人。老人吱呀一声打开大门，扭头，一句话也没说，径自向内走去。

院子不算大，四面的房屋将头顶的天空切成方块状，夏天阳光爆裂地打在院子当中一堆蔫了的棉花枝干上。我端详了一下，觉得这房子的结构有点像北京四合院——老人提着一个暖瓶，手里端了两只大碗，走到院子左侧靠墙的一张木桌放下，拔开壶塞，哗哗的水冒着热气，在瓷碗当中打着激烈的旋儿。江布把行包放在另一凳子上,眼睛看着颤巍巍的韩姓老人。我掏出香烟,递给老人一支,老人接了,江布顺手打着火机,点着。

老人站着,深吸一口香烟,然后慢慢吐出,烟雾绕过房檐的阴影,消失在天空。我扶老人坐下,和江布分坐两旁。老人只是抽烟,脸色沉静肃穆。江布看看我,我问:"老大爷今年多大了?"老人嗯了一声,说:"过了这个年就七十八了。"江布又说:"看您身体挺好。"老人呵呵笑了,掐掉烟头,说:"岁月不饶人啊。"

我喝了一口水,有些咸涩。江布说起上次在茭茭听到的一些事情。老人听着,不住说:"就是的,就是的。"我见老人兴致来了,不失时机说:"据说您祖上是西汉将军韩延年?"老人眼角一抖,闪过一道光亮,说:"可不就是的!"我哦了一声。老人说:"据俺祖上传下来的说法,那个时候,霍去病从额济纳(居延)打进来,把匈奴的浑邪王赶到新疆和外蒙,在河西走廊建了武威郡和酒泉郡。再后来,李广孙子李陵在酒泉当骑都尉,俺先祖韩延年将军是副校尉。后来随李陵战死在外蒙古。"老人说到这里,脸色充盈着一股悲怆和惋惜。江布说:"李陵也算是古今以来西北第一伤心之人了。"我说:"韩延年之忠勇,后世人提及极少,这多少有些不公。"老人听了,叹息一声,转身回到屋里,而后传来开柜子的响声。少顷,老人手里捧了一个红色包裹,走到桌子前,打开,里面裹着一面铜镜,个大而圆,光亮可鉴,美中不足的是,其中有几个深槽,像是石头砸的一样。

其中一座石山,似乎一只大海龟,从东面看,
像是蜷缩在母腹中酣睡的胎儿。

令人欣然的是，千年之后，韩延年后人仍旧保存着先祖遗物——那面铜镜，竟然是韩延年当年与"教射酒泉"的李陵一起演练兵马、挥刀作战时穿过的。韩延年在阿尔泰山阵亡后，留在酒泉的家眷并未得到朝廷优抚，而逐渐败落，辗转数地，最终落了巴丹吉林沙漠以西，几乎与世隔绝的芨芨村。

二百多代人延续了这一古老的姓氏，保持了家族的一些传统。我想，这其中，一定有一种可能比时光还要坚韧的东西。

从老人家出来，往另一户人家走时，心情有些沉重。据我多年的观察和实地了解，自陇西向西，儒家文化及其影响逐渐减弱，尤其是在各个朝代被皇帝们移民实边的中原将士耕夫的后代之间，其理解和遵循能力，与中原及北方大部地区都迥然有异。江布说："这里自古就是混血地带，民族迁徙频繁，尤其是汉匈战争后，武帝的移民屯边政策，使得陇西以西居民杂糅的浓度逐渐加大。至盛唐，河西走廊乃至整个西域之间的民族战争、联盟和通婚、贸易，佛教流传和多文化和文明的习染，致使西域之地的外来居民在很大程度上处于汉文化—游牧文化之间，兰州附近的黄河乃至武威以东的乌鞘岭，大致可以看作是一道明确的分割线。

这个分割线看起来无形，外来者时常被当地人的装束和习惯等等表象所迷惑，而一旦深入其中，便会发现很多差异。比如，芨芨村及其周边村庄，大多土著当中，至今沿袭和保留了来自河南、陕西、山西和河北等地一些方言和习俗：既有华北一带的儿化音，又有陕西的重鼻音、山西的卷舌头；再如他们所操持的农具、镰刀，酷似匈奴、月氏、乌孙等早期游牧民族惯常的弯刀；耙犁和芨芨草编制的篮子，在做工和外形上都与河北太行山一带的荆篮子和木头犁异曲同工。

到另外一家，房屋建筑和韩姓老人差不多，只是门板新换过。开门的是一位不到三十多岁的年轻媳妇，头发蓬乱。她坚持问我们是做(zù)啥的。江布笑笑说："我们是打这里路过的，觉得这村子很有意思，就想转转。"她理了下鬓边的散发，脸上飞起一朵红晕，说："这地方有啥转的。"正说着，从一面被柴烟熏黑的门洞里走出一位大约五十多岁的妇女，用诧异的眼光看着我和江布，再看看年轻媳妇。年轻媳妇对她说："是闲转的。"

老年妇女哦了一声，走到我和江布的面前，堆满皱纹的眼睛在我们脸上打转。我急忙说明原委，老年妇女告诉我们："他(自己男人)到地里掐棉花头了，儿子在鼎新铁矿上班。姓虎，老虎的虎。"这个姓氏不常见，我觉得这家人祖上肯定是异族人，最大可能是匈奴、鲜卑，这两个民族，在西汉至北魏年代，在河西走廊甚为活跃。至武则天当政时期，贬逐了不少异己分子，并分别以动物的名为姓,以示惩戒。

正想着,大门吱呀开了,一位六十多岁的老人,扛着一捆青青的棉花枝叶闯了进来。我急忙放下行包,快步走过去,帮他把棉花枝叶从肩上放在院子里。或许是因为我的善意,老人态度很好,不仅倒了水,还吩咐屋里的(妻子)给我们做饭。老人十分健谈,抽着香烟,将自己知道的姓氏渊源细细讲了一遍。果不其然,老人的虎姓,还真的出自鲜卑族(鲜卑和乌桓同为东胡之后裔),为唐朝建立立下了汗马功劳,多少有些鲜卑血统的唐太宗李世民对其更是礼遇有加。但他们被武则天进行了较大规模的压制,大多数人勋爵被削,甚至逐出长安。虎姓老人的先祖,因出身西北,便主动负罪请往,武则天"恩准"之后,为防止贬臣就近勾结作乱,分别赐姓,刻制腰牌,交各地刺史,专批地域安置,并实行军队管制。

老人说,他们先祖,是吐谷浑慕容家族的一支,唐初做过朝廷刺史,辖地张掖(甘州),后来与酒泉一起并入凉州卫。祖上虎永南,曾参与镇压回鹘人的叛乱。后调任京官,与太平公主交厚,后勋爵被削,流放至流沙(今内蒙古额济纳)。老人还说,他的许多本家人现在江浙一带,还有云南、贵州等地,但似乎从无来往,虽历代有人主张认祖归宗,但路途遥远,兵祸不断,几次动议,都没有成行。

虎姓老人一番说辞,叫我们将信将疑。这么一个家族,牵扯了太多的历史,时间可使任何事物都变得模糊不清,真假难辨。老人似乎看出了我们的疑窦,取出一张油皮纸。仅这纸张,至少也有百余年的历史了,至今不见松脆和破裂。里面包了一叠叠草纸,毛笔字工整匀称,错落有致。其中一张这样写道:"余等虎氏先祖慕容,考曰鲜卑之后,北魏拓跋,显赫至极……今余脉栖止流沙,逾千有四百八十余年矣……"日期为光绪十三年谷雨。我和江布小心翼翼翻看,只见密密麻麻的汉字,其中有本支虎姓家族几位贤达人物生卒年月及主要事迹。

大致而言,茇茇村这支虎姓家族中,寥寥可数的几个出色人士,最高官至廷尉(相当于现在的公安局长)、其他两个分别是明朝英宗和清朝乾隆年间的秀才和进士。至近代,有一个名叫虎年的人,参加过剿灭马步芳军队的战斗,并牺牲于甘青交界处的窟窿峡。

我们看完,老人小心翼翼包上。江布想拍图片,老人断然拒绝。到另外一家,房子是新盖的,门墙贴了白色的瓷砖,其中有些象形图案,远看喜庆整洁,大致是茇茇村最漂亮的一座建筑了。敲门进去,主人似乎从韩姓和虎姓家知道了我们的来意,有些不欢迎。我和江布也觉得有些不好意思。这家主人姓前，怕我们听不清当地方言，特地解释说：前进的前，可不是钱财的钱呦。

前姓似乎和虎姓老人差不多，也是皇帝赐给犯官流人的姓氏，但没有相关的家谱或其他证据可以佐证。这个前姓户主年纪四十来岁，说起来浮皮潦草，一遍遍说自己对祖上的事情都记得不是很清楚，要不然，可以再去问问他的大哥前新辉。说着，手指了一下房子背后。稍后，又咕哝说："俺们前姓祖上原先在武威，不知道是哪一代迁到这里来的。要是按坟头数，应当是第十六代了。"我听了，想起来路上在戈壁上看到的沙堆坟茔，觉得他最后一说较为可信。

到另外一家，居然和我同姓，甚至说自己是北宋杨继业的后代。我睁大眼睛。他继续说："宋朝皇帝亏了俺老杨家。宋朝灭了的时候，俺祖上从山西迁到了天水，再后来不是逃饥荒就是躲战乱，最后找了个这么个偏地方。"

我说我也姓杨，他猛地回头，眼睛在我脸上逡巡。我拿出身份证，他接过去。江布说，这一点都假不了。他问我是哪儿的人，我说是老家在山西，现在河北。他哦了一声，有点激动地说："那你们也是杨老令公的后代了。"……我笑笑，算是回答。

其实，在我们这支杨姓家族当中，虽然有自始至终的"官讳"序列，但没有相关家谱。关于杨继业，其实姓刘，赵匡胤赐姓为杨（见《宋史》），杨继业在北宋前期的武功作为，史书上并没有太多记载，倒是民间话本《杨家将》流传甚广。我小时，遇到关于杨继业及其后代的戏曲、电影、小说和故事之类的，也都竖了耳朵听，并在内心对自己的杨姓——作为杨继业的后代而时常欣欣然，豪气满胸。

他忽然变得很高兴，忙不迭问我排在哪一辈（官名中间一字），我说："我记得大致是'万元恩志大、光升玉清明'，我这代占'志'字，但至今没有像父亲那样起一个像样的官名。我们家第一代先祖叫杨怀玉。"他咧开嘴巴，从胡子间隆起一堆笑容，忽地站起身来，右手张开，冲我伸了过来。他把我和江布让进房子，在沙发上坐下，大声呼叫屋里的杀只鸡，再买瓶汉武御（酒名）。

杨姓同族的热情，使得这次寻访增添了许多意想不到的快乐——喝酒的空当，他叫自己的丫头找来其他几户人家的户主，陪同吃喝。其中一个三十多岁的年轻人说，他姓年——年羹尧的年，并且把自己的家族渊源和年羹尧联系起来。另一个说自己姓李，是陇西飞将军李广的后代。但特别的是，他们这支李姓是李陵的直系后代，并立有李氏祠堂，说着，还拉我去看。在村子终年不见阳光的南边山坡下，果真矗立着一座形如北方土地山神庙的小黄土房子。他站在密祠堂前，还特意将李陵《泣别苏武歌》背诵了一遍——"径万里兮度沙幕,为君将兮奋匈奴。路穷绝兮矢人摧,士众灭兮名已颓。老母已死,虽欲报恩将安归!"

江布闻声,脸色肃穆,我也忍不住潸然泪下。想起李陵率兵五千径取匈奴单于庭,在阿尔泰山被围,激战七昼夜,将士大半死难,降匈奴,历四任单于(乌师庐、响黎湖、狐鹿姑、壶衍鞮)而不为之"画计",满怀悲愤,终老于大漠之中,自然令人悲伤。而原先的韩姓老人也脸色沉肃,眼神恍惚,似乎在努力冥想迢遥岁月中的模糊往事。

另一个中年妇女说,她娘家父亲姓呼延,据说也是鲜卑后裔,再先,是匈奴的呼衍家族(《史记·匈奴列传》载:"呼衍氏、兰氏、须卜氏,此三姓皆贵种也。")。另一个中年人说自己姓郎,大致也是出自匈奴(与匈奴的苍狼崇拜吻合)。另一个人说自己这个姓氏跟汉朝吕太后有关,祖上吕产,满门被杀,唯有其祖上吕严逃得性命,先至居延,后转徙芨芨村。另一个年轻小伙子说自己姓雒——这一姓氏也极少见,他说自己祖上原是汉朝肩水金关的一个步兵,在当地娶妻定居,是芨芨村最早居民之一。

说到最后,我和江布有点微醉,逐一告辞,沿着村道向马路走,几个小伙子和中年人跟着下来。八月,晚上九点钟了,太阳站在了祁连雪峰上,沟里的棉花地沉浸在阴影当中;山头上的玉米、各家果园当中的葡萄正在成熟,苹果梨和大枣、苹果等等在绿叶之间随风摇荡。李姓小伙子说,他们村和鼎新绿洲之间的大小村庄一样,棉花是主要的经济作物,还有麦子和玉米。以前大量种植苜蓿、甜菜等,用来喂养牲畜。因为远离公路,平时很少人来,村子的人也很少出去。

坐在车子上,我想,这个村子是有些奇怪,是异族之后和中原移民的混血之地,尤其是其中的呼延、前姓、虎姓和郎姓,依稀保留了传说中匈奴人外部特征:"阔脸、塌鼻、宽嘴巴、上唇无须、头发发黄而卷曲、个头不高、双腿有些罗圈。"那些杨姓和吕姓人,看起来更接近于中原人的基本貌相。

江布一边开车,一边对我说:很显然,这些人先后聚集在这个偏地方,躲避战乱和朝廷追杀是最大的动机。李姓是其中最严谨的家族,或许他们根本就不是李陵的后代。我嗯了一声,说,即使不是李陵的直系后代,但他们对于李陵的家族认同,以及对李广父子的敬仰,尤其是那小子当众背诵李陵的诗歌,及其家族修建祠堂的用心。这却不是一般的"敬仰"可以做到的。

或许,每一座西北的村庄都像这里,每一个人,每一个家族,都有着这样或者那样的历史——平民的历史,民间的断续记忆,芨芨村不过是其中较为特别的一个。从言谈看,那些人,其实对自己家族准确的发源和迁徙情况不甚了了，也极少花时间（繁重农事、俗世功名、人身保全的躲避及时代与环境的种种限制）深究。每一个家族的兴衰史和迁徙史，在很大程度上既是一个王朝的局部影像，也最能触及王朝的本质和内核。只是，平民的历史无法也无人留心考察和书写。往事在人唇齿之间的零星痕迹，只能由他们自己用舌头和脑袋记忆与转述。

再次路过海森楚鲁，我们特地绕进去。悠长的峡谷，几乎每一块临谷的石头上，都有一眼犹如佛龛的窟窿，四壁光滑，犹如水洗，人端坐其中，俨然涅槃的佛陀。河谷里的流沙上漾着一道道美丽波纹。其中一座石山，似乎一只大海龟，从东面看，则像是蜷缩在母腹中酣睡的胎儿。还有一座，像是望月而鸣的蟾蜍。我说，当年的乐僔和尚若是先途经海森楚鲁，这里定然就是莫高窟。

落日光辉如血，从芨芨村方向，漫过鼎新绿洲以北的戈壁，将弯曲的炊烟和逐渐黝黑的田地乃至戈壁上稀稀拉拉的坟茔，一起收敛其中。前方沙丘耸起，犹如凝固的乳房。骆驼们卧在其中，像是一堆形状奇特的石头。我们刚刚走访的芨芨村，也很快消隐在阔大戈壁之间，在我们回首的目光之中，与突兀的沙丘和石山一起，毫无痕迹地被夜幕笼罩，唯有幽深高远的天幕上闪烁的星辰，矗立在人类上方，像一个充满暗示的隐喻，一个经久轮回、万世不灭的精神象征和时光见证……

论　坛

杨献平

　　"如果一匹马设想出上帝的模样,我们将会把它设想为骑手。"(奥古斯托·蒙特罗索)这是一个悖论,固执,没有来由但却又符合事物自身的内心要求。对于 Internet,我是最迟开化和接触的那群,还不如奥古斯托笔下的那匹"设想出上帝的模样"的马。2000 年初,单位的局域网开通,我并没有意识到什么。是一个杨姓同事,将我引领到虚拟之中,开始在 Internet 发帖子,很多人看到了,但都是同一单位的,即使不认识,离开屏幕后,就可以在不远处找到。

　　这种虚拟是有意思的,类似孩子们玩捉迷藏。但其带给我的满足(虚荣)前所未有,撰写文章只是个体行为,而发表竟然如此不受约束。再后来是聊天,名字是虚化的符号——人在很多时候可以准确捕捉到"另一个自己",网络对话实际上就是自己和自己说话,交流、传播成分微乎其微。

　　一开始,面对众多的 ID,我感到茫然,同时又很兴奋。但聊了几句话后,忽然觉得格格不入——再后来只和一个 ID 聊,以致天昏地暗,茶饭不思;但没过多久,单位网络聊天室被勒令关闭,紧接着是论坛——事实上,关闭的不仅仅是论坛和聊天室,而且是大众的一种情感和精神要求。

　　进入 Internet,我紧张,预感到有一种大,足以将世界覆盖,还有一种能淹没一切的深,像我在青岛见到的海。每次拨号上去,浏览一番,再下来,如此的过程像是一种逃亡抑或偷情,心情极度紧张,连手指都是颤抖的。后来在乐趣园开设文学论坛——外围。这个想法的实现,一方面,我确认自己是一个孤僻的人,不合群、不社交、不参加集体活动,甚至不去公共澡堂和厕所,一个人把自己关闭在人去楼空的宿舍或者办公室,空间如此之小但却又浩瀚无际。

　　另一方面,则是在 Internet 不满于被辖制,被一些非理性的个体力量所支配。虽然没有吸引多少人参与,但还是隐约有了一种王者的感觉。而事实上,在 Internet,除了自己的文字,什么都不是你的。且有一种随时被消除和抹杀的恐惧感。

　　而 Internet 包含了更多的西方普世主义精神,是文明新方式的一部分,文化渗透和传播的高速平台,掺杂了许多非理性、非道德的因素……但我没有抗拒,或者说自愿被束缚,像一个个字母或者汉字,在博大之中漂流。而论坛,则像一张河岸,尽管方向无定,但必定是一个念想和屏障。

我觉得,论坛(Forum)是一个可以张扬个人心性、理念和思想的地方,一个人在虚拟中还原自己,塑造或者篡改,建立或者崩溃,都有其自身意义。但人总喜欢隐藏一个自己,再设计制造另一个自己——我感到痛苦。我的那些张贴于论坛的文字当中包含了更多虚假甚至虚伪的成分。

比如,我写幼年的生活,注重了苦难、趣事和令人忧伤的事物。其实,这些东西之外,在童年,我还看到了漂在水塘里、一端用石头压住的、带着鲜血(原地一片紫黑,又螺旋状漂染而起)的妇女内裤;两个在山坡树林里光着身子偷情的人。还有父亲严重的麻木和懦弱,对我和母亲的屈辱和疼痛视而不见、不闻不管的消极行为。我为了报复,偷偷踩坏别人家的白菜、黄豆和玉米苗儿,殴打过比我年龄小和力量弱的人。

我建立的第一个论坛"外围",设在乐趣园(http://www.netsh.com/),平面树型的论坛,简单、方便,一目了然。第一个积极参与的人是颜全飙,籍贯福建,这个人的ID和我一样是实名。我非常感激,在一个人的论坛,另一个人的参与和融入绝对是一种从里到外的信任和支撑。随之来到的朋友,像是一尾尾不知来自何方的鱼儿,他们的ID分别是:云头花朵、张利文、沈荣均、黄海、江少宾、扁舟一叶、周闻道、碧青、文河、吴佳骏、刘纪广、马叙、叶梓、沈念等等。几年时间过去了,现在,那个论坛的网址已无从查询,只是这些名字一直在。

2004年初,我又在故乡网申请到了"燕赵之风"板块,参与者大都是籍贯(客居)河北的朋友,他们的名字至今还悬挂和散落在论坛页面上(http://bbs.guxiang.com/Board/Board.asp?BoardID=205)。而我却离开了。这是一种背叛,是对Internet的不诚实和不负责任。这令我沮丧,每次看到或者想起,总有一种莫名的悲伤,那里散落了我的气息、眼泪和苦楚,还有些许的欢愉、疼痛和不安,对众多远处朋友、故人的疏远和逃离,使我常常忏悔与自责。而网络是不固定的,人是鱼状的,迁徙成为必然,所谓的永恒并不属于Internet。休谟说:"人是借助于一种自然本能和先入之见而信赖他们自己感觉的。"

我时常在想,Internet上的文学论坛(Literature forum)的主体功能是什么——展示与发现,隐藏和裸露,自我抑或他人,虚假还是真实? 文学在网络究竟抱有什么样的目的,它的现实和终极意义何在——生成→展示→观看

（阅读）→印象→观点→结果→沉没……包括视频和音频,图像和动画,新闻报道和实时数据。我觉得了一种悲哀,这种过程就像是人一生的缩写。

对自己创办的那些文学论坛,我曾经刻骨铭心地爱过它们,包括漂浮其上的每一个ID。但不可饶恕的是,这种爱犹如烟花般的短暂,美丽炫目的光圈只是自己对自己的一种障眼法。仓促的虚幻之爱,稳定和热烈只是一时,爱在某种程度上只是自己对自己的抚摸和安慰。

西蒙娜·薇依说:"仅仅是肉体上的痛苦是微不足道的。"反之,内心乃至灵魂的痛苦最为持久和深刻。当我撤离,它们也撤离了我。互助式的伤害仅体现于血肉之身,而机器和技术完全可以无动于衷。我又回到了乐趣园,这个地方有很多简陋和随意的嫌疑,技术的疏懒和不精致,使得它看起来更像是一个散漫无聊的流浪者。2004年,由刘纪广先生出资,在乐趣园正式申请了收费论坛,依旧命名为"外围"(http://my.ziqu.com/bbs/665892/)。

作为主办者,我希望更多的ID像落在海边的鸥鸟涌上来,大声叫喊,展翅飞翔。这具备了强烈的功利性质。集合的人越多,越具有影响力。但我从不要求流量,那种商业气息对文学论坛来说是破坏。再一个就是独立性,这实质上是一种精神上的自由,与勇气、信仰紧密相连。

我也隐隐觉得,建立在Internet上的文学论坛是芜杂并且浅薄的,更多包含了取悦和被喝彩的意愿和要求——任何一个时代都有其隐约或明亮主题,公众舞台扩张和话语权领取可能肇始于Internet的崛起。渴求被关注和承认,彰显自身存在价值、生命实践和理念主张,则是公众自发的与不断翻新和更替的文化思潮相协调的确切行为。而真切坦诚的批评则可以遏制浮躁之中的谬误和错觉,以他人的角色加入个体乃至整体的话语潮流之中。

批评在任何时候都是有阻力的,被喝彩和叫好是参与论坛交流的第一意愿和目的。2005年3月,我更换了论坛地址,改名为散文中国,也即现在的散文中国·散文原生态论坛(http://cq.netsh.com/eden/bbs/755156/),照旧挂靠乐趣园。此外还经常出没于天涯社区,后做散文天下版版主,但不到三个月时间,就遭遇一起"倒版"事件。原因极其简单,但我仍很震惊:网络人身攻击的力度可以与现实生活相提并论,使用多个虚拟ID的行为,类似于写"匿名信",这种相互揭发和攻击行为,可能是一种传统,一个习惯,一个嫉妒和泄私愤的惯常之道。

而"倒版"则可能是"乱政"的延续,是因利益聚合,进而剥夺权利和分享权利、扩充自身利益自发的群体行为。我第一次知道,原本虚幻的Internet并不虚幻,人群习性、传统、文化传统和素质精神病毒一样扩散和蔓延。在这一"事件"当中,我几次使用了原始的暴力语言,对个别ID,与理性要求不符的是,我至今并无多少羞愧,也没有丝毫歉意。

但这种愤怒几乎类似于一个人和绊倒他的石头生气,毫无意义。这时候的散文中国论坛聚合了不少人,我特别记住了几位:1. 一个女子,名字很是朴素好听,我曾看到她一张照片:青草的山岗,起伏绵延,她蹲在一只白色绵羊的身边,与羊对视的表情,有一种人性的温暖。2. 张利文,对我提出的关于散文的一些主张和理念给予了赞同和理解。几次到北京,与他一起,觉得了谦和与信任,快乐与和谐,有一种秉性上的契合和容纳。3. 另外一个,被个人心性和肚量限制了的人,几次暴怒之后,最终,却只感到可惜。

第四个是我自己了。性格变得柔和,功利心渐渐减弱。觉得了一切的虚无和没意义,自以为神圣的文学写作也呈现出浮躁与堕落的迹象。2006 年初,我对自己的写作进行了调整,在文字上,更趋注重大地血脉和精神要求,人间烟火和众生关怀。我想,我是一个农民家的孩子,一个经历过苦难和痛楚的人,一个屡次被放逐、缺乏关爱的人。

这是我性格上日趋柔和的主要原因,看惯了人间悲欢离合,种种不幸和离奇际遇,甚至死亡与新生……

"我"是单独的,"我"又未必不是大众?

表述个人的历史,何尝不是整个人群的历史呢?说出一个人的苦难和不幸,又何尝不是整个人类的苦难和不幸呢?

这时候,论坛逐渐呈现出繁荣的趋势,更多的朋友陆续到来:朱朝敏、也果、王克楠、衡阳雁、桑麻、崔东汇、木木、李天斌、衔杯、肖建新、孟澄海、杜扶和米奇诺娃、碧青、于静梅、姚牧云、朝潮、周伟、周闻道、宁默、宋默、周艳丽等,还有一直就在的张利文、颜全飙、王开、鲁青、江少宾、吴佳骏、徐淑红、品茶听雨、蝈蝈、西门佳公子、薛暮冬、杨汉立。

与此同时,我变得孤僻了,很少到其他同类论坛去,也不浏览,这种自闭行为我不以为是一种缺陷,反而是一种专注。反之,也是一种规避和逃遁。曾经经常浏览故乡社区和天涯社区,尤其前者,令我一直隐隐心疼,我有很多的东西留在了那里,强烈的个人气息时常让我觉得了一种恍若隔世之感。许多事不在了,但人还在;即使人不在了,曾经书写的文字还在,疼痛和欢愉还在。

我不知自己在论坛究竟扮演了什么样的角色。但有一点可以肯定:这种角色是自己赋予的,排除了"任命"这一官方用词。一个人是独立的世界,一个论坛却不可能。它必然是开放的,包容的,给人以言语自由、生命乃至灵魂尊严。

管理论坛是一种消耗，也是生命对抗时间的一种方式。2006年以来，我为数不多的梦境几乎全和网络论坛有关——梦见一些未曾谋面的人，他们或站在青草的山岗上，或者在大雪之中，好多人在一起吃饭喝酒，还有一些人坐在列车和飞机上，各异的表情和姿势让我惊异……而事实上，我在某座城市或乡村看到的熟悉的网络 ID 少之又少，似乎只有北京、邯郸和酒泉、兰州、张掖。

有一次和鲁青、倪长录、柯英、舒眉和小麻雀去青海的祁连县。在足够的海拔，人才是纯粹的——积雪和牦牛，吹动的风贯穿宿命。而和王登学、孟澄海、宋云、陈飞鸣、梁积林、辛晓玲、铁穆尔、贺雄飞等人同在祁连山（焉支山）的另一侧，油菜花开得让人心疼，没膝的青草似乎是万物对生命的簇拥和灵魂的抚摸，美好得叫人忘乎所以。甘青交界的扁都口到处都是神话和历史；美酒和歌声，羊肉和早晨的蝴蝶，漫山遍野的金露梅和银露梅。

在老家邢台和邯郸，古柳、宜林、姚勇、晨琛、郭英杰、韩霞、花下、桑麻、崔东汇、王克楠、靳文明，还有两位师傅——喝完酒后，桑麻开车四处寻找吃饭的地方，最终在一家小餐馆吃了一碗油泼辣子面。与东汇、克楠、文明等喝酒到深夜，站在宾馆走廊一侧照相；与英杰、宜林和姚勇一起去内邱的扁鹊庙……邯郸的张师傅、胡师傅先后开车载我往返于山峦层叠的南太行……

回到经年的巴丹吉林，我依旧封闭，并且越来越甚。可以两天不下楼，不参与热闹的活动。一个人坐下来，在网络或者书籍中，就像一个沉浸古堡的人，所有的光亮都是自己采集的，并只是照亮一个人。论坛是其中一部分，是我与外界联系的唯一通道。有时，妻子怀疑我有自闭症或网络综合症，实际上我没有，离开多天也无所谓，视力一直很好。

论坛依旧，在我个人的生活中，是精神或者思想的组成部分，是一个人思想、主张和理念的集散地。我知道那些是微不足道的，但谁不是如此呢？对此，我心目中的网络论坛是神圣和世俗的混合产物，功利主义和理想主义此消彼长。来往的都是人，却如风无踪影。反之，我被机器和技术牵制与束缚了，人不再为核心和主宰。在人人皆可成为艺术家和名人的后现代生存环境中，机器像人一样思想并不是太远的事实——我们会不会被网络论坛或者其他技术所操纵呢？

就像美国影片《机械公敌》，人操纵技术，却被技术所操纵——人被一根线链接起来，像一个又一个计算机终端。尼葛庞蒂在《数字化生存》中说："21世纪将是一个以计算机化为本质特征的社会，它的表现形式是电子化网络。"而关于电子计算机的智能活动，数学推理、音乐创作甚至诗歌写作和医学诊断等已不新鲜。

这对人类来说,是残酷的省略还是有意的自我销毁?"在任何文明的历史中,都曾经有过一次终结,有时还不止一次。"(亨廷顿)Internet 或许仅仅是一种铺垫。2007 年,作为网络文学论坛的散文中国还在,很多朋友还在。我时常挂在那里,看别人的作品,说自己的话,那些文字让我感到亲切和温暖,它们是人创造的,从内心、身体和灵魂里迸发和书写出来的,是灵魂和艺术的东西。

我愿意长此以往,我热爱自己创办的大家的论坛,快乐显而易见。文学论坛应当是纯粹的,人与人(ID 和 ID)之间的情感是点不是面。现在是春天了,论坛的朋友说:南方和北方少数地区已经春暖花开,青草看到了天空,花朵看到了赞美。而我所在的巴丹吉林沙漠依旧荒寒,西风如洗,沙漠似铁。

"我们要爱自己,还有整个世界。"(特蕾莎修女语)在 Internet,在虚拟文学论坛,那么多人(ID),分布在中国那么多地方。我觉得这是一种神奇美妙的联合。英国作家贝克特在一篇《够了》的小说中,叙述了这样一个故事:一个人,从六岁那年开始,几十年来与一个年纪很老、走起路来身子弯成 90 度的人,手拉手走过"几倍于地球赤道"的距离。相伴旅行的时光,他们手拉着手忙于心算,把三位数自乘,求出三次幂……他们在花卉下,挤一起睡觉,有时在灌木丛歇脚,有时却是在倾盆大雨和纷飞大雪之中。

北方瓷都的叹息

赵立春

太行山在河北最南端断了一个大的峡谷,山断水出,峡谷的脚下就有了滏阳河。有山有水的地方自然就有了人家。彭城镇就是这个峡谷旁的一个普通小镇,站在小镇的街上可以看到那个被叫做滏口陉的峡谷,这是小镇上的人与外界联系的必经之路,也是山西通往河北的主要公路。沿着这条路往彭城走,装满煤炭的大型货车一辆接一辆地从身边疾驶而过,路面上扬起的黑色灰尘,使所有的人即使掩鼻也可以嗅到浓厚的黄土和煤焦味。几个身穿蓝色制服的人站在路中央拦截超载的煤车,司机们在缴完罚款后继续赶路。

这里自古就是煤炭的主要产区,然而也正因为有了煤炭,与煤炭伴生的另一种物质——瓷土也大量存在。煤炭虽然给生活在小镇上的人们带来了污染,可也为小镇带来了千年不断的窑火。在小镇原东大门的古窑作坊内,老陈夫妇正在忙碌地将画好的瓷器一件一件小心翼翼地装入窑内,凝重而庄严的神情写在老陈夫妇的脸上。

其实这座小镇与北方所有的镇子一样,几乎看不到与北方农村有什么区别的地方,街口散乱地堆放着一些圆桶形的东西,小镇的墙上也到处镶嵌着这样圆形的东西。老陈说,那叫笼盔,也叫匣钵,是过去瓷窑上烧碗或盘子时使用的窑具,后来烧瓷工艺改造后,这种匣钵不再使用,于是,小镇上的人们废物利用,将它用来建窑、垒墙或盖房子。彭城有句老话叫"彭城街,五里长,咯哩拐弯笼盔墙"。提起笼盔墙老陈就有了兴趣,停住手中的活儿开始讲起彭城的历史。

原来彭城从宋代就开始烧制瓷器了,过去彭城隶属磁州,所以在彭城烧制瓷器的窑场被统称为磁州窑,民国时期彭城还有瓷窑二百三十五座,缸窑三十多座,目前彭城还保留有盐店、富田、完小渣堆等多处磁州窑遗址。过去,镇上的人们家家户户都是以烧瓷作瓷为生,公私合营后,家庭式作坊改成了国营陶瓷企业。彭城有十几个陶瓷厂,从事陶瓷工作的将近三万人。20世纪90年代,陶瓷行业步入低谷,大型陶瓷企业因为效益不好,停产的停产,合并的合并,老陈两口就是从原陶瓷七厂被分流到陶瓷研究所的。陶瓷研究所倒闭之后,老陈夫妇带领几个人,在研究所墙外临街的作坊内又开始了前店后厂式的家庭小作坊生产,主要制作磁州窑仿古瓷,然后卖给一些专门造假的古董商,古董商赚了大钱,老两口还是勉强维持生计。像老陈这样的家庭式作坊在彭城还有几个，生意大都不太好。

"挣钱不挣钱不打紧，我干了一辈子，就爱好这个，给我个吃饭钱儿就行。"老陈这样对来他作坊买陶瓷的人说。"我喜欢磁州窑，可孩子们不愿意干这个了。"老陈有两个孩子，一个在家，一个远去了上海，只有老两口固执地守着磁州窑和这两间古窑作坊。"千把年来，彭城烧的好瓷儿都卖到外地了，留在彭城的只有这数不尽的笼盔和渣堆儿。"

与老陈破旧的长满荒草的古窑作坊形成鲜明对比的，是斜对面的一家装修考究的大酒店，酒店正在营业，门口竖着两个崭新的音箱，正在播放伍佰的《突然的自我》。酒店不远的地方，修理自行车的杨师傅满手油污忙着手里的活计。

"磁州窑俺不懂，俺也不碍那事儿。"杨师傅边招呼修车的中年妇女边说。杨师傅是河南人，退休前是彭城陶瓷耐火厂的工人，家住彭城后街，对杨师傅来说，每天多补几个车胎那才是他的正业。"俺跟磁州窑一点也没啥关系。"杨师傅的话引来了正在补自行车胎的中年妇女，"恁都找磁州窑呀，在那围墙里面，"中年妇女指着西边不远处一围青色砖墙的院子说，"那儿是磁州窑博物馆。"

中年妇女所说的磁州窑博物馆，其实就是磁州窑盐店遗址，围墙一溜青色，墙芯用笼盔填堵，紫红色的垂花门，青瓦铺设的屋顶。遗址的周围都是贴着白色瓷砖的楼房，把遗址衬托得有些孤独。院子很大，院内有五条作坊和两个馒头形的窑。正赶上休息日，刘立中戴着老花镜一个人在作坊内作瓷。作坊内到处堆放着没有烧成的半成品瓷坯，有的挂了釉，有的没挂釉，露着青胎。作坊内暖融融的，刘师傅自制的一个小蜂窝煤炉蹿着蓝色的火苗，着得正旺。

"磁州窑是中国北方最大的民窑，'南有景德，北有彭城'，景德镇瓷器主要供宫廷使用，彭城磁州窑主要供民间使用，品种繁多，如瓶、罐、盆、碗、缸等，以白地黑花为主要特征，它开创了在瓷器上彩绘的先河。装饰题材多是老百姓喜闻乐见的，如马戏、孩童钓鱼、池塘赶鸭、蹴鞠等，磁州窑对景德镇的影响很大。"刘师傅是个很健谈的人，说起磁州窑，刘师傅如数家珍，摘下眼镜开始讲述他和磁州窑的故事。

刘立中是磁州窑工艺的第四代传人，也是彭城唯一一个国家级磁州窑陶瓷工艺大师，其祖辈刚到彭城的时候以卖瓷为生，落户到彭城后开始制作瓷器。刘师傅自幼接触磁州窑，青年时代拜磁州窑陶瓷老艺人魏宏彬为师，学习陶瓷绘画和其他工艺，对磁州窑的七十二道工艺道道精通。

20 世纪七八十时代，刘师傅在彭城工艺美术厂担任美术室主任，那时的刘师傅虽然捏的是"泥饭碗",可手捧的是"铁饭碗",没有后顾之忧,一门心思挖掘磁州窑传统工艺技法。进入90年代,"铁饭碗"在一夜之间被打碎了,刘师傅犯了愁。他犯愁的不是他的"铁饭碗"没有保住,而是他手中的"泥饭碗"能不能保住。

"磁州窑传统工艺不能就这样失传了!"为保留下磁州窑的传统工艺,刘师傅决定带领他的徒弟们另起炉灶单干。他们跑到离彭城不远的都党村买了块地,想在这里继续保留和传授他的手工技艺,结果以失败告终。不甘心的刘师傅又在义井、张家楼等地建窑厂、修作坊,结果仍是以失败结束。"辛辛苦苦培养出来的三十个人的传统工艺队伍不能就这样散了。"最后,刘师傅想到了他居住的两间平房,和老伴一商量,将这两间平房进行了改造,一间在房顶上打个洞建成了窑炉,另一间平整了一下地面当成了作坊。场地问题终于解决了,可人员在辗转几次之后也所剩无几了。徒弟们也要吃饭,虽然他们生产的是用来吃饭的饭碗,可这个饭碗没法填饱肚子。队伍终于散了。老刘在自己家的"作坊"里默默地继续着他的事业。

"给我保住这支队伍!"刘师傅讲起当年四处求人时的情景还很激动。看得出来,十几年过去了,刘师傅对这件事还是耿耿于怀。

前几年刘师傅搬进了磁州窑盐店遗址博物馆,生产条件变好了,可人员还是刘师傅心中最大的痛,传统工艺是需要人来继承的。去年刘师傅将他的两个儿子弄到身边开始学习陶瓷,爷儿仨一起打点着他们的作坊。最近老二的孩子刚刚做完满月,老刘有一种如释重负的感觉,"老人都打发了,孙辈的事情也办妥了",刘师傅认为他完成了人一生在家庭中应该承担的责任。"没有人给我开一分钱,我活下来就是胜利。"看得出来,刘师傅对现在的生活很满意。

刘师傅作坊门前是一条笔直宽阔的大马路,路边的牌子上写着"滏阳西路"几个大字。彭城过去由镇内五村和镇外五村组成,镇内五村都是窄小的老街道,滏阳西路是近年来新修的。路两侧是崭新的贴满白瓷砖的楼房,一排排的,看不出一点千年古镇的影子。从刘师傅的作坊往西走没多远的马路中间有一棵老槐树,树上缠着一匝匝红布,树下的台子上散乱地放着一些沾满灰尘的供品,路边有几个揣着手眯着眼晒太阳的老人。提起这棵树,老人睁开了眼说:"这是棵神树,没人敢动。那年修马路的时候,他们把国家文物保护单位磁州窑都拆了,就是没人敢来动这棵老槐树。"老槐树的旁边是个贴着白瓷砖的小楼,小楼的门脸上写着"彭城槐仙阁饭店"。小镇上的人们认为这棵槐树已经成了精,不能去招惹,每逢初一、十五还有人前来给槐仙上供。被拆掉的磁州窑老窑址和彭城古镇的老房子、老街道大都被压在了这一座座贴白瓷砖的白楼和滏阳西路的下面,老槐树成了精所以被保留下来,成为辨认埋在地下的彭城老街走向的唯一坐标。老槐树的西边过去叫碗市街,是专门买卖碗的地方,挨着碗市街的古道是沙锅巷,巷子里的大小门店专门卖沙锅,碗市街西边是草市口,专门经营草幺子,彭城的窑主们在这里把扎成堆的草买回去,搓成草绳子捆瓷器。草市口的南边是半壁街,道光十年大地震,震的彭城只剩下这半个街道,所以叫半壁街。滏阳西路修好后,连半壁街也没了。

"唉——现在啥岂的也看不到了。"土生土长的老艺人阎宝山回忆起老彭城有些伤心。阎宝山的作坊就在半壁街向南走的富田村里,虽有些简陋,但比起那些住在白楼里的人,老艺人觉得住在这里还稍舒心点。阎师傅自幼便在窑场里学画,后在陶瓷厂干活儿,当过画工也干过厂长,陶瓷行业不景气后,阎师傅也只好拉挑子单干,开始和老陈夫妇一起在古窑作坊,去年阎师傅搬到了富田村的这个旧作坊里,生活起居、制作陶瓷都在这个小院子里。

"彭城老祖宗留下来的东西继承的人越来越少了。还好安际衡的'大家陶艺公司'将磁州窑工艺继承了下来,产品受到东南亚市场的欢迎。手工式作坊也变成了工业化生产。"阎师傅停下手中的活儿,掸了掸身上的土,话语中既有凄楚,也充满了希望。河北经贸大学艺术学院的刘宝国教授正带领学生在阎师傅作坊里实习,他对磁州窑传统技艺和绘画有很高的评价,计划明年开学后把阎师傅等一批老艺人和磁州窑专家请到学院去,给更多的学生传授磁州窑传统工艺和绘画技法。"一定要将磁州窑文化发扬光大,这也是我们艺术院校义不容辞的责任。"

阎师傅的作坊紧靠文昌阁,阁下有个小卖部,小卖部的老板在和门口闲坐的三个六七十岁的老人低声闲聊,见有生人过来看文昌阁,小卖部的老板主动搭讪当起了讲解员。过去彭城有四个大门,文昌阁是彭城的南大门,另外三个大门在大地震中全部坍塌了,只有文昌阁保留下来,镇上年龄最大的老人也没有见过那三个门的样子,顶多知道东大门原先的位置叫东阁底,而西门和北门连位置也找不到了。

穿过文昌阁向北走,是镇上的一所小学,镇上的老人们习惯把这所小学叫彭城完小,其实早就改了名字。彭城完小的操场建在一个二十多米高的台地上,操场下面压的是历朝历代堆积起来的古陶瓷片,从操场西面的断层上可以清楚地看到不同年代的文化层,越往下历史越悠久。操场周围到处散落着带着花纹的瓷片和碗底儿,随手捡起一片带有文字的碗底儿,上面白釉褐彩写着一个"元"字,1996年国务院把这处磁州窑遗址也列为全国重点文物保护单位。守着这堆国宝居住了二十几年的杨大爷听了后很是不屑:"这是啥岂的磁州窑？这就是过去老窑厂扔掉的废品垃圾。"杨大爷退休前在陶瓷五厂上班，每天触摸的就是新出窑的瓷器，在杨大爷眼里，这只是昨天还在继续发生的事，哪个陶瓷厂不每天往外清理那些坏掉的盘子、碗？时间长了，就堆积成山了，以前彭城还有几个比这大得多的渣堆，修路的时候给平了，这有啥稀罕嘞？

田富军是彭城完小的工会主席，虽然是休息日，但正好轮到老田值班。老田在彭城完小工作了十几年，听说操场下面就是磁州窑遗址也有些吃惊，"别说我不知道，就是在学校工作时间更长的老人恐怕也不知道"。老田是地道的彭城人，从磁州窑遗址扯到了彭城现在的陶瓷生产。老田的父亲原先是陶瓷二厂的工人，彭城陶瓷景气的时候，他父亲一个人上班养活全家7口人，现在很多陶瓷企业都不行了，能开得了支的陶瓷厂就算是不错的了。在老田的思想中，彭城陶瓷大不如前，前景更不看好。

一直在彭城完小东边马路旁卖烤红薯的丁志贵，同样对这个问题有感触。丁师傅是河北成安人，二十年前就来到彭城卖烤红薯，"八几年那个时候，彭城的陶瓷可火了，还有外商来买我的烤红薯吃，一天能卖几十斤红薯，现在陶瓷不中了，烟筒都不冒烟了，红薯也卖不动了。"顺丁师傅指的方向看过去，一些高高瘦瘦的烟筒静静地仁立在彭城古镇上空，高高低低有几十个之多，这些烟筒大都不再使用，有的是陶瓷厂停产而废弃不用，有的则是改用了液化气窑炉而不再冒黑烟。丁师傅所说的繁盛时期的彭城，大小烟筒都冒黑烟，烟云蔽空，沙尘飞扬，也就有了句歇后语：彭城街的云彩——窑烟（谣言）。在丁师傅看来，彭城街没了窑烟，就说明彭城陶瓷不行了，彭城陶瓷不行了，来彭城做生意的人就少了，来彭城做生意的人少了，丁师傅的烤红薯也就不好卖了。至于磁州窑遗址呀传统工艺呀之类的事情，丁师傅才是事不关己、高高挂起呢。

彭城完小临街的房子改成了门面，大门西边是一家经营工艺陶瓷的小店，店主人与两个朋友刚刚泡上一壶铁观音。寒暄之后知道店主人叫王彭发，原来是彭城陶瓷技工学校的老师，陶瓷行业不景气，陶瓷学校也招不上学生，学校为了生存，不敢再打陶瓷的牌子，改叫邯郸现代美术学校，生源主要还是当地人，而当地人知道换汤不换药的道理，还是没人愿意让孩子来陶瓷学校读书。就这样，陶瓷学校生源枯竭，到现在一个学生也没了。王彭发在这个陶瓷学校教了二十年的书，过去毕业的学生也有一多半改了行。

"没办法，学校没了学生，老师各谋生路，只有几个校领导在留守值班。"王彭发偶尔会拐到学校，看看空荡荡的校园、教室和篮球场，大部分的时间在打理他和朋友一块儿开的这个小店，这是他们赖以生存的经济来源。

从彭城完小斜穿过去,经过富田老村,就是磁州窑富田遗址。富田遗址是当地政府新建的一处磁州窑保护点,在遗址大门口,郭光华刚从大门东侧的陶瓷店出来准备回家。郭光华原来是当地主管文化的书记,自小生长在彭城,对磁州窑有很深的感情,退下来之后就在富田遗址一门心思搞开了磁州窑遗址的保护和传统工艺的继承,现在富田遗址的保护主要靠他自己投资。富田遗址占地五亩多,工人都放假了,空旷的院子里只有身穿土灰色衣服的郭连生在打扫干枯的落叶。老郭原来在彭城陶瓷总公司宣传部工作,陶瓷公司解体后被分流到了陶瓷一厂,现在和郭光华一起在看守着已经为数不多的磁州窑老窑址。他们最担心的是正在消失的彭城古镇和越来越少的磁州窑老窑址老作坊。

富田遗址的后门有一条小街道,沿这条街道可通往黄家窑。4岁的乐乐和7岁的小勇就住在黄家窑旁边,爸爸去陶瓷二厂上班了,奶奶坐在家门口的笼盔上看着他们。对面的房坡上几个人正在拆除一个馒头形的老式窑炉,打碎的笼盔片扔了一地,半面烧结成红色的窑壁也摇摇欲坠。乐乐奶奶说,那户人家明年春天要盖新房子了。

乐乐和小勇坐在一个用瓷缸做的小桌子上玩拍手游戏,四只胖胖的小手交叉拍着,一边拍一边唱:"你拍一,我拍一,捏个瓷人穿新衣;你拍二,我拍二,捏个瓷壶没有把儿;你拍三,我拍三,磁州古窑在邯郸;你拍四,我拍四,长大彭城烧瓷去……"乐乐奶奶说:"俺这儿去年举办了首届磁州窑文化节,这歌儿是文化节开幕式上唱的,俩孙儿听了一遍就学会了,看来长大了还是当窑工的命。"